신화의 저편

한국 현대시와 내셔널리즘

지은이 **최현식**(崔賢植, Choi, Hyun-Sik)은 1967년 충남 당진에서 태어났다. 연세대 국어국문학과 및 동대학원 국어국문학과를 졸업했으며, 일본 도쿄외국어대 대학원 연구과정을 마쳤다. 1997년 조선일보 신춘문예 평론 부문에 당선되어 등단했으며, 대산창작기금(2000), 소천비평문학상(2006)을 받았다. 현재 연세대 강사로, 현대시와 글쓰기 등을 가르치고 있다.
연구서에『서정주 시의 근대와 반근대』(2003),『한국 근대시의 풍경과 내면』(2005)이, 평론집에『말 속의 침묵』(2002),『시를 넘어가는 시의 즐거움』(2005)이 있다.

신화의 저편

한국 현대시와 내셔널리즘

1판 1쇄 인쇄 2007년 9월 01일
1판 1쇄 발행 2007년 9월 10일

지은이 / 최현식
펴낸이 / 박성모
펴낸곳 / 소명출판
출판고문 / 김호영
등록 / 제13-522호
주소 / 137-878 서울시 서초구 서초동 1621-18 (란빌딩 1층)
대표전화 / (02) 585-7840
팩시밀리 / (02) 585-7848
somyong@korea.com / www.somyong.co.kr

값 15,000원

ISBN 978-89-5626-277-2 93810

KOREAN MODERN POETRY
AND NATIONALISM

한국 현대시와 내셔널리즘

신화의 저편

최현식 지음

소명출판

　내 어릴 적도 그랬고 지금 아이들도 그러한 심난한 풍경 하나. 아이들은 애국(!) 조회 시간이면 어김없이 가슴에 손을 얹고 "나는 자랑스런 태극기 앞에 조국과 민족의 무궁한 영광을 위하여 몸과 마음을 바쳐 충성을 다할 것을 굳게 다짐합니다"라고 맹세한다(앞으로 모든 국민은 개정된 법률에 따라 '조국과 민족' 대신 '자유롭고 정의로운 대한민국'을 넣고 '몸과 마음을 바쳐'를 뺀 새 맹세문을 외우게 될 것이다). 과연 이 맹세는 나에게 주술이었다. 점차 나이가 들면서 어떤 때는 쭈뼛거려도 보고 또 어떤 때는 일부러 거절해 보기도 했지만, 통쾌함보다는 왠지 모를 찜찜함이 뒷덜미를 낚아채는 경우가 더 많았다. '나'를 외쳐보기 전에 벌써 조국과 민족의 성전 앞에 바쳐져야 할 '신민(臣民)'으로 스스로를 닦아세운 탓일 게다. 우리 아이들에게도 저 주술의 당위성과 진실성에 대해 의문을 던지고 답변을 구해 볼 권리는 여전히 사치로 남아 있다.

　　이 슬픈 족속 '우리'를 공동운명체로 상상하고 각인케 한 서사
의 연원을 따진다면, 근대계몽기를 강타한 '신대한(국민국가)'과
'대조선(민족)'에 대한 열정적이고 낭만적인 욕망 언저리 어디쯤일
것이다. 물론 후발 주자 최남선의 명명을 빌려 왔다고 해서, 당시
조선을 휩쓸던 이 근대 공동체에 대한 열망과 가치화가 감해질
리 없다. 그것들은 반개(半開)라는 지위에 간신히 발붙이고 있던
조선 '청년'이라면 누구나 우러르고 참여해야 할 신화이자 미래
였다. '신대한'과 '대조선'은 한 치의 의심이나 반성의 대상이 될
수 없었으며, 오히려 '우리'의 우월성과 자존심, 세계로의 팽창을
이끄는 절대가치로 나날이 승화되었다.

　　독립과 문명의 너울을 뒤집어 쓴 이 무서운 질주는 그러나 민
족과 국가의 상실과 회복의 서사 속에서 선한 의지만을 원동력으
로 삼지 못하고, 다양한 변종의 권력을 불러들이게 된다. 식민지
시대와 해방 전후, 제국과의 야합 속에서 '민족의 죄인'이 양산되
었으며, 또 그것을 대속하기 위해 '민족'을 내세우고 국민 모두를
제국의 공모자로 끌어들이는 이상한 논리가 횡행하였다. 물론 맞
은 편에서는 속절없이 깨져 버린 운명공동체를 죽음으로 일으켜
세운 영웅들의 기념비에 민족의 절대성과 영원성이 절치부심의
심정으로 속속 새겨졌다.

　　개인과 현실을 휘발시켜 버리고 모든 것을 자기 안의 가치체계
속으로 끌어들이고 봉인하는 민족과 국가의 절대성은 오히려 한
국전쟁과 산업화시대를 거치면서 더욱 강화된 면이 없잖다. 이것
들은 제국주의뿐만 아니라, 내부의 쟁투, 이를테면 보수와 진보,
우익과 좌익 등 계급과 이데올로기의 다툼 속에서 국민에 대한

구속력과 규정력을 확실히 장악해간다.

이를테면 가치중립적인 말에 불과했던 '국민문학'과 '민족문학'이 한국전쟁 후 어떤 과정과 방식을 거쳐 보수와 진보의 표상으로 정립되어 가는가를 생각해 보라. 사실 두 문학은 사상과 이념, 체제의 지향에서는 정반대에 가깝지만, 민족과 국가를 최고의 가치로 설정하고 이를 실현할 집단 공동체의 구축에 주력한다는 점에서는 적잖이 닮아 있다.

문학은 구속이 아니라 일탈이자 해방의 언어일 때 비로소 자유롭고 아름답다. 그런 점에서 문학은 자기 앞에 붙는 수사에 늘 의심을 표하며 그 진정성을 꼼꼼히 헤아려 보아야 한다. 이것은 민족도, 국민도, 이들을 단일체계로 묶어 두길 갈망하는 국가도 결코 저촉할 수 없는 문학 고유의 권리이다.

그러나 이 말을 문학과 민족·국가의 단절 주장으로 오해하지 말기를 바란다. 오히려 민족과 국가는 문학에서 더욱더 고민되고 탐구될 필요가 있다. 이것 역시 '우리'의 본질과 존재 형태를 규정짓는 매우 중요한 관계 방식이자 삶의 형식이기 때문이다. 삶의 질료와 형식으로서 민족과 국가는 무작정 신화의 대상이거나 혐오의 대상일 수 없다. 그것의 가치는 '더 나은 삶'에 대한 기여 여부에 따라 수정되고 결정되어야 한다. 문학은 우리 현실과 세계를 대상으로 바로 이 지점을 내밀히 관찰하면서 그 공과(功過)를 널리 전하는 전위(前衛)일 필요가 있다. 이 작업이야말로 문학이 모든 것 위에 군림하기를 그치지 않는 민족과 국가에 제자리를 찾아주는 유력한 방법 가운데 하나일 것이다. '신화의 저편'이란 이 책의 큰 제목 한편에는 우리 문학에 대한 이런 소망과 기대가 깊이 아로새겨져 있다.

이런 반성과 희망 아래 기획된 이 책은 한국 현대시를 주 대상으로 하여 민족과 국가의 상상력, 또는 '내셔널리즘(nationalism)'이 제출·정립되고 분화·수정되는 양상을 계보학적으로 재구성하고 해석해 본 것이다. 따라서 나는 특정한 결론과 가치를 입안하고 주장하기보다는, 저 개념들이 시에서 현상되고 구조화되는 방식, 그리고 시인들이 저 개념을 통해 역사현실과 교섭하고 길항하는 방식 등에 주목하였다.

그런 의미에서 이 책은 중간 결산이기보다는 아직 메모 형태로 여기저기 붙어 있는 이후 연구의 윤곽 잡기와 방향 설정을 동시에 수행하는 일종의 서론에 해당한다. 이 책의 구성과 내용을 짧게나마 일별해 보면 다음과 같다.

제1부에서는 근대계몽기 문학에 발현된 민족·국가의 상상력을 특히 『소년』의 시(가)를 중심으로 살펴보았다. 「'신대한'과 '대조선'의 사이(1)~(2)」가 여기에 해당한다. 『소년』의 시(가)는 근대 국민에게 요구되는 보편적 덕목과, '신대한' '대조선', 그리고 이것들을 은유하는 다양한 개념들을 통해 근대 국민국가의 필요성을 역설하는 한편, 대서사시적 과거 '대조선'을 호명함으로써 '민족'을 영원화하고 절대화하는 문화민족주의의 초석을 놓았다. 물론 『소년』의 시(가)는 단독으로 민족과 국가의 심미화와 위계화를 수행하지 않았다. 시(가)는 『소년』지 내의 각종 지식 담론을 요약하고 상징하는 방식으로 자신의 존립 방식과 근대적 가치를 꾸려나갔다.

『소년』과 『청춘』에 번역 게재된 톨스토이의 여러 소설과 『걸리버 여행기』의 일부인 「거인국표류기」와 『로빈손 크루소』를 초역(抄譯)한 「로빈손무인절도표류기」 등을 통해 최남선이 추구하는 바의 근대국가와 국민의 의미를 살펴본 「1910년대 번역·번안 서사물과 국민국가의 상상력」 역시 최남선의 다중적 관심과 전략적 글쓰기를 이해하는 데 도움이 될 것이다. 「근대계몽기 국민국가의 상상력과 신문매체」는 한국 최초의 민간 일간지 『미일신문』의 서사물을 대상으로, 특히 법률의 제도화와 국민 탄생의 기획이 어떻게 수행되고 있는가를 살펴본 글이다. 이 신문에 실린 서사들은 구한 말 근대 국민국가에 대한 이해와 상상력의 단초를 보여준다는 점에서 결코 소홀히 넘길 수 없다. 근대계몽기 시와 서사는 이처럼 서로 충돌하고 갈등하기보다는 서로 교섭하고 서로를 대리 수행한다.

제2부에는 주로 민족과 국토, 그리고 향토의 연계 방식과 심미화 양상을 검토하는 3편의 글을 실었다. 이를 통해 민족과 국가가, 혹은 그것의 물리적 실체로서 국토와 향토가 심미성과 함께 이데올로기 효과를 어떻게 선점해 가는가를 구명해 보았다. 이상화(「민족과 국토의 심미화」)를 기점으로 하여 한국전쟁 후 보수와 진보 지향의 민족주의에 각각 서정주와 신동엽을, 산업화시대 이후에는 서정주의 『질마재 신화』(「타락한 역사의 구원과 ‘질마재’」)와 조태일의 『국토』(「민족과 국토, 그리고 미」)를 놓았다.

대개 동의하겠지만, 문학사의 성좌에 편재된 세 시인들은 적어도 민족과 국가와 관련되는 한 불편부당(不偏不黨) 이전이거나 그 밖의 존재들이다. 이런 판정은 시인들의 선택과 역사현실의 개입,

그리고 독자의 판단이 종합적으로 작용한 결과물이다. 하지만 시인이란 말에 앞서 시(인)의 사표(師表)니 반면교사니 하는 말이 먼저 나도는 것은 지극히 불행한 일이다. 이 때문에 우리는 내밀한 영혼과 숨겨진 세계를 여는 사유와 언어가 불현듯 회통하는 그들의 시에 먼저 목말라하는지도 모른다. 이런 호강과 사치는 언제나 허락될 것인가, 아니 일상이 될 것인가.

이 글들과 관련하여 미리 밝혀 두는 몇 마디. 한국전쟁을 전후한 서정주의 시와 1960년대를 전후한 신동엽의 시에 나타난 민족과 역사의 심미화, 전통의 본질과 효과를 다룬 두 편의 글은 첫 평론집 『말 속의 침묵』(2002)에 벌써 수록되었다. 그런 까닭에 이 책에는 아쉽게도 이즈음에 대한 단독 연구가 빠져 있다. 다만 이상화 시를 다룬 「민족과 국토의 심미화」 일부에서 논의의 핵심을 정리하는 방법으로 한국 현대시의 내셔널리즘 계보 작성에 활용하였다. 어느 글보다 빨리 쓰인 「타락한 역사의 구원과 '질마재'」(1998)는 학위논문 작성 시 문제의식의 계발과 내용 형성에 많은 도움을 주었다. 이로 인해 참고문헌으로 등재되기는 했어도, 이후 자신에게 합당한 집을 쉽사리 찾지 못하는 불운을 겪었다. 그러던 차에 이 책을 만났다. 이 글의 핵심 의제인 '향토'의 심미화와 영원화는 한국 현대시의 내셔널리즘을 성찰하는 이 책의 연구 범주 및 목적과 매우 밀접한 관계를 형성한다. 이제 잠시 내려놓았던 원래의 독립성과 고유한 문제의식을 활짝 펼치기를 기원한다.

생각의 번다함과 구상의 잡다함이 의미 있는 연구 성과로 현상하지는 않는다. 고백하건대, 한국 현대시와 내셔널리즘에 대한 나의 관심과 열정은 아직 이 수준에서 맴돌고 있다. 그 어려운 세계에 겨우 첫 발을 내디딘 이 책의 거칠음과 미비점을 보완하고 보충하기 위해서라도 여기저기 비워두고 남겨둔 퍼즐 공간을 채우는 데 더욱 부지런을 떨어야겠다. 그러다 보면 문득 무더운 여름이 가고 서늘한 가을이 내 영혼 저 깊숙이 깃들 것이다.

소명출판의 박성모 사장께는 또 한 번 신세를 짓는다. 미안하고 고맙다. 어지러운 글에 정성 들여 문양(紋樣)을 입혀준 김혜원 과장을 비롯한 편집부 식구들께도 마찬가지 마음이다.

2007년 늦여름을 넘기며

최현식 적다

제2부
민족과 국토, 근대의 성소 혹은 연옥

제1부

근대 민족·국가의 상상과 창안

'신대한'과 '대조선'의 사이 (1)

『소년』지 시(가)의 근대성

1. 『소년』지 시(가)의 근대성을 읽는 하나의 방식

'바다'에서 '산'으로. 근대시 연구자라면 누구나 들어 봤음직한
정한모의 이 말[1]은 『소년』지 시(가)[2]의 추이와 성격을 대변하는 명

---

1) 정한모는 '바다 : 개방성'과 '산 : 폐쇄성'을 짝패로 하여, 최남선 시(가)의 변화
   와 민족의식의 정체를 논했다. 자세한 내용은, 정한모, 『한국현대시문학사』, 일
   지사, 1974, 201~209면 참조.
2) '시(가)'라는 용어는 이 글에서 다루는 신시(창가 · 신체시 · 자유시 · 산문시)와
   시조(국풍)를 한 데 아우르기 위한 것이다. 시와 노래의 결합 / 분리라는 관점으
   로 따진다면, 창가와 시조가 함께 묶여야 될 것이다. 그러나 『소년』지의 시조와
   창가는 다른 매체에서 그러했듯이 노래가 아니라 읽기의 대상으로 존재했다. 가

제와도 같은 것이다. 여기에는 소재의 변동 말고도, 일종의 율격의 실험장이라 할 수 있는 『소년』의 운문이 신시에서 시조로 굳어간 다는 형식적·장르적 퇴행현상에 대한 부정적 소회가 함께 담겨 있다. 물론 이 감각은 『소년』지 시(歌) 전체라기보다는 『소년』의 주재자이자 집필자였던 최남선의 그것을 향한 것이겠다.

이런 설정은 그러나 『소년』지 시(歌)의 최남선에의 귀속성과 이념적 동일성에 비추어 보면 별 의미가 없을지도 모르겠다. 한시와 번역시, 이광수의 시 등은 모두 합쳐야 10여 편 남짓이지만, 신시 (창가·신체시·자유시·산문시)와 시조(국풍)를 부지런히 오가며 최남선이 창작한 시는 무려 60여 편에 달한다. 그리고 그것들은 근대적 의미의 심미 취향을 목적하기보다는, 비록 추상적이기는 해도 자아 또는 시대가 요구하는 바의 계몽성과 그것의 구현에 필요한 덕목의 요구와 예찬에 바쳐지고 있다. 이런 요소들은 『소년』지 시(歌)와 최남선의 그것을 동일시하는 효과를 낳았고, 이에 따라 최남선 시(歌), 특히 신시의 성취와 한계는 『소년』지의 그것으로 그대로 이월되었다.

령 임화는 창가를 '신시의 선구'로 규정하는데, 그가 노래하는 창가만큼이나 중요시 여긴 것은 노래되지 않는 창가였다. 이것은 대체로 "신사조의 계몽이나 정치사상의 선전이나 국민적 자각을 고취하기 위하여" 쓰였다(임규찬 외편, 『임화 신문학사』, 한길사, 1993, 149~155면 참조). 악보가 유일하게 첨부된 「단군절」을 제외한 『소년』지의 창가 역시 이에 해당한다. 그리고 시조의 경우, 최남선은 그것을 노래보다는 읽을거리로 여긴 듯한 인상이 짙다. 그는 개성의 풍경과 그에 따른 흥취를 시조로 지으면서 다음과 같이 말한다. "毋論 格도 본 것 아니오 調에도 맞추지 아닌 것이라 하믈며 聲律에 석길 理가 잇스리오마는 詩를 만일 노래할 것과 닑을 것 둘에 난홀 수가 잇다하면 닑을 것 편에 석거 닑어주시기를 바라노이다."(『소년』 제2년 10권, 1909.11, 37면) 창가의 신시로의 편입은 앞서 본 바 그것이 가진 장르의 근대성을 고려하여 이루어진 것이다.

 신화의 저편─한국 현대시와 내셔널리즘

물론 '근대 자유시'라는 잣대는 점차 오늘날로 올수록 최남선을 신시의 선구자에서 자유시 형성의 걸림돌로 평가하는 시각을 증대시키고 있다.3) 그의 신시를 '새로운 정형시의 창조'로까지 보는 어떤 시각은 근대 자유시의 이념형, 즉 모든 외재적 격식으로부터 해방되어 근대적 이념과 시인의 미적 개성을 자유롭게 구현한다는 명제의 가장 충실한 이행에서 나온 것이라 할 수 있다. 굳이 '근대 자유시'를 들먹거리지 않더라도, 최남선의 시인으로서의 자의식4)이나 쉽사리 감응되지 않는 고착된 형태의 정서와 감각은 그의 시(가)에 대한 회의를 별로 감하지 않는다.

그러나 과연 『소년』지 시(가)의 연구를 근대 자유시에 근거한 새로움(근대성)의 한계와 시조로의 자발적 후퇴라는 장르적 퇴행성을 짚어내는 것으로 그칠 수 있을까. '시(가)'의 근대성과 미학성만을 고찰하는 태도에서 벗어나, 『소년』의 목적과 성격, 진행 방향 등과 어떻게 맞물려 있는지, 또한 그에 따른 계몽의 성격과 장르의 변화는 어떻게 이루어지는가를 면밀히 검토한다면 어떨까.

『소년』이 근대에 대한 열망과 그것을 실현할 가치와 덕목에 대한 계몽의 열정으로 넘쳐나고 있음은 주지의 사실이다. 그런데

---

3) 현재까지의 『소년』지 또는 최남선의 신시 연구 동향에 대한 자세한 정리는 서영채, 「최남선 시가의 근대성에 관한 연구」, 『민족문학사연구』 13호(민족문학사학회 편), 1998 및 박정선, 「『소년』지 시와 새로움의 인식」, 고려대 석사논문, 1999 참조.

4) 최남선은 자신의 천품이 시인이 아니지만 시세와 자신의 처지가 '소원 아닌 시인'을 만들었다고 고백한다(『소년』 제2년 4권, 1909.4, 3면 참조). 최남선에게 시(가)가 심미성의 추구와는 거의 무관한 계몽의 도구였음은 대체로 인정되는 사실이다. 이에 따른 집단 주체의 과잉은 서정적 자아의 자율성 획득에 상당한 제한을 가져왔음은 물론, 『소년』 이후 신시로부터 아주 이탈하는 촉매제 역할을 하게 된다. 보다 자세한 내용은 서영채, 위의 글, 265~269면 참조.

정작 중요한 것은 근대 지향 자체가 아니라 그것이 '나라만들기'나 '민족지키기'의 기획으로 수행된다는 사실이다. 이를 주목한다면, '바다에서 산으로'를 "'신대한'에서 '대조선'으로' 바꾸어 그 의미를 따져볼 수 있다. 『소년』의 존속기(1908.11~1911.5)는 근대 국민국가 건설의 열정이 무르익기보다는 제국주의, 특히 일제에 의해 그 꿈이 좌절, 와해되어간 시기에 해당된다. 『소년』의 '신대한', 곧 국민국가에 대한 비전이 지나치게 추상적이며 낙관적으로 보이는 것은 저와 같은 당대 현실을 괄호치고 있기 때문이다.

하지만 최남선이 『소년』을 '신대한'에의 열정에 변함없이 바친 것은 아니다. 1909년 말에 이르면, 대황조(단군)와 태백범·태백산 등과 함께, 이 항목을 율문화하는 주요 장르로서 국풍(시조)이 본격적으로 등장하기 시작한다. 이런 변화의 근본 목적은 '대조선 정신'[5]의 앙양, 곧 '신대한'의 건설이 불가능해지는 상황에 맞서 민족 구성원들의 동일성을 유지·보존할 수 있는 공동감각을 형성, 전파하는 데 있었다. 말하자면 근대적 공동체의 향방을 실현 불가능한 국민국가에서 특히 문화 담론을 통해 그 활로를 개척할 수 있는 민족으로 전환한 것이다. 그런 의미에서, 목표하는 공동체의 명칭을 '신대한'에서 '대조선'으로, 그리고 그것의 정체성을 드러내는 운문 형식을 신시에서 시조로 바꿔간 최남선의 노력은 조선이란 국가가 망한 자리를, 또는 근대국가의 가능성을 민족으로 대신하고, '국수(國粹)'를 '족수(族粹)'로 대체하기[6] 위한 것으로

---

5) 최남선, 「大朝鮮精神」, 『소년』 제3년 8권, 1910.8, 40면.
6) 정우택, 『한국 근대 자유시의 이념과 형성』, 소명출판, 2004, 109면. 여기서 '국수(國粹)'는 '한 나라의 고유한 역사·문화·국민성의 장점'을 의미한다.

이해된다.

　이런 현실 변화에 대한 대처 감각과 능력은 『소년』이 단순히 다양한 근대 지식의 전시장이 아니라 나라만들기와 민족지키기에 필요한 효용적 지식의 경연장으로 그 성격을 유지할 수 있던 까닭을 엿보게 한다. 최남선은 혼자 집필과 편집을 담당하면서도 그 목적을 달성하기 위한 지식의 선택과 배제의 원리를 꾸준히 적용한다. 서구의 근대지(近代知)만을 일방적으로 제시하는 대신 그것과 유사성을 갖는 민족지(民族知)를 나란히 제시한다든가, 이를테면 '바다'와 '노동역작(勞動力作)' 같은 주제를 다룰 때 산문과 시(가) 모두에서 그와 관련된 지식 담론을 연계, 배치하는 태도는 몇몇 경우를 제외하곤 폐간 때까지 지속된다.

　시(가)의 경우, 『소년』의 목적에 맞게 배치되는 지식 담론으로서의 성격은 다음의 예에서 비교적 선명하게 드러난다. 시(가)는, 창작시든 번역시든 대체로 권두시나 산문 내의 삽입시 그리고 독립시의 세 가지 형태로 게재된다. 하지만 이런 표면적 게재 형태보다 중요한 것이 있으니, 그것은 해당호의 계몽 및 지식의 내용을 대리 표상하거나 부연한다든가(권두시·독립시), 산문의 핵심을 요약하는 성격을 지닌다는(삽입시) 것이다. 이런 차원에서 『소년』의 시(가)는 계몽의 담론이지, 개아의 자유로운 영혼을 개성적 형식으로 표현하는 심미물이 아니다. 권두시를 검토하는 것만으로 『소년』이 거머쥔 계몽성의 변화 추이를 어렵잖게 인식할 수 있는 것은 그것이 지닌 '율문적 지식'[7]의 성격 때문이다. 여기서 『소년』지 시(가)를

---

7) '율문적 지식'이란 최남선이 율문적 언어 형식을 근대 지식 전달 매개체로 활용했다는 의미를 나타내기 위한 말이다. 최남선의 '지식의 율문화'에 대한 논의

보다 풍부하게 이해하기 위해서는 여타의 지식 담론과 겹쳐 읽을 필요가 있다는 논리가 자연스럽게 성립된다.

앞서 잠깐 얘기했지만, 『소년』에서 시조의 출현은 우연히 이루어진 것이 아니다. 그것은 무엇보다 '대조선 정신'을 앙양하고 민족의 시원과 영광을 상징하는 존재로서 '대황조'와 '태백' 등을 찬양하기 위한 문화적 정수였다. 최남선의 시조 역시 재도지문(載道之文)의 성격을 띠고는 있으나, 성리학 이념의 표출에 충실했던 조선시대의 시조와는 그 성격이 달랐다. 그는 시조를 『시경』 1편의 제목을 빌어 '국풍'으로 부른다. 여기에는 그것이 덕화(德化)가 미치고 올바른 질서가 유지되는 시대의 노래를 뜻하는 정풍(正風)으로 작용하길 바라는 마음이 깃들어 있을 것이다. 왜냐하면 그의 시조는 자연은 물론 광활한 우주를 넘나들면서, 대황조·태백 등 형이상학적인 역사와 국토를 예찬하고 있기 때문이다.8)

영웅적이며 시원적인 과거를 발굴, 재현하거나 재창조함으로써 민족을 심미화하고, 그것을 근대문명을 초극하는 매개체로 동원하는 일은 근대 이후 문화적 민족주의의 전형적인 패러다임에 해당한다. 최남선의 '국풍'에의 관심이 그렇다는 것은 보편적 계몽의 덕목을 대황조 이래의 민족적 전통으로 급작스레 전유하는 장면에서 뚜렷이 확인된다.9) 1920년대에 이르면, 최남선은 불함문

로는 한기형, 「최남선의 잡지 발간과 초기 근대문학의 재편」, 『대동문화연구』 45집(성균관대 대동문화연구원 편), 2004, 226~227면 참조.
8) 이것은 그의 시조가 진보성과 현실성을 갉아 먹는 복고적 퇴행성으로 가득 찼다고 비판 받는 주요한 원인이다. 이에 대해서는 고미숙, 「애국계몽기 시조의 제 특질과 그 역사적 의의」, 『18세기에서 20세기 초 한국시가사의 구도』, 소명출판, 1998, 338~340면 참조.

화론 및 단군론의 설파, 백두산·금강산 등 민족 명소의 주유와 기행문 작성, 민족문화와 성스런 국토에 담긴 조선 정신과 조선적인 것의 형상화 기제로서 시조의 부흥을 동시에 추진한다. 이런 삼위일체의 문화 민족주의 기획은 이미 『소년』에서 그 단초를 보였으며, 『소년』 이후의 〈조선광문회〉 활동이나 『청춘』의 「계고차존(稽古箚存)」(『청춘』 14호, 1918.6) 등을 통해 구체화되어간다. 말하자면 최남선은 국가 부재의 식민지 상황에서 민족의 자기 보존은 역사를 공유하고 그것을 성스러운 기억으로 간직함으로써 가능할 수 있다는 사실을 영민하게 간파하고,[10] 이를 최고이자 최후의 문학적 과제로 밀고 나갔던 것이다.

이 글은 이런 사실을 유념하면서, 『소년』지 시(歌)를 같이 수록된, 또는 담론의 연관이 뚜렷한 산문들과 겹쳐 읽음으로써 그것의 근대성을 다시 헤아려보려 한다. 물론 가장 주목하는 지점은 '나라만들기'와 '민족지키기'라는 절박한 명제에 시(歌)가 어떻게 부응했고 또 변모해갔는가 하는 문제이다. 이를 위해 시(歌)를 그 성격과 주제에 따라 세 항목으로 나누고, 두 차례에 걸쳐 살펴볼 예정이다. 1부에서는 국가와 민족 주체로 상정되는 '소년'과 '조

---

9) 이를테면 「少年時言」(『소년』 제3년 5권, 1910.5)의 '國民思行의 標準' 항목은 조선국민이 '정의의 수호자'와 '지선(至善)의 노력자'가 되기 위해서 순결·광명·강건·화락·진실 등의 10가지 덕목을 지킬 것을 권고한다. 그러면서 "우리 朝鮮國民의 思와 行의 표준은 오즉 거룩하신 大皇祖끠오서 처음 나라를 세우시던 그 精神과 그 抱負라"는 부연 설명을 덧붙이고 있다. 그러나 저 덕목들은 『소년』이 창간 이래 근대국민이 되기 위해 필요한 보편적 가치로 줄곧 강조해 온 항목들이었다.

10) 서영채, 「기원의 신화를 향해 가는 길」, 『한국 근대문학과 민족—국가 담론』 (서울시립대 인문과학연구소 편), 소명출판, 2005, 123면.

선 남아'의 표상과 성격, 그리고 그들에게 요구된 보편적 덕목들과 그 변화의 추이를 살펴본다. 본고가 이에 해당한다. 그리고 다른 글로 준비될 2부를 통해, 첫째, 근대 국민국가 '신대한'에 대한 열망과 그것을 향한 계몽적 열정의 실체와 실질성이, 둘째, 국가의 원망(願望)을 대치한 '대조선'과 그것의 핵심을 이루는 '태백'·'대황조'란 표상의 본질과 성격, 그리고 문화 민족주의로서 그것의 역할과 효과가 짚어질 것이다.

2. '신대한 소년'과 '조선 남아' 되기―그 사행(思行)의 덕목

1) '신대한 소년'에서 '조선 남아'로 넘어가는 길

『소년』이 호출한 주체를 꼽는다면, '신대한 소년'과 '조선 남아'를 들어야 할 것이다. 전자가 '신대한'에 호응하는 '국민' 주체라면, 후자는 '대조선'에 호응하는 '민족' 주체이다. 그러나 그 차이에 관계없이, 그들은 '신민'에서 멀리 벗어나 제국의 흥성을 이끌고 민족의 영광을 재현하는 근대적 주체로 요구되었다. 현실의 변화에 따라 강조 지점이 약간 달라지지만, 『소년』은 이 남성 주체들이 저 목적에 걸맞은 '쾌남아'이자 자기 수양과 직분에 철저한 청년이 되어야 함을 지속적으로 강조하였다. 아마도 이런 주체의 겹침과 동일성은 현재 좌절된 국가와 민족의 일치를 미구에 닥칠 가능성으로 상상케 하는 활력이 되었을 것이다. 다음 두 글은 그에 대한 적절한 실례이자 『소년』이 꿈꾸는 주체의 본질과 성격을 간명히 요약한다.

①今에 我帝國은 우리 少年의 智力을 資하야 我國 歷史에 大光彩를 添하고 世界文化에 大貢獻을 爲코뎌 하나니 그 任은 重 하고 그 責은 大한디라 本誌는 此 責任을 克當할 만한 活動的 進取的 發明的 大國民을 育成하기 爲하야 出來한 明星이라 新大韓의 少年은 須臾라도 可離티 못할디라.[11]

②『少年』의 目的을 簡短히 말하자면 新大韓의 少年으로 깨달은 사람이 되고 생각하난 사람이 되고 아난 사람이 되야 하난 사람이 되야서 혼자 억개에 진 무거운 짐을 勘當케 하도록 敎導함이라.[12]

'소년'은 현재의 생물학적 연령 구분과는 비교적 무관한, 새 시대를 책임질 '청년'을 표상한다. 이는 『소년』에서 '소년'과 '청년'이 명확한 구분 없이 혼용되고 있거니와, 후기에는 '조선 남아'가 그것을 대치하고 있다는 점에서 충분히 확인된다. 사실 그들은 단순히 젊은 세대가 아니라 '신대한'의 건설과 팽창에 크게 기여할 정치적 주체, 즉 "활동적 진취적 발명적 대국민"의 잠재태인 것이다. 이들은 '신대한'의 원심력이자 구심력으로 동시에 기대된다.

먼저 '삼면환해국(三面環海國) 소년'은 "泰東의 뎌大陸 넓은 벌판"과 "太平의 뎌大洋 크나큰물", 그리고 "볏발이 곳쏘난 赤道

---

11) 『소년』 창간호, 1908.11. 시(가)를 제외한 산문의 띄어쓰기는 현대 어법에 맞게 고쳤음. 이하 마찬가지임.
12) 「少年時言―『少年』의 旣往과 및 將來」, 『소년』 제3년 6권, 1910.6, 18면.

아래"13)를 '우리의 운동장' 삼아 뛰놀 존재다. 이들은 패퇴 없이 오로지 전진하는 '쾌남아'가 됨과 동시에, '신대한'을 근대문명의 중심지로 부상시킬 권리와 의무를 지고 있다. 이런 발상은 세계 문화에 대한 공헌의 바람을 넘어 당시의 세계 질서였던 우승열패의 논리를 내면화한 결과물이다. 사회진화론에 기댄 우승열패의 국가 질서를 수용한다는 것은 약육강식의 제국주의 논리를 인정한다는 것과 다르지 않다. 그런 까닭에 『소년』은 '신대한'이 반도의 지리적·문화적 이점을 살려 근대의 강국으로 끊임없이 팽창하길 바라며, 이와 연관된 지식 담론들을 공들여 지속적으로 제공하는 것이다.14)

그러나 이런 욕망은 상상이 아니라 그것을 실현할 근대성과 근대적 제도를 완미하게 갖출 때야 현실화될 수 있다. 더군다나 이미 일제의 보호국이었던 당시 조선을 생각한다면, 팽창의 상상은 식민지로의 전락을 피하기 위한 역설적 자유의 감각이랄 수 있다. 과연 『소년』에는 팽창의 욕망만큼이나 국민의 자강과 국가의 독립, 자유의 확보 등을 주창하는 시와 산문이 다수 게재된다. 특이한 것은 이런 담론이 주로 미국의 독립과, 미국을 신흥 강국으로 부상하는 데 기여한 근대적 가치, 이를테면 독립과 자유·평등·

---

13) 최남선, 「우리의 運動場」, 『소년』 제1년 2권, 1908.12, 32면.

14) 「우리의 運動場」에는 다음 구절이 시의 앞뒤에 병기되어 있다. "우리 三面環海國 少年아 너의는 瞬時라도 夢寐에라도 너의 天惠偏厚한 世界的 處地를 잇디 말디어라", "目今 世界文運의 大中心은 太平大洋과 泰東大陸에 잇난데 우리 大韓은 左右로 이 兩處를 控制함을 생각하라." 최남선은 창간호부터 공들여 연재한 「海上大韓史」에서 반도의 처지를 근대문명국으로 올라서는 천혜의 조건으로 줄곧 규정짓고 있기도 하다.

공명심·인류애·지식 등과 아울러 워싱턴·링컨과 같은 지도자들에 대한 소개나 칭송으로 이루어진다는 사실이다.15) 여기서 우리는 영국의 식민지에서 독립해 현재는 신흥 문명국으로 부상한 미국을 모방함으로써 반개(半開)의 조선을 고도의 문명개화국 '신대한'으로 세우겠다는 낙관적인 정치적 상상력을 엿본다.

그것이 '신대한'의 외부로의 팽창이든 내적인 자강의 도모든 간에, 좀 더 완미한 근대적 주체, 즉 문명국의 국민이 되기 위해서는 외적 표상으로서 '쾌남아'를 보지하고 성숙시킬 만한 보편적 덕목의 내면화가 더욱 절실해진다. 그렇지 않고서는 '활동적 진취적 발명적 대국민'이란 '소년'의 미래상은 허상이며, 그것에 대한 간절한 욕망 역시 공염불에 그칠 수밖에 없다.

가령 『소년』이 창간된 지 2년 반 가량이 지난 즈음 쓰인 ②에 나타난 『소년』의 창간 목적과 기대되는 '소년'의 표준을 보라. '신대한'의 국민 주체를 예비한다는 목적은 같지만, '소년'의 표준이 창간 당시에 비해 보편적이면서도 내면적인 인간형으로 정립되어 있다는 점에서 ①의 '쾌남아' 이미지와 꽤 다르다. "깨달은 사람이 되고 생각하난 사람이 되고 아난 사람이 되야 하난 사람이 되"라. ①의 '소년'이 현실을 뛰어넘어 미래로 돌진하는 모험가적 면모를 다분히 띠고 있다면, ②의 '소년'에서는 자아의 끊

----

15) 미국 국가를 번역한 「아메리카」(『소년』 제1년 2권), 번역시 「大國民의 기백」(『소년』 제2년 2권), 「靑年의 所願」(『소년』 제2년 3권), 링컨을 찬양하는 창작시 「아브라함 린커언」(제3년 1권) 등이 대표적이다. 미국이 근대국가 및 국민이 지녀야 할 표준과 덕목을 제공하고 있는 셈인데, 이는 실재하지 않는 경험을 공유하려는, 그래서 국가의 독립과 문명을 정당화하려는 계몽적 사유의 소산으로 보인다.

임없는 수련과 수양을 통해 자신의 직분과 처지에 충실한, 완전한 인격체를 갖춘 교양인—실천가의 면모가 두드러진다. 이런 변화는 식민지로의 전락이 거의 뚜렷해진 형편에서 '소년'의 임무와 역할을 재설정하고 재배치함으로써 '소년'의 또 다른 가능성을 살려내려는 의도의 산물일 수 있다.

그러나 너무 일반적이어서 추상적으로 느껴지는 이 소년상은 최남선이 보편타당하며 참조할 만한 것으로 여겨지는 가치와 윤리, 덕목 따위를 전근대와 근대, 동서양을 막론하고 접합함으로써 탄생한 듯 보인다. 이를테면 최남선은 「소년훈」과 「소년시언」, 「현대 소년의 신호흡」(두 번째 연재부터 '신시대 청년의 신호흡'으로 게제) 등을 통해, '소년'이 갖추어야 할 보편적 윤리와 덕목들을 지속적으로 설파한다.

그가 사회진화론으로 무장한 근대적 인간형을 넘어, 시대와 장소를 막론하고 통용 가능한 교양형 인간형의 추구로 점차 기울어졌다는 사실은, 『산수격몽요결』의 편찬과 선전에서 잘 드러난다. 이 책은 율곡 이이의 『격몽요결』을 번역하면서 그 원문에 적합한 서양의 경구나 격언을 첨부함으로써 『격몽요결』을 보편화·현대화했으며, 또한 조선에 근대인의 수신 방법과 태도를 미리 일러준 후쿠자와 유키치[福澤諭吉]의 『수신요령』을 부록으로 첨부했다.16) 이런 편집 전략은 『산수격몽요결』을 언제 어디서나 통용되

---

16) 이이의 『격몽요결』은 「新時代 靑年의 新呼吸(六)—栗谷李珥先生自警文— 七則」(『소년』 제2년 8권, 1909.9)에서, 후쿠자와 유키치의 『수신요령』은 「現代 少年의 新呼吸(一)—修身要領」(『소년』 제2년 2권, 1909.2)에서 번역·소개되고 있다. 『산수격몽요결』은 이런 작업의 결과물이다.

는 "신시대 소년의 덕육(德育)상 보감(寶鑑)을 작(作)하"기 위해 취해졌다.

그러나 이는 '문명'에 대한 최남선의 인식 변화가 일정하게 반영된 결과물이기도 하다. 가령 최남선은 『산수격몽요결』의 광고에서 "문명이란 하(何)오 전등만도 아니오 철도만도 아니오 화학의 응용만도 아니오 물성(物性)의 구명만도 아니라 개인에도 재(在)하야던지 사회에 재하야던지 덕·체·지 삼건사(三件事)가 평균하게 발달됨을 위함이라"고 말한다.[17] 근대의 물질문명에 대한 일정한 비판에 더해, '덕·체·지'를 고루 발전시키는 전인적 교육의 필요성을 강조하는 대목이 아닐 수 없다.

여기서 『논어』와 『시경』 그리고 『격몽요결』을 버리는 행위가 진흙탕에 옥돌(璞玉)을 버리는 것과 다를 바 없다는 시각의 변동이 싹트는 것이다. 물질문명에 대한 정신문화의 우위를 강조한다는 느낌이 자연스레 전해지는 발언이다. 이것이 우승열패를 합리화하는 근대문명의 야만성을 전인적 교양으로 무장된 정신문화를 통해 극복하고 치유하겠다는 문화주의의 한 발로이자 양상임은 비교적 분명해 보인다. 따라서 민족의 기원과 영광을 기억하고 재현함으로써 현재의 위기를 넘어서는 동시에 바람직한 '상상의 공동체'를 미리 설정하는 『소년』지 후기의 문화민족주의 담론

---

17) 이상의 인용은, 『산수격몽요결』 광고, 『소년』 제3년 1권, 1910.1 참조. "덕·체·지 삼건사(三件事)가 평균하게 발달됨을 위함"이란 모토는 최남선이 깊숙하게 관여했던 〈청년학우회〉의 그것이기도 했다. "本會는 大韓의 懋實·力行으로 生命을 作하난 靑年學友를 團合하야 情誼를 敦修하며 아울너 德·體·智 三育을 硏究코 쏘 그 好美한 者를 踐履하야 健全한 人物을 作成하기로 目的함."(「청년학우회보」, 『소년』 제2년 8권, 1909.9, 15면)

은 이로부터 그 근거와 자양분을 획득한다고 보아도 좋을 것이다.

2) 정의의 수호자, 지선의 노력자 그리고 대황조의 후예

①이제 이런 흐름이 『소년』지 시(가)에서는 어떤 주장과 표현을 얻고 있는지 살펴볼 차례이다. 물론 흐름을 주목하다 보면 서술의 중심은 계몽성의 변주에 놓일 것이다. 그러나 『소년』에 표현된 문명과 문화의 대립은 그것이 완연해지는 1920년대만큼 확실하지도 심각하지도 않다. 그 둘은 오히려 뒤섞여 있는 경우가 많은데, 후기로 갈수록 대립의 경계선이 점차 가시화된다. '민족'이 '국가'를 서서히 대체해가는 시대 현실이 반영된 현상이라 하겠다.

全部의誠心 다드려힘기르고
全部의精神 다써智識느려서
우리는 將次누를爲해무삼일
하랴하나냐
弱한놈 어린놈을 도올양으로
强한놈 넘어쩌려 『最後勝捷은
正義로 도러간다』ㄴ밝은理致를
보이려함이아니냐
　올타올타果然그러타
　新大韓의少年은
　이러하니라.

—「新大韓少年」(『소년』 제2년 1권, 1909.1) 부분

"우리의 胸宇에 그득한것은 限업난 動力으로 거칠것업시 나가난 汽車와 갓흔 前進心이로다."18) 『소년』은 '기차와 같은 전진심'으로 '소년'이 '신대한'을 건설하고 근대문명을 성취하길 바랐다. '기차'는 단순히 힘을 상징하지 않는다. 어디에도 비할 바 없는 근대의 우월성과 발전 가능성을 함축하고 있다. '성신(星辰)'을 관찰하면서 "하난수만잇스면 電話도매고 / 空中으로鐵道도길게 노아서 / 네곳까지이르러親히보리라"19)고 진술하는 장면은 근대라는 '멋진 신세계'에의 매혹을 숨김없이 드러낸다. 이것은 낭만적 관념이 아니라 진보와 과학의 합리성을 구현하는 근대문명에 대한 학습과 경험에서 획득한, 발전 가능성에 대한 믿음의 구현체이다. '신대한 소년'은 이 '믿음'을 내면화할 때만이 '활동적 진취적 발명적 대국민'으로 성숙할 수 있으며, 「신대한소년」이 제시하는 바의 국민적 표준과 덕목을 실현할 수 있을 터이다.

'신대한 소년'의 진취성과 품성은, 바다에의 도전이나 극지의 탐험 등을 이야기할 때는 '용기'를 향하지만, 보통은 「신대한소년」에서처럼 근면과 성실, 지식 함양, 정의, 사해동포주의, 진보에의 전력을 향해 나아간다. 이런 덕목들은 개인의 완미한 품성, 이를테면 "성실한 심지와 각고(刻苦)하난 공부와 영혜(穎慧)한 천품"20)을 계발·고양시키는 데 먼저 필요하다고 보아 무방하다.

---

18) 최남선, 「쓰거운 피」, 『소년』 제3년 3권, 1910.3, 2면.
19) 최남선, 「星辰」, 『소년』 창간호, 1908.11, 58면. 이 시는 「鳳吉伊地理工夫」를 여는 역할을 하고 있다.
20) 「新時代 青年의 新呼吸(三)—아메리카 名人 프랭클닌 座右銘」, 『소년』 제2년 4권, 1909.4, 5면. 여기서 제시된 프랭클린의 13덕은 "절제·침묵·규율·과감·검약·근면·성실·정의·중용·정결·평정·정조·겸손"이다.

하지만 이런 자질을 구비한 '소년'의 성장과 국민, 곧 정치적 주체로의 진입은 근대국가의 발전과 안정에 직접적으로 기여한다는 점에서 그것은 이미 국민의 기획을 내장하고 있다.[21] 미국의 건국에 혁혁한 공헌을 세운 벤자민 플랭크린의 좌우명이 「신대한소년」에 제시된 덕목을 거의 가지고 있으며, 또한 그 좌우명이 오로지 정의와 공명심으로 현실을 극복하고 미래를 개척하는 소년상을 조형하는 「구작삼편」에 바로 이어져 있음을 무심히 지나칠 수 없는 까닭이 여기에 있다.

> 우리는아모것도가진것업소,
> 칼이나륙혈포나——
> 그러나 무서움업네,
> 鐵杖갓흔形勢라도
> 우리는 웃지못하네.
> 우리는올흔것짐을지고
> 큰길을거러가난者님일세.
>
> —「舊作三篇」(『소년』 제2년 4권, 1909.4) 부분

「구작삼편」은 계몽의 내용을 짐작케 하는 제목을 지닌 여타의 신시와 달리 제목이 없다. 1907년(정미년) 무렵 지어 보관 중이던 최초의 시이자 신시였던 세 작품을 이제야 발표한 탓이리라.[22] 2년

---

21) 이런 입론의 타당성은 이전 호인 『소년』 제2년 3권(1909.3)이 국민을 호명하는 소년의 규범으로서 루스벨트 대통령의 8가지 좌우명과 몽고메리의 시 「靑年의 所願」, 그리고 워싱턴 대통령의 좌우명을 잡지의 첫머리부터 잇달아 게재하고 있는 사실에서도 얼마간 확인된다.

22) 「구작삼편」의 후기에 따르면, 이 시는 최남선이 처음 지은 시인 동시에 "우

전 최남선이 보던 '우리'는 무력과 재물로 대표되는 권력이 없는 지극히 평범한 청년들이다. 그렇다고 '우리'는 무기력하지만은 않아서, "철장(鐵杖)갓흔 형세", "면류관의 힘", "세사(細砂)갓흔 재물"로도 얻을 수 없는 올곧은 주체들이다. 이것은 '우리'가 오로지 "올흔것짐을지고" '큰길'을 걷고 다스리고 지켜보는 공명정대한 자이기 때문에 가능하다.

이처럼 『소년』에서 각성된 자의 본분은 '정의의 옹호자'로 흔히 표상된다. 그것은 물론 개아(個我)보다는 국가의 성립과 발전에 기여하는 덕목으로 신뢰된다. 가령 몽고메리 원작 「청년의 소원」은 각성된 정치 주체 '청년'의 덕목으로 공명심과 지식·인류애를 제시하는데, 이것은 "부정불의를 토멸"하는 '대한소년'의 제일 임무에 반드시 필요한 정신적 토대일 터이다.[23]

쾌남아로서의 '소년', 그는 모험심으로 충만한 '용소년(勇少年)'이자 불요불굴의 '정의의 옹호자'로 호명되었다. '소년'이 그렇게 지속적으로 가치화된다는 것은 '신대한'에의 욕망이 그만큼 집요함을 의미한다. 그러나 욕망 자체가 실현 가능성을 선뜻 보장하지는 않는다. 오히려 그것이 현실에서는 불가능하며 바람직한 미래상으로 지연됨을 뜻하는 경우가 더 많은데, 당시 '신대한'의 기획은 그런 운명에 처해 있었다. 그것의 정당성에 대한 지원을 특히 미국의 독립과 근대국가로의 모범적 성장을 다룬 시와 산문에

리 국어로 신시의 형식을 시험하던 시초"라고 한다.
23) 최남선, 「大韓少年行」, 『소년』 제2년 9권, 1909.10, 2면. 3연에는 '대한소년 의용대'가 승전 후 천사의 환영을 받으며 '하나님'께 직접 훈장을 받는다는 내용이 나온다. 성서 모티프가 가장 뚜렷한 시에 해당한다.

서 얻는다는 것은 그만큼 현실의 '신대한'이 공허하다는 경험적
진실을 반영한다. 그런 점에서 근대문명의 일방적 강조와 찬양은
근대로부터 자꾸 뒤처지는 현실을 암암리에 인정하는 것이라 할
수 있는데, 식민지로의 전락은 근대에의 상상적 욕망조차도 제한
하는 현실원리가 된다.

　②이로부터 근대성 또는 근대국가로 협착되지 않는 보편적 덕
목의 습득과 내면화가 한결 중요해진다. 시공간을 초월하여 어디
서나 통용되는 인간형의 창조는 그것이 가장 구체화된 형식이다.
'지선(至善)의 노력자'는 이 인간형을 대표한다. 그에게는 무엇보
다 자기 직분에 충실할 것과 쉼 없이 무실역행의 태도를 취할 것
이 강조되었다. 이를테면『소년』제2년 6권은 이전의 "대국민 육
성……"을 대신하여 "向上精進은 新大韓 少年의 人文 開發에
從事하난 精神이오 勞動力作은 新大韓 少年의 天命 僕從에 努
力하난 道理니라"를 표제글로 내세운다.24) '향상정진'과 '노동역
작'은 이전처럼 나라만들기와 국민 되기의 원리로 크게 강조되지
않는다. 집단 주체를 사상한 개아의 원리가 설파되는 것도 물론
아니다. 그렇지만 계몽의 주안점은 국가를 향한 문명의 진보에서
그것의 폐해와 한계를 초극하거나 비껴갈 수 있는 자수자양(自修
自養)적 인간의 창조로 서서히 선회해간다.25) 개인을 훈육하고 규

---

24) 같은 호(『소년』제2년 6권)에는 「新時代 靑年의 新呼吸(四)－톨스토이 先生의
　　教示(勞動力作의 福音)」도 실려 있다. 표제 글은 그런 점에서 최남선이『소년』
　　에서 가장 존경을 표시했던 '노동역작'의 전도사 톨스토이와 '무실역행'의 설파
　　자 안창호의 사상을 동시에 합친 것이자, 그들에 대한 헌사(獻辭)이기도 하다.
25) 소영현은 이 시기 '청년' 담론의 중층성과 전개 과정을 '신대한 건설'을 목표

율하는 내면 원리에 강조점을 두는 이런 인간형의 창조는 근대국가의 자명성과 그 좌절로서 식민지 전락이라는 현실의 어긋난 짝패를 견디면서, 그것을 대체할 새로운 원리를 찾아가는 데 유력한 원군이 된다.

"정의의 옹호자가 되랴하고 지선의 노력자가 되랴할진댄"26)이라는 구절에서 보듯이, 두 덕목은 순차적으로 추구된 가치가 아니다. 그보다는 새 시대의 주체이자 일꾼인 '소년'이 올바르게 진군하기 위해 갖추어야 할 좌우의 날개라 할 수 있다. 그러나 양 날개는 항상 균등하게 펼쳐진 것이 아니라 시대의 파고와 격랑에 따라 그 펼침의 각도와 비중이 달라졌다.

가령 『소년』 초기의 '지선의 노력자' 상(像)은 보편적·긍정적 덕목보다는 무사안일과 게으름 같은 부정성에 대한 경계와 질책을 통해 견인된다. 부지런한 '벌'을 통해 게으른 사람의 무용성을 비판하는 신시 「벌(蜂)」27)은 그나마 얌전한 편이다. 다음에 오는 「밥버레」에서는 게으른 자에 대한 비판이 아주 혹된데, 이를 통해 최남선의 게으름에 대한 혐오감과 죄악시 하는 태도가 적나라하게 표방된다.

> 너의는 개剝匠은 되야도
> 『밥버레』는 되려하지마러라

로 구성된 영웅적 인간형이 개인의 내면을 규율하는 원리를 통해 인격 완성을 도모하는 '새로운 인간형'으로 전환되는 것으로 정리한다(소영현, 「미적 청년의 탄생」, 연세대 박사논문, 2005, 58~64면 참조).
26) 「少年時言―國民思行의 標準」, 『소년』 제3년 5권, 1910.5, 15면.
27) 최남선, 『소년』 제1년 2권, 1908.12, 153~154면.

너의는 거름장산 되야도
『鸚鵡쇠』는 되려하지마러라

(…중략…)

먹기도 적게하고 말짜지
만히하지 아니할것이로대
할 수가 잇난대로 손과발
놀니기는 쉬지아니하야서
주먹힘 튼튼하게 만커던
地球라도 짜려부서바리고
발ㅅ길질 쎗쎗하게 잘커던
月中桂도 보기조케것어차
앗가운 一平生을 空然히
옷밥씨름 하난데쓰지마라

—「밥버레」(『소년』 제2년 1권, 1909.1) 부분

하늘이 인간에게 "입한아 주시면서 / 손발은 둘식주신理致"는 입은 과묵히 하고 손발을 부지런히 놀리라는 데 있다. 이를 어기는 게으름군은 '밥버레'·'앵무쇠'·'옷밥씨름꾼'에 지나지 않으며, 그럴 바에는 '거름장사'나 '개박장(剝匠)'이 되는 편이 낫다는 것이다. 게으름은 그 무용성과 부도덕성 탓만으로 타매되지 않는다. 신세계 개척과 국가 건설로 대표되는, 근대로의 진보에 역행하기 때문에 문제인 것이다. 자연을 정복하거나 신비세계를 개발하는 대신 젊은 예기와 어린 열혈로 담배씨에 뒤웅을 파는 자는 '신대한 소년'이 아니다. 그는 이미 미래를 박탈당한 가련한 '심

리적 노인'에 불과하며, 그래서 '구대한'의 이름과 함께 역사란 광중(壙中)에 매몰되어야 할 퇴물인 것이다.[28] 말하자면 '게으름'은 그 자체보다는 진보에의 의지를 무력화하는 '공공의 적'이기 때문에 시급히 청산되어야 할 악덕이다. 따라서 이즈음 '게으름'에 반대되는 덕목을 세우라면, 근면과 성실의 연관체보다는 진보의 열정을 추동하는 모험심과 용기·진취성 등을 들어야할 지도 모른다.

그렇다면 진보와 굳게 결부되지 않더라도 '지선의 노력자'라면 응당 그러해야 할 부지런함의 덕목으로『소년』은 무엇을 제시하는가. 번역시「노작(勞作)」[29]에서 "하날노서주신바 사람權利中, / 가장 高貴한것"으로 표현된 그것은 '일', 구체적으로 말해 자기의 직분에 따라 '노동역작'과 '무실역행'을 실천하는 것이다. 그런데『소년』에는「노작」을 제외하고는 두 덕목을 계몽하거나 찬양하는 창작시(가)가 없다. 그래도 가까운「흑구자(黑軀子)의 노리(二)」의 경우도 "勞役씃헨 / 큰갑흠이 잇난게라" 정도로 노동에의 근면·성실함을 권면하는 정도다. 이런 의도된 창작의 빈곤은 아무래도 최남선이 존경해마지 않던 톨스토이와 안창호의 문학과 산문에 두 덕목의 계몽을 의탁한 때문이 아닐까 한다.

톨스토이는『소년』에서 두 차례의 특집과 후기 단편 6편의 번역 소개, 일상생활의 계율 소개 등을 통해 꼭 따라야 할 스승으로 추앙되었다. 그는 근대문학의 모범이기도 했지만, 당대의 척박한 현실에서 인류를 구원할 메시지를 전하는 '대도사(大導師)'로 먼저

---

28)「快男兒의 消遣法－最新南極探險家」,『소년』제2권 6권, 1909.7, 56~57면.
29) C. Orne, 최남선 역,「노작(勞作)」,『소년』제2년 6권, 1909.7, 19~20면.

인식되었다. 최남선은 톨스토이의 '노동역작'과 '선'사상에 깊은 감화를 받고, 이를 '신대한 소년'이 반드시 갖추어야 할 덕목으로 강조한다.30) 톨스토이에 따르면, 인류 본연의 이성과 양심의 권위가 선(善)이며, 이것은 노동역작에 의해 만들어진다. '노동역작'이 도덕적 자기완성의 길일 수 있는 까닭은 자본주의 문명의 폐해, 즉 분업과 사회적·정신적·기능적 불평등, 불의와 착취를 조장하는 '문명'을 극복하고 하느님의 법이 지배하는 공동체사회를 이루게 하기 때문이다. 이와 같은 혁명성 때문에 톨스토이의 후기 사상은 흔히 기독교적 아나키즘으로 불리며, 짜르 정권에 의해 지속적인 견제와 탄압을 받게 된다.

　　하지만 최남선은 톨스토이의 반문명·반국가주의는 접어 둔 채,31) 오로지 '노동역작'만을 강조하고 있다. '노동'이 곧 '선'이란 논리는 그것이 인간의 거역할 수 없는 윤리적 직분이라는 말과 다르지 않다. 따라서 그것은 문명한 '신대한의 소년'이 갖추어야 할 최고의 덕목이 된다. 그들 개개인의 근면한 노동은 곧 '신대한' 건설의 견인차가 되며, 그들이 통합된 전체를 이룰 때 위기에 처한 '민족'은 '갱생의 도(道)'를 찾게 되는 것이다.32) 톨스토이의

---

30) 「新時代靑年의 新呼吸(四)—톨스토이 先生의 敎示」, 『소년』 제2년 6권, 1909.
　　7 참조
31) 위의 글, 10면. "선생의 현대문명의 비평과 국가사회의 논단은 아직 소년에게
　　필요치 아니할 듯하기로 다 그만두고……."
32) 보다 자세한 내용은 이 책에 실린 「1910년대 번역·번안 서사물과 국민국가
　　의 상상력」의 '4. 번역이 창출하는 '우리들' 2' 참조 『소년』에 실린 톨스토이의
　　문학과 사상을 검토한 다른 글로는, 권보드래, 「최남선의 톨스토이 취향」, 『최
　　남선, 전통의 발명』(한국근대문학회 편, 한국근대문학회 제12회 학술대회 자료
　　집, 2005)과 정선태, 「번역과 근대소설 문체의 발견」, 『근대의 어둠을 응시하는
　　고양이의 시선』, 소명출판, 2006 참조.

'노동역작'이 인류의 자유와 평등을 위해 제출된 보편적 계몽의 덕목이기는 하지만, 최남선이 그것을 국가와 민족의 범주로 굴절시켜 전유한 까닭이 여기에 있다.[33]

거론되는 정도를 따진다면 안창호의 비중은 톨스토이에 비해 약한 편이다. 안창호가 모란봉에서 취재한 평양 풍경을 통해 우국지정을 토로하는 「평양모란봉가(平壤牡丹峯歌)」가 실리고, 최남선이 도쿄에서 안창호를 사모하고 염려하던 정을 담아 지은 「태백산시집」(총5편)이 게재되고 있을 뿐이다. 이 시들에서는 안창호의 '무실역행'에 대한 강조와 계몽을 엿보기 힘들다. 그렇다면 일종의 사제지간이라 불러도 좋을 정도로 연과 친분이 두터운 두 사람의 관계와 '무실역행'의 계몽은 어디서 엿볼 수 있는가.

잘 알려진 대로, 두 사람의 인연은 실력 양성과 국민의 새로운 창조를 목적하는 〈신민회〉 활동에서 본격화된다. 〈신민회〉의 주요한 사업 가운데 하나가 언론과 출판을 통해 계몽운동을 수행하는 것이었는바, 문화계몽을 담당한 것이 『소년』이었다. 이런 관계는 『소년』에 〈신민회〉의 외곽 단체인 〈청년학우회〉의 「청년학우회보」가 연재되었으며, 최남선이 〈청년학우회〉의 발기인이었고

---

33) 톨스토이의 죽음을 추모하기 위해 마련된 「톨쓰토이先生下世紀念」(『소년』 제3년 9권, 1910.12)에서는 '노동역작'이 특권적으로 강조되지 않는다. 여기서는 그의 생애와 문학, 사회사상에 대한 전반적인 서술이 이루어지며, 톨스토이 후기 사상의 핵심으로서 반국가·반문명론도 얼마간 소개된다. 이와 같은 변화는, 무엇보다 추모의 정이 반영된 결과이겠지만, 이미 식민지로 전락된 상황에서 '신대한' 건설의 주장이나 '조선 정신'의 설파가 취해지기 어렵다는 현실논리가 작용된 결과일 것이다. 실제로 톨스토이 하세 기념호는 『소년』이 제3년 8권(1910.8)의 문제(국풍 「대조선 정신」과 단군을 시조로 하여 민족사를 기술한 금협산인(신채호)의 「國史私論」 등 일제를 자극할 만한 글들이 수 편 게재되어 있다)로 정간당한 후 넉 달 만에 복간된 것이다.

「청년학우회보」의 기사와 논설 등을 집필했다는 사실에서 대개 증명된다.34) 이것은 '무실역행'의 계몽을 위해 시(가)와 산문 등의 창작 및 게재를 굳이 따로 하지 않아도 되었음을 뜻한다. 「청년학우회보」가 그것을 수행하고 있기 때문이다.

시(가)에 한정해서 본다면, 「청년학우회보」에는 세 차례에 걸쳐 '청년'의 임무와 역할을 설파하는 가곡(歌曲)이 실린다.35) '청년학우회'는 "무실·역행으로 생명을 작(作)하난 청년학우를 단합하야 (…중략…) 건전한 인물을 작성하"는 것을 목표로 하는 바, 그 가곡들은 이를 효과적으로 요약하여 '청년'이 '지선의 노력자'이자 문화 계몽의 주체로 거듭나도록 고무했다.36) 가령 「청년학우회가」는 "무실역행 燈쏠밝고"로 시작하여 "至善으로 일으랴고 努力하난精神은 / 自彊, 忠實, 勤勉整齊 용감이로세"로 끝난다. 최남선이 「청년학우회보」의 논설로 집필한 '청년학우회의 주지'는 창가에 담긴 학우회의 목적을 구체화한 글이라 할 수 있다. 그는 청년이 무실역행의 실천을 통해 '신대한 건설의 용사—대황조의 이상을 실현하는 역군'으로 성숙하라는 것을 거듭 역설한다. 여기서 특이한 점이 있다면, 청년이 대황조의 이상을 계승, 실현하는 주체로

---

34) 박정선, 「『소년』지 시와 새로움의 의식」, 고려대 석사논문, 1999, 13~14면.

35) 「靑年學友會歌」·「靑年學友會行步歌」·「靑年學友會夏期休學歌」가 그것이다. 이것들이 세 차례에 걸쳐 한 곡씩 소개되는 동안 최남선의 논설 「靑年學友會의 主旨」 역시 세 번으로 나뉘어 분재되고 있다(『소년』 제3년 4권~6권, 1910.4~6 참조).

36) 〈청년학우회〉가 바라는 청년상은 「우리님」(『소년』 제2년 7권, 1909.8)에서도 엿볼 수 있다. 이 시는 '우리님'의 외양과 지혜, 그리고 재물 사용의 긍·부정성을 대조함으로써 바람직한 청년의 삶을 계몽한다. '우리님'은 찬양할 가치가 있는 특정 대상을 지시하는 말이 아니라 미래가 기대되는 '청년' 일반을 높여 부르는 호칭이라 하겠다.

설정된다는 점이다. 이것은 〈청년학우회〉 결성 당시 존재하지 않던 모토였다. 거기서는 무실역행이 신대한 문명의 기초라는 명제가 오로지 강조되고 있다.

그렇다면 '대황조의 이상'을 필두로 하는 민족사의 전유가 왜 〈청년학우회〉의 중요한 과제 가운데 하나로 떠오른 것일까. 최남선에 따르면, 그것은 청년이 처한 내·외적 현실 때문이다. 청년은 준비기에 있는, 미완성의 존재이며, 또한 가치 있는 가까운 과거와 현재가 거의 전무하기 때문에 미래밖에 가진 것이 없는 존재이다. 이런 지적만을 본다면, 오히려 강조되어야 할 것은 문명의 진보에의 욕망이다. 하지만 식민지로 전락함으로써 진보와 근대국가의 타자가 되어 버린 현실에서 그것이 또 다른 완미한 세계를 향한 최고의 동력 장치가 될 수는 없다. 근대의 보편타당한 지점을 짚어내는 동시에, 그것을 민족 고유의 사상과 연계하는 상상력은 그래서 필요하다.

'대황조 이래의 국민적 이상을 가슴에 품은 자'라는 말이 지시하듯이, '국민적 이상'은 더 이상 서구에서 들여온 박래품이 아니라 조선민족이 먼 과거로부터 추구해 온 보편적 가치이다. 최남선은 그러나 '국민적 이상'의 본질과 내용을 따로 언급하지 않는데, 이는 그것이 설명이 필요 없을 정도로 자명한 명제임을 뜻할 수 있다. 대황조가 단군의 별칭임을 감안할 때, 그것은 '널리 인간을 이롭게 한다'는 홍익인간사상으로 이해되어 무방하다. 당시의 현실을 생각한다면, 이것만큼 보편타당한 삶의 미학과 미래의 정치학은 달리 없었을 것이다. 이제 과거는 한낱 흘러간 무용한 시공간이 아니라 현재를 위무하고 미래를 기획하는 가장 유력한

참조항으로 끊임없이 밀려들기 시작한다. 그런 점에서 「청년학우
회 주지」는 최남선의 '국가'에서 '민족'으로의 대치가 특수를 보
편으로, 과거를 미래로 일거에 전유하는 민족적 주관화를 통해
실행되고 있음을 보여주는 유력한 물증 가운데 하나이다.37)

일개 회원 자격으로 「청년학우회 주지」에 대황조의 이상을 계승
할 권리와 의무를 적시한 최남선이고 보면, 자신이 주재하는 『소년』
에 다음처럼 적는 것은 하등 이상할 것 없다.

> 正義의 擁護者가 되랴하고 至善의 努力者가 되랴할진댄 純潔하여
> 야 하며 光明하여야 하며 剛健하여야 하며 和樂하여야 하며 眞實하여
> 야 하며 誠忠하여야 하며 勤勉하여야 하며 正義로와야 하며 美麗로와
> 야 하며 整齊로와야 하나니 곳 善美를 조와하고 活動을 일삼아 恒常
> 위를 向하야 힘써 올으며 압흘 向하야 힘써 나아가야 하난지라 참으로
> 祖上에 對하야 孝하고 그리하야 攝理에게 對하야 忠코자 할진댄 이를
> 직히기에 나를 克制하며 이를 爲하야 나를 發展할지어다.38)

열 가지 덕목은 '정의의 수호자'와 '지선의 노력자'가 되기 위
한 자수자양(自修自養)의 항목, 다시 말해 국민의 사유와 행동의
표준 가치들이다. 우리는 이 덕목들에서 문명 진보에의 욕망보다
는 자기 수양을 통해 현실을 초극하고 미래의 발전을 도모하는

---

37) 한기형은 이런 양상을 민족적 주관화를 객관적 외피로 포장하는 근대 내셔널
리즘의 극단화된 형태로 설명한다. 그러면서 최남선이 「海上大韓史(11)」(『소년』
제3년 3권, 1910.3)에서 단군 신화와 백제 역사 속에서 국민과 입헌제, 공화제를
읽어내는 것을 대표적인 사례로 꼽는다(한기형, 「근대 잡지와 근대문학 형성의
제도적 연관」, 『대동문화연구』 48집(성균관대 대동문화연구원 편), 2004, 46~48
면 참조).
38) 「少年時言―國民思行의 標準」, 『소년』 제3년 5권, 1910.5, 15면.

전인적 주체에의 이상을 본다. 사실 이 덕목들은 근대 특유의 소산이라기보다는, 예전부터 완전한 인격체에 다다르기 위해 제시된 보편적 가치들이라 할 수 있다. 『소년』 초기의 계몽의 덕목들은, 정의, 자유, 지식 함양, 인류애 등에서 보듯이 근대국가의 비전 제시에 보다 가까웠다. 그러나 그것의 좌절은 우승열패의 세계 질서를 넘어서는 한편, 미래를 위한 향상전진을 견인하는 보편적 덕목의 출현을 서둘러 이끌게 된다. 여기서의 경쟁은 오직 승리만을 미덕으로 여기는 힘의 원리가 더 이상 아니다. 자수자양을 수행하는 개인의 됨됨이와 그것을 보좌하고 수용할 수 있는 문화적 장(場)의 여부가 그 야만의 원리를 대치한다.

이 덕목들이 시공을 초월한 보편적 가치로 제시되는 대신, 민족적 주관화를 통해 보편성을 획득한다는 사실은 그래서 중요하다. 즉 저 덕목의 실현자로서 '정의의 수호자'와 '지선의 노력자'는 조선 국민의 사(思)와 행(行)의 표준인 바, 그것은 "거룩하신 大皇祖끠오서 처음 나라를 세우시던 그 정신과 그 포부"에서 성립된 것이다. 향상전진의 노력이 조상에 대한 효이고, 섭리에 대한 충인 까닭이 여기에 있다. 따라서 청년에게 필요한 것은 대황조의 이상을 현재화·현실화하는 일이자, 그것이 실현된 섭리들을 찾아 배우는 일이다.39)

---

39) 『소년』에서 민족사의 시원이자 영광된 과거로서 '대황조'의 세계가 본격적으로 전유되는 시점은 「태백산시집」이 발표되는 제3년 2권(1910.2) 무렵부터이다. 번역시를 제외하고는 '바다'를 소재로 한 창작시(가)는 더 이상 게재되지 않으며, '태백' 예찬과, 자연의 섭리를 통해 대황조의 은혜 및 청년의 도리를 설파하는 시(가)가 중심을 이루게 된다. 민족 주체의 자격을 '대황조'로부터 불러들이는 사고는 이광수의 "조선에 나고 자라고 흰옷닙은 젊은 사람이라고 다 '朝鮮

3 이즈음의 「해상대한사」에서 단군 신화를 실재로 규정하고 단군 체제의 성립이 준비된 국민에 의해 가능했다는 주장은 근대 역사학이 자랑하는 실증의 담론을 통해 대황조를 사실화하고 보편화하려는 욕망의 소산이다. 시(가)는 사실의 차원보다는 당위적인 섭리를 자연의 비유를 통해 예찬하는 한편, 그것을 대황조의 은총 및 이상과 동일화하는 방법을 취한다. 시공을 초월한 자연의 순환성과 동일성은 대황조의 정체성 역시 그렇게 함으로써 대황조의 영원성과 보편성을 단숨에 획득하게 한다. 기대고 배울 '아비'와 보호받을 처소가 존재하지 않던 '소년'들에게 근대 체제의 투사와 자연의 동일화를 통해 대과거의 영웅적 '아비'는 이처럼 실체화되며, '소년'을 단련하고 수양시키는 훈육 교사로 우뚝 솟아오른다. 적어도 시(가)의 경우, '십덕'의 설파에서 '소년'이 직접적인 청자로 등장하는 경우가 현격히 줄어들고, 또한 자연이 '십덕'의 구현체로 이상화되는 것도 '대황조'세계에의 서사시적 충동 때문에 그러한 것이다.

① 公平도 좃타, 밋븜도 좃타, 참스럼도 좃타, 가장 貴하고 놉흔 道德的生命을 우리손에 거치게하니 이것만으로도 우리는 너를 讚頌하지 아니치못할지로다.

하믈며 너의는 우리의 몸과 마음이 生活의 疲勞와 迷惑의 苦惱와

人사람인 靑年'일 것은 아니라. (…중략…) 大皇祖로부터의 큰 抱負를 바다지고, 이를 成就하려난이에게야 비로소 '朝鮮人사람인 靑年'이라난 貴重한 稱號를 줄 수 잇나니라"는 발언에서도 엿볼 수 있다. 이광수는 이 말을 하면서 '육신의 혈통'보다 '정신의 혈통'이 더욱 중요하다고 덧붙이는데, 이로부터 식민지로 전락하는 현실에서 민족이 어떻게 발견되며 구성되고 있는가를 엿볼 수 있다(孤舟, 「朝鮮人사람인 靑年들에게」, 『소년』 제3년 8권, 1910.8, 32면 참조).

밋 自我實現에서 생긴 몸살을 알을째에 金剛石보담 고읍고 「라듸움」
보담 貴한 힘의 敎訓을 줌이에리오.
　너는 어엿부다, 外貌에와 갓히 內心도 그러하면 願하건댄 너의 公平
으로써 너의 가진 참 힘을 우리사람에게 골고로 빌녀주렴으나.
―「花神을 贊頌하노라고」(『소년』 제3년 5권, 1910.5) 부분

②꼿피엿다 닙피엿다 압山뒷들에
나무가지 가지마다 철자랑이다
열매맷고 씨품겨서 職分다하랴
그의活動 하난모양 눈이씌우네
아아우리 少年들아 가서親하라
그는우리 益友로다 본쓸지로다
―「들구경」(『소년』 제3년 5권, 1910.5) 부분

③太白에 꼿이피니 富貴가 雙全이라,
大國民의 저런歷史 永遠토록 한갈갓다,
太皇祖 크신힘은 萬年無量이로다.
―「太白에」(『소년』 제3년 5권, 1910.5) 부분

　세 편의 시(가)는 「소년시언─국민사행의 표준」과 같은 호에 실
려 있다. 잠시 일별해도 시(가)와 산문 사이의 농도 짙은 상호 텍
스트성을 엿볼 수 있다. 시(가)의 형식은 차례로 산문시·창가·
시조(국풍)인데, 장르적 속성에 맞게 주제가 배분되고 계몽의 언설
이 구사되고 있다.[40] '꽃'은 '십덕'이 피워내는 도덕적 생명과 직

---

40) 최남선은 『소년』 제3년 5권~8권(1910.5~1910.8)에서 시·창가·국풍으로 장
　르를 삼분하여 시를 수록하고 있다. 권오만은 이를 두고 '시'와 '가'의 미분 상
　태를 극복하려는 의지로 파악한다. 그러나 삼분법체계는 4개월 만 존속한 뒤

분을 다하는 활동 때문에 '소년'의 역할 모델로 자리매김 된다. 그간 『소년』에서 '꽃'은, 「꽃두고」나 「봄마지」에서 보듯이, 아름 다움보다는 열매 맺음 때문에 찬양과 모방의 대상이 되었다. 「들 구경」이 그 맥에 직접 닿아 있는 셈이다. 이 시(가)들에서 '열매'는 정해진 목표를 성실히 완수하는 것 이외에, 풀과 나무 같은 자기 집단의 "튼튼無窮"을 영속화하기 때문에 가치를 부여받는다.

직분의 완수는 이처럼 개인과 집단을 조화롭게 통합하고 그것 을 미래의 힘으로 선취한다는 데 무엇보다 의미가 있다. 개인의 자수자양이 자아의 완성보다는 여전히 국가만들기와 민족지키기 에 공헌되기를 요구받던 현실에서 이런 통합성만큼 개인을 집단 주체로 이끌어갈 명분은 흔치 않았을 것이다. '꽃'의 '도덕적 생 명'으로의 성화는 어쩌면 그것이 발산하는 보편적 미덕 자체보다 는 척박한 오늘을 견디고 풍성한 내일을 예비하는 통합과 미래에 의 의지에서 발원된 것일지도 모른다.41) 이것은 '꽃'의 찬양이 결 국은 대황조의 그것으로 수렴되는 이유이기도 하다. 대황조의 세 계는 꽃의 미덕이 삶과 시대의 원리로 작동하는 이미 완결된 서

갑자기 사라지는데, 이와 같은 실패는 특히 산문시에 두드러지는 근대적 포에 지의 결여 때문으로 파악된다. 보다 자세한 내용은, 권오만, 『개화기 시가연구』, 새문사, 1989, 215~232면 참조

41) '꽃'이 주는 힘의 교훈은 무엇보다 다음과 같은 삶의 의지에 있다. "짜가난 열을 알므로 미리 스물을 準備하며 썩거가난 한아를 알므로 애초에 열을 準備 함을 내가 봄일세라. / 살아야 한다! 늘어야한다! 어려운中 고로운中 이리하랴면 必要오 업지 못할 만흔 犧牲을 앗기지 아니하난 너의 勇氣를 사랑하노라"(「花 神을 贊頌하노라고」) 이 구절은 식민지로 전락해가는 당대 현실에 대한 알레고 리로 읽힌다. 공평과 신뢰, 진리, 도덕적 생명 등은 '꽃'이 보여주는 삶과 견인 의 의지에서 추상화한 덕목들이다. 이것의 수신자는 당연히도 '우리사람', 곧 조선의 청년들이다.

사시적 대과거에 해당한다. 말하자면, '꽃'의 미덕이 상징하는 전인적 인격체에의 의지는 외부에서 주입된 것이 아니라, 만세의 혈통을 이어 내려오면서 겨울 지나 봄이 오듯이 "「타임(째)」",[42] 곧 섭리에 맞춰 발현된 것이다.

자연의 보편성은 삶을 구속하고 타자화하는 원리, 즉 시대와 장소, 국가와 인종, 힘의 유무에 따라 인간을 서열화하는 야만성을 초월한다. 최남선은 유추의 상상력을 통해 자연의 보편성을 전유하는 동시에, 그것을 향토화, 다시 말해 민족화함으로써 보편적 인류애의 감각을 놓치지 않으면서 민족의 우월성을 틀어쥐게 된다.[43] 물론 역사 기행물의 성격을 지닌 몇몇 '국풍'에는 역사와 현실의 차이가 제공하는 무상감과 한탄이 적잖이 묻어나온다. 그러나 자연과의 동일성을 추구하는 시들은 줄곧 낙관적이고 긍정적인 미래상을 유지하며 '조선 남아'의 건강성을 자연의 힘에 비유해 드러낸다. 이런 감각이 보편적 자연의 민족화와 긴밀히 연관되어 있음은 거의 확실해 보이는데, 이를테면 다음 시를 보라.

> 天動ㅅ소리압뒷山에 들들울니고
> 一瞬千里번갯불이 눈에 지나며
> 큰소낙이한줄기가 쏘다져오면
> 山에는沙汰나고 물은넘쳐서

---

42) 최남선, 「봄마지」, 『소년』 제3년 4권, 1910.4, 45면.
43) 「花神을 贊頌하노라고」 뒤에는 E. Elliot의 「正말 建設者」가 번역되어 실려 있다. 이 시는 순환하는 자연의 미덕을 노래하면서, 동시에 인간 역사의 긍정성과 부정성을 함께 진술한다. 허위와 폭력은 부정성을 대표하며, 진리와 자비·지식·정의는 영원히 전복되지 않고 인류를 구원해 왔고 또 구원할 진정한 가치이다.

모든것이弱하게도 敗해쓸어져
간곳마다自然力의 威勢表로다
오래길은朝鮮少年 精力쏟치면
그의압헤이世界가 저러리로다
—「녀름의 自然」(『소년』 제3년 7권, 1910.7) 부분

'여름'은 자연의 완전성과 힘이 온전히 구현되는 때인데, 그래서 본받아 마땅한 계절을 대표하게 된다. 하위 범주로서 '여름 구름'은 자유자재하며, '젊은아희'들이 현실을 견디고 미래를 꿈꿀 수 있도록 "다정스런 知心之友"의 역할을 한다는 점에서 의미롭다.[44] 여름의 긍정적 전유는 물론 그것이 "오래길은 朝鮮少年 精力"과 "만히싸흔 朝鮮男兒 銳氣"처럼 세계를 좌우하는 힘을 가지고 있다고 상상되었기 때문이다. '꽃'과 비교할 때, '여름'에서는 힘의 가치가 훨씬 강조되고 있으나, 현실에 대한 위기의식은 그리 심화되어 있지 않다. '조선 남아'의 꾸준하고도 오랜 수양과 수련을 통해 힘의 우위를 재탈환할 수 있다는 주관적·낭만적 상상력이 압도하고 있기 때문이다.

당시의 매서운 검열 체제를 감안한다 하더라도, 나라와 민족에 대한 구체적인 인식과 기획이 미미한 상황 속에서 주장되는 힘의 열망은 별다른 성과 없는 무모한 열정이 되기 십상이다. 자아의 자존을 확보함으로써 현실의 역경을 낙관적으로 견딜 것을 재차

---

44) 최남선, 「녀름ㅅ구름」, 『소년』 제3년 7권, 1910.7, 2~10면. 소년들의 여름은 "豪壯한男兒귀운 發揚"하는 장이자, "남아니간境域도 探險"하며 몸과 마음을 수련하고 지식을 넓히는 무대이다(「少年의 녀름」, 『소년』 제3년 6권, 1910.6, 25면). 진취성과 용기를 독려하는 시편이지만, 신대한 건설과 문명의 진보를 중심에 놓던 『소년』의 초기에서와는 달리, 개인의 자수자양에 초점이 가 있다.

강조하거나[45] 어떠한 자연 상황에서도 '대조선 정신'을 읽어내려
는 의지는, 그런 맹점을 막고, 나아가 민족 구성원들에게 고유한
정체성과 '우리'라는 공동 감각을 부여하기 위한 문학적 책략이
라 하겠다.

> 火鏡갓흔 저눈보라 뫼를등진 범이로다,
> 안연듯 배를나려 제갈길가는 저行人아,
> 보리라 大朝鮮精神 이中에도
>
> 개아미 적다마라 苦생이라 안避터라,
> 바람비의 얼음(威脅)에도 맛흔職分 다코마니,
> 보리라 大朝鮮精神 이中에도
> ―「大朝鮮精神」(『소년』 제3년 8권, 1910.8) 부분

이 시는 『소년』 제3년 8권(1910.8)에 게재되고 있다. 『소년』이 정
기 간행물임을 감안한다면, 이번 호는 사실상의 종간, 아니 폐간
호나 다름없었다. 앞서 얘기한대로, 조선 복속이 거리의 진실로
빠르게 유포되는 상황에서 일제를 자극할 만한 '조선주의' 담론
이 이번 호에 다수 게재되었으며, 이로 인해 『소년』은 4개월을 정
간 당한다. 같은 해 12월 제3년 9권을 내지만 또 다섯 달을 내지
못한 끝에 1911년 5월 제4년 2권을 내고 『소년』은 영원히 종지부
를 찍는다.

이번 호에서 '조선 남아'의 길은, 산문에서 이광수가, 시(가)에서
최남선이 나누어 제시한다. 이광수의 표현을 빌린다면, '朝鮮ㅅ사

---

45) 최남선, 「썩긴솔나무」, 『소년』 제3년 6권, 1910.6, 2~4면.

람인 靑年이 되난 조건'이 계몽의 핵심이랄 수 있겠다. 이광수는 애국주의와 지식의 함양 및 천재(장기)의 발휘, 생(生)의 보지·발전을 위한 윤리의 설정을 조선 청년의 주요 임무로 내세운다. '신대한 건설'은 이것들과 연계되어 있기는 하지만, 제일의 목표는 아니다. 그보다는 "大皇祖檀君"의 이상과 포부가 담긴 '조선민족'을 현재화하며, 윤리의 표준이자 절대가치로서 '생'을 자아 완성, 즉 '조선 청년됨'의 제일 조건으로 자각하는 일이 먼저이다.

이로써 '신대한'과 '소년'은 미래발(發) 상상의 공동체를 지시하는 대체 표상이기를 거의 그쳤다. "조선민족이란 사자(四字)는 정의를 표상하고, 자유를 표상하고, 강의(剛毅)를 표상하고, 희망을 표상하고, 광명을 표상"한다는 말에서 보듯이, '조선'이 그간 『소년』이 열심히 전파해 온 보편적 덕목의 시발체이자 수렴체로 뚜렷이 부각된다. 생을 유지·발전시키는 윤리 감각 역시 전적으로 개인의 완성을 지향한다기보다, '조선민족'의 서사시적 과거를 재현하고 오늘날의 쇠락을 갱신하는 일로 그 무게가 쏠렸을 것이란 짐작은 그래서 가능하다.[46]

최남선의 시(가)는 이런 경향의 운문적 구체화라고 할 수 있다. 시(가)는 홍명희가 번역한 「사랑」을 포함해서 총 7편이 게재되는데, 이것들은 애국주의 또는 조선주의에 대한 뚜렷한 지향을 보인다는 공통점을 지니고 있다. 가령 유일한 산문시 「천주당(天主堂)의 층층대(層層臺)」를 보자. 이 시는 한 시골노인이 종현(鍾峴) 성당을 유람하면서 서구적 근대의 위풍에 제압당하기는커녕 오

---

46) 이상의 인용과 설명은, 孤舟, 「소년논단」(『소년』 제3년 8권)의 '余의 自刻한 人生', '天才', '朝鮮ㅅ사람인 靑年들에게'를 따른 것이다.

히려 이물감 때문에 불쾌감을 일으키고, 종국에는 "앗가는 보지 못하던" "長安城內 西편 北편의 光景이 「파노라마」처럼 眼界에 들어"오는 에피파니(epiphany) 체험을 그리고 있다. '천주당'으로 상징되는 서구의 정신문화와 물질문명이 찬탄과 경이는커녕 불쾌감의 진원지가 되고, 그로 인해 전근대와 구질서의 상징 북촌(北村)이 새로운 가치를 얻게 되는 시각의 전도와 역전은『소년』에서 거의 처음 등장하는 것이다. 중인 계급 출신으로서 조선의 구태와 타락을 앞장서 비판하던 최남선이고 보면, 저와 같은 '북촌'의 느닷없는 발견과 가치 체험은 체제의 시효가 만료된 당대 조선을 향한 것은 분명 아닐 터이다.

실제로 「조상(祖上)을 위(爲)해」(창가), 「대조선 정신(大朝鮮精神)」「째의불의지짐」「더위치기」(이상 국풍)는 조선주의의 진작과 미래의 예비를 소리 높여 설파하고 있다. 조선의 식민지 전락과 그에 따른 신대한 건설의 파국이 서구적 근대의 휘황찬란한 휘장을 걷어 내기도 했지만, 근대문명에 가려 있던 대황조의 이상과 조선 민족의 완결성을 재발견, 아니 재구성하게끔 추동했던 것이다.

위에 제시한 「대조선 정신」은 그런 전이된 감각이 자연을 대상으로 수행되는 면모를 집약하여 보여준다. 자연은 보편적 덕목의 담지체이기도 하지만, '대조선 정신'의 편재처이기도 하다. 그런 까닭에 '자연'은 일반적인 심신 수련과 배움의 장을 훌쩍 뛰어넘어 자아와 민족의 정신적 기원으로 가치화된다. 그럼으로써 '자연'은 객관적인 물자체이기를 그치고, 민족의 성스런 시원과 영원성을 이야기하고 그것의 재탈환을 끊임없이 욕망케 하는 민족 신화의 이미지를 덧입게 된다. 물론 객관적 논리의 외피까지는 못

입었지만, 이것은 '자연'이 국가가 소멸되는 상황에서 민족성을 유지하고 활성화하는 데 도움이 되는 상징체계로 적극 고안되고 가치화되기 시작했음을 뜻한다.[47] 이후 민족의 역사와 정신이 담긴 땅이란 의미의 '국토' 관념이 탄생되고, 국토 순례와 국토의 심미화가 유행을 뛰어넘어 하나의 의무처럼 행해지게 되는 사태는 자연에 대한 이런 민족적 징발과 전유에서 비롯된 것일 터이다.

그런 의미에서 '대조선 정신'이 휘황하게 굽이치는 『소년』 제3년 8권은 더 이상 종간호의 성격을 띠지 않는다. 오히려 '대황조세계'를 더욱 신화화하는 동시에 현재화함으로써 민족의 미래를 선취하고 '조선 남아'의 완성을 기도하는 '조선주의'가 본격적으로 가동되기 시작하는 문화민족주의의 창간호에 해당한다. 『소년』은 보통 근대문명과 지식 담론의 수신처이자 선전체로서 그 가치를 인정받는다. 하지만 발행인 최남선의 이후 행보와 변모를 염두에

---

47) 최남선은 1920년대 들어 문학과 역사를 민족의 시원 탐구 및 민족성 유지와 발현을 위한 최고의 자리에 위치시킨다. 그 주요 항목으로 민족사의 기원과 문화 형성 원리를 탐구하는 불함문화론, 단군을 신화에서 역사적 실재로 끌어올리는 단군론, 그리고 대황조의 이상이 펼쳐진 성스러운 강역으로서 국토의 순례와 그것의 심미화, 마지막으로 '조선정신'을 배경으로 '조선적인 것'을 형상화하는 장르로서 시조부활운동을 들 수 있다. 특히 이때 시조는 조선시대의 그것이 아니라, "조선국토, 조선인, 조선심, 조선음률을 통하야 표현한 필연적 일 양식"(최남선, 「朝鮮國民文學으로의 時調」, 『조선문단』, 1926.5, 4면)이란 말에서 보듯이, 조선민족 고유의 국민문학으로 가치화된 양식이다. 이를 위해 최남선은 시조의 연원을 고조선의 '노래가락'에서 찾는다. 시조의 출현과 향유의 고대로의 소급은 그것을 원래부터 존재하던 국민문학으로 자연화하며, 고유한 민족성을 발현하는 유일한 조선문학으로 전통화한다(국민문학으로서 시조의 보편성과 특수성에 대한 자세한 논의로는 차승기, 「근대문학에서의 전통 형식 재생의 문제」, 『상허학보』 17집(상허학회 편), 2006 참조). 『소년』이 재발견·재구성하기 시작한 대황조의 세계(고조선)는 이렇게 하여 민족사 및 문화의 유일한 기원으로 매끄럽게 완성된다.

둔다면, 그 특유의 '조선주의'의 시발점이란 점에 『소년』의 또 다른 가치가 존재할 것이다.

3. 민족의 보편성에 과잉 투자된 『소년』발 덕목들의 운명

『소년』지 시(歌)의 계몽성은 '신대한 건설'에서 점차 '대조선 정신'의 발현과 함양으로 나아갔다. 이것은 최초에 추구되던 국가와 민족의 일치가 불가능해지는 현실에 대한 맞대응, 다시 말해 국가가 부재한 상황에서 민족성을 유지하기 위해 취해진 문학적 전략이랄 수 있다. 이 과정에서 국가와 민족의 주체로 기대된 '소년'과 '조선 남아'에게는 '정의의 수호자'이자 '지선의 노력자'로 성장하기 위한 보편적 덕목들이 끊임없이 요구되었다.

'신대한 건설'이 주창되던 초기 시(歌)에서는 정의의 수호와 관련된 덕목들이 많이 등장하는데, 대개는 근대적 가치와 윤리들이 강조되었다. 한편으로는 근대문명에의 진취적 도전을 위한 모험심과 용기를, 다른 한편으로는 근대국가의 국민으로서 필요한 자유와 평등, 인류애, 정의감, 지식 함양, 공명심 등을 고취하였다. 그러나 근대국가와 관련된 이런 덕목들은 점차 식민지의 나락으로 빠져들던 조선에서 실현되기 어려웠다. 그래서인지 그것은 미국 등과 같은 선진 제국에 대한 담론 속에서 주로 채취되었고, 종국에는 그들을 모범 삼아 국가의 팽창을 욕망하는 허위의식의 지

지대가 되는 아이러니가 연출되기도 한다.

'소년'의 당위적 목표로서 '지선의 노력자'는, '신대한 건설'과 연계되어 있기는 했지만, 근본적으로는 개인의 자수자양을 통한 전인적 인격체로의 성숙을 지향했다. 이를 위해 '노동역작'과 '무실역행'이 무엇보다 강조되었고, 순결·광명·화락·진실 등의 열 가지 덕목이 국민의 사유와 행위의 표준으로 제시되었다. 이것들은 당시 세계를 지배하던 우승열패의 논리를 무력화하는 원리, 즉 인간이라면 누구나 갖추어야할 보편적 덕목으로 제기되었으며, 그럼으로써 물질문명을 초극하는 정신문화로 일거에 가치화된다. 그런데 더욱 종요로운 것은 그것이『소년』의 목표를 근대문명에 긴박된 '국가만들기'보다 시공을 초월한 절대체계로 상상되는 '민족지키기'로 전환해가는 윤리적·심리적 토대가 되어갔다는 사실이다.

이런 전환은 이른바 보편적 덕목의 민족화에 의해 수행되는데, 대표적인 사례로 '십덕'을 대황조의 이상에 결부시키고 그것의 현재화에 필요한 전통사상으로 전유하는 태도를 들 수 있다. 결국『소년』에서 민족의 시원이자 영광으로서 대황조세계의 보편화와 신성화는 보편적 덕목을 자연의 미덕으로 투사하는 자연과의 동일화 전략을 통해 수행되고 완성된다. 이때 이제 '신대한 소년'에서 '조선 남아'로 그 호명이 변경된 청년들에게 가장 요구되는 일은 심상한 자연에서 '대조선 정신'을 읽고 배우라는 것이다. 『소년』은 그럼으로써 조선의 미래는 근대문명의 모방보다는 대황조세계라는 '오래된 미래'의 상상과 현실화에 달려 있음을 널리 표명했던 것이다.

이를 통해 본다면, 『소년』지 시(가)의 근대성은 단순히 자유시와 계몽성의 성취와 한계 차원에서만 논해질 성질의 것이 아님이 분명해진다. 우리는 『소년』지에서 시(가)만으로도 근대문명과 근대국가의 타자가 되어가는 시점에서 민족성 유지와 발현의 전략으로서 '조선주의'를 어떻게 호명하고 내면화해갔는가를 큰 어려움 없이 읽어낸다. 말하자면 『소년』의 시(가)는, 불가능한 근대국가를 초극하는 '민족'이 어떻게 발견되고 재구성되는가, 그리고 '우리'라는 공동감각과 동일성을 보장하는 민족성의 불어넣음이 어떻게 가능한가를 자명한 세계의 전유를 통해 모범적으로 제시했던 것이다.

'대황조의 이상'과 '대조선 정신'의 내면화를 통해 건축되는 '조선주의'는 그러나 문명과 문화의 가치 역전을 통해 자민족의 우월성과 영원함을 조형하는 문화 민족주의의 전형에 해당한다. 이때의 문제는 민족의 신성화와 이상화에 있지 않다. 이것은 민족 공동체를 유지하고 앙양하기 위한 심리적 기저물이라 할 수 있다. 오히려 그보다는 민족주의를 유일성의 체계로 절대화하고, 그것을 보편타당한 것으로 만들어가는 가운데 발생하는 허위적 가상과 의식이 무섭다.

이를테면 최남선의 '조선주의'는 대황조시대를 신화에서 역사적 실재로 끌어올리기 위해 단군론과 불함문화론에 의거해 기원의 서사를 획정하는 한편, 그것에 세계적 보편성을 부여하는 데 전력을 기울였다.[48] 그는 이 작업이 국권을 빼앗긴 민족에게 새

---

48) 이에 대한 자세한 논의는 최남선의 『백두산근참기』를 중심으로 그의 '조선주의'가 지닌 이데올로기성과 비논리성을 비판적으로 검토한 서영채의 「기원의

로운 정체성을 부여함과 동시에, 조선민족의 당위적 존재감을 세계에 알리는 것이 되기를 소망했을 터이다. 그러나 신화와 역사를 낭만적으로 역전시키며 모든 대상을 민족화하고 그럼으로써 민족을 보편화하는 동일성의 논리는 대황조의 세계와 이상을 조선의 것에서 조선의 것을 넘어서는 것으로 일반화하는 이상한 사태를 불러온다. 이 속에서 현실역사와 세계 속에 내재한 모든 차이나 불연속성은 그것의 고유한 의미를 거세당한 채, 민족을 구성하고 가치화하는 하위범주로 재편된다. 우리는 『소년』지 시(가)가 추구한 덕목과 그것의 지향성 변화에서 벌써 그것을 체험했던 것이다.

신화를 향해 가는 길」(서울시립대 인문과학연구소 편, 『한국 근대문학과 민족 -국가 담론』, 소명출판, 2005)을 참조할 것.

 신화의 저편-한국 현대시와 내셔널리즘

'신대한'과 '대조선'의 사이 (2)

『소년』지 시(가)의 근대성

1. 『소년』지 시(가)를 다시 읽다

대개의 경우 『소년』지 시(가)에 대한 관심은 창가→신체시→ 자유시로 진행되는 근대시의 발견 및 이행 과정에 초점이 맞추어졌다. 자유시를 정점에 놓은 이런 관심은 궁극적으로 『소년』지 시(가)가 근대적 서정 및 자유율의 성취와는 거리가 먼 계몽과 집단적 자아의 과잉에 긴박된 채 정체되고 말았다는 한계의 지적에 가 닿았다. 이는 1910년 이후 『소년』지 시(가)의 주요 장르로 부상하는 국풍(시조)을 장르의 퇴행 현상으로 간주하는 근거이기도 했다.

　　그러나 『소년』지 시(가)의 근대성을 자유시의 성취 여부로만 가
늠할 수 있을까? 『소년』지에 대한 정밀한 독해는 시(가)가 독자적
으로 존재하는 것이 아니라 『소년』에서 제기하는 각종 계몽 및
문명 담론, 근대지(知)·민족지(知)와 상호 텍스트의 관계를 형성
하고 있음을 알게 한다. 어쩌면 『소년』을 주재한 최남선은 근대
서정시, 곧 자유시의 완성보다는 저런 공적 담론의 설파와 확장
을 위해 신시(新詩)를 주목했는지도 모른다.1) 말하자면 『소년』에
서 '신시'는 당위와 필연이기보다는 담론 확장의 차원에서 기획
된 '선택'일 수 있다.

　　이런 관점은 시조에도 마찬가지로 적용될 수 있다. 『소년』에서
'시조'는 거의 '국풍(國風)'으로 지칭된다. '국풍'은 『시경』 1편의
제목인데, 그것은 덕화(德化)가 미치고 올바른 질서가 유지되는 시
대의 노래를 뜻하는 정풍(正風)을 주요 내용으로 삼는다. 『소년』의
시조가 저 이상적 세계를 되돌아보고 현재화/미래화하는 것을
목적으로 삼았음은 대황조(단군)와 태백, 대조선 정신의 찬양과 심
미화에 초지일관하고 있다는 점에서 확연하다. 이런 사실은 『소
년』의 시조가 조선시대의 것을 그대로 계승한 것이 아니라, 1920
년대 들어 최남선이 규정한 시조의 기원과 본질, 즉 고조선의 '노

----

1) 이와 관련해 서영채의 최남선의 신체시에 대한 논의는 자못 중요롭다. 그는
　최남선의 계몽 담론의 모순과 한계를 "체제의 전복을 지향하는 집단 주체의 정
　신과 체제 안에서 체제와는 무관하게 존재하는 개인 주체의 정신의 공서"에서
　찾았다. 신체시 역시 이런 이중성에 긴박되어 있는데, 그것은 결국 계몽적인 지
　평 내에 머물러 있음으로써 역사적 현실 인식의 표현과 미적 자율성의 성취 모
　두에 실패했다는 것이다. 보다 자세한 논의는, 서영채, 「최남선 시가의 근대성
　에 관한 연구」, 『민족문학사연구』 13호(민족문학사학회 편), 1998 참조.

랫가락'에서 비롯되어 "조선국토, 조선인, 조선심, 조선음률을 통하야 표현한 일 양식"[2]을 재현하려는 의도에서 추구된 것일 수 있다는 암시를 준다.[3] 그러니까 『소년』의 시조는 국민국가 또는 민족 공동체의 정체성과 우월성을 확보하기 위해 마련한 문화민족주의가 머나먼 과거로부터 불러내거나 창조한 전통이요 발명품인 것이다. 법고창신(法古創新)의 이미지가 농후한 '국풍'이란 명칭의 부여는 그래서 필요했던 것이리라.

나는 『소년』지 시(가)의 변화에 주목하면서, 그것의 근대성을 논의할 수 있는 주요 의제로 『소년』의 핵심 가치인 '신대한'과 '대조선'을 설정하였다. 두 개념의 동일성과 차이성을 논하는 일은 바다에서 산으로, '신시'에서 '시조'로, '국민국가'에서 '민족'으로 점차 진로를 수정하는 『소년』지 시(가)의 변화를 꿰뚫는 동시에, 그 변화 속에서 『소년』의 계몽 및 지식 담론들이 어떻게 서로를 전유하고 습합하는지를 통합적으로 사유하는 데 꽤 유효하다.

이와 같은 관심 아래, 이 글은 다음 사항들의 검토에 중점을 둔다. 첫째, 근대 국민국가 '신대한'에 대한 열망과 그것을 구성하고 상상하는 표지들을 살펴봄으로써 『소년』지 시(가)에 아로새겨진 계몽적 열정의 실체와 실질성을 밝힌다. 둘째, '신대한'의 원망(願望)을 대체하고 전유한 '대조선'과, 그것의 핵심을 이루는 '태백'

---

2) 최남선, 「朝鮮國民文學으로서의 時調」, 『조선문단』, 1926.5, 4면.
3) 『소년』의 시조 분석과 1920년대 시조론의 참조를 통해 최남선에게 "시조는 어떤 소재를 사용하든지에 상관없이, 완전한 자기 충족성을 가진 형식으로 존재했다"고 말하는 한수영의 견해 역시 이와 상통한다. 한수영, 「육당의 신시 의식과 형식 개념에 대한 고찰」, 『한국문학이론과비평』 30집(한국문학이론과비평학회 편), 2006, 332~340면.

'대황조'란 표상의 본질과 성격, 그리고 문화적 민족주의로서 그
것의 역할과 효과를 짚어 본다.

물론 이런 논의는 '신대한'과 '대조선'의 거리나 이질성 규명에
중점을 두기 위한 것이 아니다. '신대한'에서 '대조선'으로의 변
화는 전자의 폐기와 후자로의 자연스런 이행이라는 직선적 이월
관계를 형성하지 않는다. 문화민족주의의 원형질에 해당하는 '대
조선'은 '신대한'에 요구되고 설정된 가치와 덕목들을 수렴하면
서 『소년』 최후의 이상적 세계로 정립된다. 이것은 『소년』의 계
몽 기획이 주로 현실보다는 가치체계 중심으로 추진되며, 시(가)
역시 이를 반영하여 『소년』이 추구하는 가치의 심미화와 절대화
에 우선권을 행사한다. 이런 동일성의 해명 역시 『소년』지 시(가)
의 복잡한 성격과 근대성 이해에 긴요한 영역이라 하겠다.

2. 국민국가 '신대한'의 욕망과 '소년'의 호출

『소년』의 제일 목적은 '신대한 소년'을 '활동적 진취적 발명적
대국민'으로 육성하는 데 있었다. 이를 통해 대한 역사에 큰 광채
를 더하고 세계문화에 크게 공헌하기를 바랐다. 이 선언적 포부는
다분히 추상적이고 낭만적이지만, 이것을 현실화하기 위한 실천
윤리와 덕목들은 꾸준히 제안되었다. 『소년』지 시(가)는 무엇보다
'신대한'과 '국민'의 형성에 필요한 윤리와 덕목들을 소개하고 권

면하는 장이었다. 이때 시(가)가 설파하는 주장의 실질성과 효용성
은 자기와 연계 배치된 각종 계몽 및 지식 담론들을 통해 강화된
다. 말하자면 시(가)는 『소년』이 추구하는 가치를 압축적으로 제시
하는 일종의 선언문이라면, 이와 연계된 다른 글쓰기들은 그것을
보장하고 구체화하는 실용문의 역할을 담당한다는 것이다.4)

따라서 『소년』이 욕망하는 국민국가 ‘신대한’과 예비 국민 ‘소
년’의 실체와 이상을 검토하기 위해서는 거기에 연계된 담론들은
물론 그것이 지향하는 표상체계들을 동시에 살펴볼 필요가 있다.
이런 점을 고려하면, ‘신대한’과 ‘소년’의 주요 매개물로는 무엇
보다 ‘바다’와 ‘아메리카’를 꼽아야 할 것이다. 이들은 ‘신대한’과
‘소년’이 완미한 근대의 구성물로 나아가기 위해 필요한 원심력
과 구심력, 외향성과 내실성을 충실히 지시하는 방향등이었다.

1) ‘신대한’과 ‘소년’의 ‘바다’에 대한 매혹 또는 미혹

‘소년’에게 ‘바다’는 어떤 존재인가. ‘바다’는 ‘소년’의 ‘운동장’
인 동시에 개척지이고, 세계 및 자기 경영에 필요한 덕목을 배우
는 장소이다. ‘바다’를 대함에 있어 ‘용기’와 모험심이 강조되고
게으름5)이 특히 타매되며, 바다를 늘 ‘신대한’ 건설과 연계하여

---

4) 『소년』 창간호의 핵심어는 ‘바다’라 할 만하다. 권두시 「海에게서 少年에게」
는 ‘소년’이 세계의 절대 권력으로써 ‘바다’와 동일화되기를 염원하는 신체시
다. 이런 동일성의 타당성과 합리성은 대한의 해상사(海上史)를 자국 및 세계
의 경험을 접합, 비교하는 「海上大韓史」나 바다의 지배자가 세계의 제패자였
음을 역설하는 「바다란것은이러한것이오」 등을 통해 한층 강화된다. 이처럼
특히 초기 『소년』에서는 근대지(知)와 세계지(知)·민족지(知)가 배타적이고 대
립적이기보다는 ‘신대한’의 건축을 위해 상호보존적인 관계를 형성한다.

사유하는 '직분'의 논리와 '공명심'이 적극 요청되는 것6)은 이런 이유에서이다. 가령 시(가)만 보더라도, 세계의 제패자로 상상되는 '바다'는 '담(膽)크고 순정(純精)한 소년'을 '유일한 나의 짝'이자 '사랑'의 대상7)으로 삼으며, 여기에 응답이라도 하듯이, 삼면환해 국, 즉 '신대한'의 '소년'은 "泰東의 뎌大陸 넓은 벌판"과 "太平 의 뎌大洋 크나큰물", 그리고 "볏발이 곳쏘난 赤道 아래"8)를 운 동장 삼아 뛰노는 자로 이미지화된다.

『소년』은 이런 거침없는 비약과 진보를 삶의 원리로 삼는 '소 년'을 '쾌남아' 또는 '용소년(勇少年)'으로 명명한다. '소년'을 근대 세계에 무리 없이 탑승시키기 위한 이런 진작(振作)의 프로젝트는 창작시(가) 뿐만 아니라, 번역시와 번역소설, 남·북극과 같은 무 인지경의 별세계 탐험기를 통해서도 이루어진다. 가령 바이런 (Byron) 원작의 「해적가(海賊歌)」의 경우, 제목의 부정적 함의를 생 각한다면 게재가 용이치 않은 작품일 수 있다. 하지만 「해적가」 에는 불령한 전투나 노획 장면 따위는 전혀 없다. 시의 중심은 바 다를 "우리의帝國으로 알고지내며" 바다에서의 자유와 쾌락을

---

5) 『소년』에서 게으름군은 '밥버레'·'앵무쇠'·'옷밥씨름꾼' 등으로 비하되며, 게으름에 물든 자는 미래를 박탈당한 '심리적 노인'으로, 그래서 '구대한'의 이 름과 함께 역사란 광중(壙中)에 매몰되어야 할 퇴물로 간주된다.

6) '바다'와의 친화, 바다의 정복과 경영을 '대한반도'를 건설하는 제일 조건으로 보고, '대한반도' 건설을 '소년'의 제일 직분으로 강조하는 시는, 작은 배를 탄 세 소년이 거친 파도 및 암초와 맞서 싸우는 삽화가 인상적인 「바다위의勇少年」 (『소년』 제2년 10권, 1909.11)이다. 이 시를 끝으로 『소년』에는 '바다'와 관련된 창작시가 더 이상 게재되지 않는다. 그 역할은 바이런(Byron) 원작인 「海賊歌」 (公六 역)와 「大洋」(鰲浪 역)에게 맡겨진다.

7) 최남선, 「海에게서少年에게」, 『소년』 창간호, 1908.11, 4면.

8) 최남선, 「우리의 運動場」, 『소년』 제1년 2권, 1908.12, 32면.

위해 몸과 마음을 단련하는 수병(水兵)들의 긍정적 자세를 표현하는 데에 있다.9)

또한 『소년』 최초의 번역소설인 「거인국표류기(巨人國漂流記)」와 「로빈손무인절도표류기(無人絶島漂流記)」는 어떤가. 『소년』의 근대소설 소개의 핵심은 무엇보다 톨스토이 소설 번역에 두어지지만, 이 두 소설의 번역도 만만찮은 의미를 지닌다.10) 물론 이것들은 원작에 비해 내용도 소략하고 번역자의 목적에 따른 서사의 선택과 배제도 심한 편이다. 그러나 두 작품은 근대문명의 선두를 점하던 영국 부르주아지들의 모험과 수난, 궁극적인 승리를 주요 테마로 한다. 이들의 영국으로의 최후의 귀환은 모국에 대한 자긍심과 외부세계에 대한 모험심 및 개척 욕망, 그리고 근대 문물제도의 맞춤한 운용에 크게 빚진 것이다. '소년'이 무엇보다 예비 국민으로 상정되었다는 사실, 이것은 이들 모험서사가 여타의 서구소설에 앞서 번역·소개될 수밖에 없는 주요한 까닭 가운데 하나이다. 그러니까 근대의 적자 걸리버나 로빈손 크루소는 그 정신이나 행위에 있어 '소년'이 참조하고 모방해야할 일종의 역할 모델인 것이다.

'바다'를 빌린 '소년'의 훈육과 계도는 그러나 칸트가 말한 바 자율 이성을 공적으로, 그리고 자유롭게 사용할 수 있는 근대적 주체를 양육하기 위함이 아니었다. 그것은 어디까지나 '신대한'

---

9) Byron, 公六 역, 「海賊歌」, 『소년』 제3년 3권, 1910.3 참조. 또 다른 바이런 원작 「大洋」(『소년』 제3년 6권, 1910.6)은 '바다'를 인간이 마땅히 존숭하고 따라야 할 '永遠의 形像'이자 '神의 寶座'로 가치화하고 있다.
10) 이들을 중심으로 『소년』지 번역소설의 의미와 성격을 논한 글로는, 이 책에 실린 「1910년대 번역·번안 서사물과 국민국가의 상상력」 참조

건설에 소용되는 집단 주체, 즉 '국민'을 육성하기 위한 공적 기획이다. 따라서 '소년'은 오로지 '국민'의 윤리와 직분을 수행할 때야 비로소 존재 의의와 가치를 인정받는다.

그런 점에서 '바다'의 최후 수렴지는 '신대한'일 수밖에 없다. 이를테면 『소년』의 야심찬 연재물인 「해상대한사」는 겉으로는 우리의 해상사 재고(再考)를 목표하는 것처럼 보인다. 하지만 이 글은 궁극적으로 삼면환해(三面環海)인 '대한반도'의 지리적·문화적·경제적 가치를 문명의 선편을 쥐었거나 쥐고 있는 고금의 반도국들에 비추어 봄으로써 극대화하는 데 열심이다.11) '바다'는 '신대한'의 외연 확장과 내실을 기하기 위한 사용재이자 상징물이란 이해는 그래서 가능하다.12) 과연 최남선은 「로빈손무인절도표류기」의 결말에서 로빈손의 목소리를 빌려 다음과 같이 말한다.

한 가지 願하난 것은 가장 光明스럽고 榮譽잇슬 前途를 가진 新大韓 少年 여러분은 여러분의 나라 형편이 삼면으로 滋味의 주머니오 보배의 庫ㅅ집인 바다에 둘닌 것을 尋常한 일노 알지 말어 항상 그를 벗하고 그를 스승하고 쏘 거기를 노리터로 알고 거기를 일터로 알어 그를 부리고 그의 脾胃를 마초기에 마음 두시기를 바라옵나니 엇쩝지 아니한 말삼이나 깁히 드러주시오 그런데 한마듸 부쳐 말할 것은 우리 모양

---

11) 최남선은 「해상대한사」에서 반도의 일반적 특징을 "해륙문화의 융화와 밋 집대성자됨과 해륙문화의 전초와 밋 소개자됨과 해륙문화의 장성처됨"으로 규정한다. 그가 생각하는 반도의 현재적 가치가 무엇인지는 "세계통일의 사상, 곳 제국주의는 실노 반도국인에게 이러난 사상"이란 말에 잘 투영되어 있다.
12) 『소년』에 '바다'의 제한성을 말하는 시(가)가 전혀 없지는 않다. 제목 없는 국풍 한 수는 '바다'의 한계를 '우주'의 무한성에 비추어 진술한다. 『소년』 제2년 8권, 1909.9, 66면 참조

으로 私利와 작난으로 바다를 쓰실 생각 말고 좀 크게 높게 人文을 爲하야 國益을 爲하야 眞實한 마음과 정성스러운 뜻으로 學理硏究·富源開發 등 조흔 消遣을 잡으시기를 바람이외다.[13)

이 발언은 기실 『소년』 창간호의 "「로빈손 크루소」는 海事에 關한 한 小傳奇라 그러나 世界의 海王이라는 英國의 海軍은 此신로 因대하야 成就하얏다하니 吾人은 此에 觀感하야 興起티 아니티 못하리로다"를 다시 쓴 것에 지나지 않는다.[14)] 이 말을 참조하면, '인문'과 '국익' 가운데 어디에 방점이 찍힐지는 비교적 분명하다. 『소년』에서 '신대한'은 단순한 국민국가가 아니라 '바다'와 '반도'를 모태로 외부로 무한 팽창하는 힘센 국가로 욕망된다. 다시 말해 당혹스러울 정도의 팽창주의적 성향을 노출하고 있는 것이다. 하지만 이것은 최남선이나 『소년』지 논객 고유의 사상이나 근대국가관으로 간주하기에는 무리가 있다. '반개(半開)'에서 바삐 벗어나 문명국으로 올라서며, 나아가 서구 제국주의와 동등한 지위를 확보하려는 욕망은 당시를 풍미하던 사회진화론과 우승열패의 질서관이 반영된 결과물이다.

당시 동아시아 상황을 둘러보면, 일본은 이런 근대 기획에 이미 성공했고, 중국에서는 '민족제국주의를 대적하려면 우리가 민족제국주의를 행하는 방책 밖에 없으며, 이를 위해서는 신민(新民)이 반드시 필요하다'는 량치자오[梁啓超]의 『신민설』이 널리 퍼져

---

13) 「로빈손無人絶島漂流記(完)」, 『소년』 제2년 8권, 1909.9, 43~44면.
14) 『소년』은 영국의 경우 해상왕국=경제왕국이란 제국주의적 지위를 주로 소개하는 데 반해, 미국의 경우 정치의 선진성 및 국민국가/국민성의 내실을 집중적으로 알린다.

있었다.15) 후쿠자와 유기치[福澤諭吉]16)나 량치자오의 근대 기획론이 당시 조선에서 큰 영향력을 발휘하고 있었음은 주지의 사실인바, 『소년』의 제국주의적 팽창주의 성향 역시 여기에 맞닿아 있는 것으로 보인다.

그러나 국민국가의 성립보다는 식민지로의 전락이 점차 가시화되던 당대의 여건을 생각하면, '신대한'의 팽창은 현실과 거의 무연한 상징적 욕망에 불과한 것이었다. 따라서 낭만성이 유감없이 발휘된 「삼면환해국」은 계몽적 사유의 관념성이나 추상성 자체보다는, 그것들과 현실을 괄호 친 세계관/문명관의 얼크러짐 속에서 출현하는 것으로 이해된다.

> 부글부글 쓸난듯한 東녁하날 보아라,
> 祥瑞긔운 籠罩하야 쌕쌕히찬 안에서
> 온갖勢力 根源되신 太陽이 오르네,
> 하날은 붉은빗헤 휩싸힌바 되얏고
> 바다는 더운힘에 降服하야 잇도다,
> 어두움에 가쳐잇던 億千萬의 사람이
> 눈을쓰고 삷혀보난 自由엇으며

---

15) 당시 량치자오의 『신민설』이 수용된 양상에 대해서는, 박노자, 「개화기 국민 담론과 그 속의 타자들」, 『근대계몽기 지식 개념의 수용과 그 변용』(이화여대 한국문화연구원 편), 소명출판, 2004, 243~244면 참조.

16) 『소년』은 후쿠자와 유기치의 『수신요령』을 '소년'의 자기 수양과 성찰의 주요 교재로 삼았다. 일례로 『수신요령』은 「現代少年의 新呼吸(一)－修身要領」(『소년』 제2년 2권, 1909.2)에 번역·소개된 후, 『소년』의 간행처 신문관의 야심찬 기획물인 『산수격몽요결』의 부록으로 실렸다. 결국 신문관은 『수신요령』을 단독 저서로 번역·출간하여 신시대의 자녀 교육에 널리 사용하기를 적극 권장하기에 이른다.

몸을일혀 움작이난 氣運생기네,

깃버하고 조와하난 아참人事 소리는

어늬말이 太陽功德 頌祝함이 아니냐,

이러하게 萬衆이다 우러보난 太陽은

碧海水를 사이하야 먼저우리 비취네,

그러타 우리나라는

동방도 바다이니라.

—「三面環海國」(『소년』 제2년 8권, 1909.9) 부분

『소년』지 시(가)의 특징 가운데 하나는 그것이 절대화하는 세계나 대상을 이상적 자연을 통해 숭고화·심미화한다는 점이다. '삼면환해국' 역시 그러하다. 동·남·서 삼해의 찬연함은 '신대한'의 이상적 상황, 그러니까 자유와 평등이 넘치고 재화가 풍성한 땅으로 전유된다.[17] 이런 상상력은 그 상황이 인간의 힘과 노력보다는 신의 은택에 따라 이뤄진 것이란 믿음에 기초하고 있는데, 각 연에 등장하는 '태양공덕(太陽功德)'·'태양정기(太陽精氣)'·'태양택화(太陽澤化)'는 그것을 충실히 보여준다. 현실을 의도적으로 배제한 이런 이상화는 '신대한' 및 그것이 취할 미래에 대한 낙관적 전망과 신뢰를 더욱 높이기 위한 전략일 터이다.

이것은 그러나 '바다'를 빨리 갉아먹고 소진시켜버리는 독(毒)이기도 했다. 현실화될 여지가 없는 욕망이나 상상력은 기대의

---

17) 최남선은 같은 호에 쓴 「교남홍과(嶠南鴻瓜)」에서 '바다'에게서 '위인되는 법'과 '성인의 도'를 배우기를 적극 권면한다. 그 까닭은 무엇보다 '바다'가 가장 완비(完備)한 형식을 가진 백과사전이고 가장 진실한 재료로 이룬 수양(修養) 비결(秘訣)이기 때문이다. 이 글은 가히 '바다'에 대한 최고의 찬양과 매혹을 담고 있다 할 만하다.

부풀림 이상으로 허망함을 신속하고도 널리 퍼트린다. 어쩌면 '바다', 그리고 그것에 연계된 '삼면환해국'이야말로『소년』최고의 상상의(=허구의) 공동체일지도 모른다. 왜냐하면 지금까지 보아왔듯이, '바다'는 이후『소년』이 집중한 '태백'·'대황조'의 세계와 달리 '실감'의 영역과 차단된 채 오로지 가치화의 대상으로 추구된 담론체계였기 때문이다. 하지만 그 담론을 즐겨 들으며 "깃버하고 조와하난 아참人事 소리"를 나누기에는 은폐되고 배제됐던 현실 '바다'의 전면 노출과 폭력 행사가 더 빨랐다. 만약 『소년』의 '태백'으로의 재빠른 옮겨 타기가 약육강식을 오로지 신봉하는 현실 '바다'에 대한 하릴없는 굴복으로 먼저 해석된다면 이런 사정과 무관치 않을 것이다.

물론 엄격하게 말한다면, '바다'는 흔적 없이 소진되었다기보다는 모습을 바꿔 어딘가로, 그러니까 '태백'의 세계로 스며들었다고 보는 편이 보다 옳을 것이다. 시·공간만 달라졌을 뿐, '바다'를 대체한 '태백' 역시 정치적·문화적 영웅 '대황조'와 이미 완성된 문명국 '대조선'을 상정하고 있기는 마찬가지였다. 명칭이 다른 동일자 '소년'과 '조선 남아'는 문명의 적자로 상상되고 육성되었다는 점에서 전혀 동일했던 것이다.『소년』의 이상적 '바다'와 '신대한'이 아무런 갈등과 무리 없이 그것을 대체할 신세계 '대황조'와 '대조선'으로 재빨리 옮겨 갈 수 있었던 것도 이 때문이다.18) 그런 의미에서 '바다'와 '태백'은, '신대한'과 '대조선'은

18) 「삼면환해국」 이후『소년』지 시(가)는 그 성격과 내용, 장르의 선택에서 급속한 변화를 맞는다. 두 달 후『소년』(제2년 10권)은, '바다'에 관한 마지막 창작시 「바다위의용소년(勇少年)」과 이후『소년』의 방향을 예고하는 「단군절」(창가)·

서로가 상호 접속된, 하지만 궁극적으로 전자에서 후자로 수렴되는 그런 형식으로 동전의 양면관계를 형성한다.

2) '신대한', '아메리카'에서 내일을 보고 배우다

'바다'가 '신대한'의 외연 확장을 대변하는 가치체계라면, '아메리카'는 근대 국민국가로서 '신대한'의 내적 성숙을 계도하는 방향타이다. '아메리카'에 대한 『소년』의 호감은 미국에서 귀국한 안창호 등이 결성한 〈신민회〉의 문화계몽을 『소년』이 담당했다는 논의를 통해서도 얼마간 짐작할 수 있다.[19] 실제로 『소년』은 〈신민회〉의 외곽 단체인 〈청년학우회〉의 기관지 「청년학우회보」를 연재했고, 최남선은 이 회지의 '논설'을 집필하는 등 주요 역할을 담당했다. 그러나 이런 외적 상황을 굳이 염두에 두지 않더라도 '아메리카'가 『소년』의 관심을 끌 이유는 충분했다. 무엇보다 '신대한'은 독립과 문명개화를 기초로 설립되고, 또 강력한 힘을 지닌 신흥 부국으로 성장하는 국민국가로 욕망되었다. '아메리카'는 영국으로부터의 독립과 남북전쟁 등을 통해 이런 '나라 만들기'에 성공한 거의 유일한 국가였고, 또한 조선을 두고 경쟁하던 일본을 위시한 제국주의 열강의 부정적 면모로부터 한 걸음

「태백범」을 함께 싣는다. 『소년』은 또 두 달 뒤 「太白山詩集」을 게재함으로써 이 방향 전환을 명확히 하는데, 이때부터 국풍(시조)은 『소년』지 시(가)의 주요 장르로 부상된다.

19) 보다 자세한 내용은, 박정선, 「『소년』지 시와 새로움의 의식」, 고려대 석사논문, 1999, 13~14면 참조. 『소년』이 강조해 마지않던 '무실역행'은 〈청년학우회〉의 모토이기도 했으며, 최남선은 도쿄에서 「태백산시집」을 지어 안창호에게 헌사함으로써 그에 대한 신뢰와 존경을 각별하게 표현했다.

떨어져 있었다.

『소년』은 미합중국 국가인 「아메리카」를 필두로 「대국민(大國民)의기백(氣魄)」, 「청년(靑年)의 소원(所願)」, 「노작(勞作)」[20] 등을 번역 게재하며, 최남선은 「아브라함 린커언」을 지어 그의 위대성에 대한 간곡한 존경을 표한다. 그뿐 아니라 아메리카의 독립과 국민국가 건설에 혁혁한 공을 세운 워싱턴·프랭클린·루즈벨트 등의 사적(事蹟)과 어록 등을 정성껏 소개한다. 이런 시(가)와 담론의 중심은, 제목과 소재 등이 시사하듯이, 국민국가 건설 자체보다는 거기에 요구되는 국민성과 덕목의 소개와 내면화에 있다. 이것들과 창작 시(가) 사이의 내용상의 밀접한 유사성은 이런 계몽의 기획으로부터 산출된 것이리라. 가령 다음 시를 보라.

크고도 넓으고도 永遠한太極
自由의 少年大韓 이런德으로
빗나고 쓰거웁고 剛健한太陽
자유의 大韓少年 이런힘으로
어두운 이세상에 밝은光彩를
째다난 구석업시 더뎌듀어서
하날의 부린職分 힘써다하네
바위틈 산ㅅ골中 나무꼿까디
自由의 큰소래가 부르딧도록
소매안 듀머니속 가래까디도

---

20) 물론 이 세 작품의 지은이는 영국인(김병철, 『한국근대번역문학사연구』, 을유문화사, 1975, 285면 참조)이지만, '아메리카' 담론과의 밀접한 연관성을 고려하여 소개해 둔다.

自由의 맑은긔운 쏙쏙타도록.

—「少年大韓」(『소년』제1년 2권, 1908.12) 부분

'신대한'의 미래는 "자유의 소년대한"의 건설과 성취에 있다.[21] 그것은 '신대한'의 영원성과 국민의 대동행복을 구현하기 위한 일종의 전제 조건이다. 이런 이유로 최남선은 3연에서 신대한 건설을 장애자와 병자의 치료에 비유하며, '소년'의 '쌥틔즘'(희생)을 무엇보다 강조한다. 희생과 그에 대한 보상으로서 자유와 번영의 성취는 국민국가 '신대한'으로 '소년'들을 이끌어 들이는 주요 원리이다. 최남선은 아메리카와 영국의 시 가운데 이런 내용의 시를 선택, 번역함으로써 그 기획에 성공한 모범적 예를 제시하고 있는 것이다. 실제로「소년대한」은 미국가「아메리카」와「아메리카는 이리 독립하였소」(산문)와 같이 실려 있다. 이것들은 무엇보다 자유와 자강불식을 통한 대동행복의 달성을 테마로 하고 있다는 점에서「소년대한」에 비견된다.

이런 동일화의 욕망은 초기『소년』시(가)의 한 특징으로 보아도 좋다. 가령「신대한소년」에서 '소년'의 덕목으로 제시되는 근면·성실·사해동포주의·식산·지식함양 등은 뒤이어 게재되는「대국민의 기백」과「청년의 소원」의 내용이기도 하다. 물론『소년』이 아메리카를 자기의 논리와 정당성 없이 참조하고 내면화한 것으로 저평가할 필요는 없다. 그보다『소년』은 아메리카를 지렛

---

21) 이 시에서 보듯이,『소년』지 시(가)에서 '소년대한'과 '대한소년'은 서로를 넘나드는 개념이다. 이를테면「소년대한(少年大韓)」과「신대한소년(新大韓少年)」,「대한소년행(大韓少年行)」이 그러한데, 모두 '신대한' 건설에 필요한 국민의 덕목 및 직분 수행을 강조하고 있다.

대 삼아 자신이 설파하는 계몽 담론과 덕목들을 보편화하고 가치
화했다는 게 적절한 이해일 듯싶다.

> 正義칼노不義를 베혀바리고
> 自由홰로壓制를 살나업실째
> 그얇흠과그쓰림 생각하야서
> 祖上님의精神을 직혀서가면
> 밤낫으로求하난 나의樂園은
> 아모것도아니라 實노그라고
> 公私大小事務에 아모것이고
> 純直하게富하되 間斷업시해
> 國民으로린컨이 職分다하야
> 務實力行그歷史 넘겨가도다.
> —「아브라함 린커언」(『소년』 제3년 1권, 1910.1) 부분

이 시는 조금 늦었지만 링컨 탄생(1909) 백주년을 기념할 목적으
로 육당이 지었다. 링컨은 "世界上에서 새로운 國民歷史"를 건설
한 위인으로 추앙된다. 그의 최대 장처와 업적은 무실역행의 실천
을 통해 가인(家人)·국민·인류로서의 직분을 다했다는 데 있
다.22) 『소년』에서 무실역행과 직분 완수는 '소년'을 '지선(至善)의
노력자'로 이끌어 가는 최대 덕목으로, 1909년 중반부터 『소년』의
핵심어로 자리 잡는다. 육당이 탁월한 소설가에 앞서 인류의 대도
사(大導師)로 톨스토이를 주목한 것도 직분 완수와 깊이 관련된

---

22) 링컨의 인물됨과 구체적 업적은, 같은 호에 실린 J. Choate, 「린커언의 인물(人
物)과 및 그 사업(事業)」에 자세히 소개되어 있다.

‘노작(勞作)’사상 때문이었다.

　초기 『소년』을 생각한다면, 국민국가의 모범 아메리카와 관련된 덕목들은 자유와 평등, 자강불식 등으로 모아질 듯하다. 그러나 육당은 무실역행과 직분 완수를 그것의 전제 조건으로 제시하며, 모범적 실천자로 ‘링컨’을 내세운다. 그럼으로써 링컨은 성공한 대통령에서 “길모르난後人들을 引導”하는 위대한 인격자로 숭고화된다. 이처럼 『소년』은 대상의 단순 모방에 그치지 않고, 계몽의 기획에 맞춰 대상을 재구성하고 조율하는 전략을 능숙하게 구사한다. 초기에 집중된 ‘신대한’의 호명은 비록 미약해졌으나, ‘소년’을 ‘국민’을 넘어선 인격의 완성자로 끌어올리려는 노력은 이와 같은 보편화 전략을 통해 이루어지는 것이다.

　‘아메리카’는 ‘신대한’과 ‘소년’에게 요구되는 각종 가치와 윤리를 이미 구현하고 있는 모범적 국가였다. 경험이 전무하거나 일천한 주체가 탁월한 타자를 뒤따르고 배우는 것은 권장될 만한 일이다. 하지만 자아의 기획에 맞춰 욕망하는 모델의 한 측면만을 바라볼 때가 문제다. 이것은 『소년』의 일반적 경향으로, ‘아메리카’ 담론에서도 그대로 답습된다. 후발 제국주의로서 아메리카의 그림자는 전혀 통찰되지 못하며, 인디언과 흑인 등 타자의 배제와 지배를 딛고 세워진 문명의 허구성은 끝내 읽히지 않는다.

　이런 백색의 선택지를 뽑을수록 심화되어간 것은 ‘신대한’의 불가능성과 허구성이었다. 그 결과 ‘소년’은 정치적 주체로 서보지도 못한 채 보편적 인격의 수행자로 호출되며, 끝내는 ‘대조선’의 적자이자 재현자인 ‘조선남아’로 서둘러 변신한다.[23] 이런 『소년』의 변화를 폭풍우에 휘둘린 당대현실을 넘어서기 위한 불가피

한 선택으로 보기만은 어렵다. 『소년』은 계몽적 가치의 당위성에
는 민감했으나 그것의 현실성과 가능성 여부에는 대체로 무감했
다. 『소년』이 최후의 보루이자 미래로 선택한 '대조선'이 시(가)에
서는 '신대한'처럼 처음부터 절대화와 심미화의 틀을 통해 상상
되고 구성되는 현상 역시 이와 무관치 않겠다.

3. 서사시적 과거 '대조선'의 현재화·미래화

1910년 8월 대한제국의 일본으로의 병합은 식민지 근대의 공식
적 출발을 알리는 비극적 사건이었다. 이 사건과 더불어 『소년』이
완미한 근대체제로 기획했던 '신대한'은 마침내 종말을 고했고, 예
비 국민 '소년'은 졸지에 메이지 천황의 '신민(臣民)'으로 등기되었

---

23) 이런 현상을 두고 '신대한'의 급속한 탈락과 포기, 나아가 아메리카의 부정으
로 해석할 필요는 없다. 사실 아메리카에 대한 긍정적 시선과 그 국민성의 전
폭적 수용 의지는 당대를 풍미하던 문명론 또는 사회진화론의 영향, 다시 말해
아메리카에 대한 강렬한 동일화의 욕망이 작동한 결과물이다. '신대한'에서 동
일화의 욕망이 불가능해지자, 육당은 대서사시적 과거 '대조선'을 불러냄으로
써 이미 문명화된 국가/민족으로 일거에 올라서고자 했다. 이후 보겠지만, 아
메리카의 문명화된 국민성은 이미 '대조선'의 것이었다. '아메리카'든 '신대한'
이든 '대조선'이든 문명세계로 상상되고 추구되었다는 점에서는 전혀 동일한
것이다. 근대계몽기에 아메리카가 문명국을 넘어, 반개(半開)나 야만국가의 해
방자로 인식되던 사정에 대해서는, 정선태, 「『독립신문』의 조선·조선인론」, 『
근대계몽기 지식 개념의 수용과 그 변용』(이화여대 한국문화연구원 편), 소명출
판, 2004, 176~183면 참조.

다. 이런 시대의 급물살은『소년』의 가치체계 선택과 담론의 변화에 적잖은 영향을 미친 것으로 판단된다. 1909년 11월『소년』지 시(가)는 그간 설파해 온 '신대한'과 '무실역행'을 내려놓고,『소년』후기의 최대 관심사인 '단군'과 '태백'을 화두로 올린다. '대조선'을 구성하는 두 축인 이들의 등장은 육당이「지리학 연구의 목적」을 번역하면서 덧붙인 글을 보건대, 혼돈스런 현실에서 새로운 좌표를 설정하고 길을 찾기 위한 선택으로 생각된다. 그러니까 "天意所在를 모르고 世運推移를 짐작치못하고 제나라 제故鄕의 웃지되여 갈지를 모르"는[24] 담천하(曇天下)의 상황은 현실에 구애되지 않는 영원한 가치체계의 수립을 시급히 요청했을 터이다.

이를 증명이라도 하듯이, 육당은 '각방(各方)사람'이 위대한 성조(聖祖)의 큰 빛 아래 모여 "永遠히큰 참福樂이 普遍하던" 세계를 건설하고 "처음으로 하날길을 開拓하던" 날을 송축하기 위해 악보까지 첨부한 창가「단군절」을 권두시로 싣는다.「태백범」은 호랑이를 빌려 저 이상적 세계 '대조선'의 위용과 기상·가치를 기린 것이다.[25] 육당은「태백범」좌우에 호랑이 형상의 한반도를 배치하고, 호랑이를 오로지 진·선·미를 추구하며 그를 위해 진취와 향상에 매진하는 의미 있는 존재로 그린다.

---

24) 우치무라[內村],「地理學硏究의 目的」,『소년』제2년 10권, 1909.11, 97면. 암울한 시대 전망은 같은 호의 창간 일주년 기념사에 쓴 "新大韓이란 것을 가르치려 하고 또 그 일을 만드난 우리 少年의 精神과 그 일을 擔任한 우리 少年의 幸福을 말하려 할 때에는 나는 힘쓰지 아님이 아니나 힘쓴 만큼 드러난 功果는 잇슬것갓지 아니한지라"(「第一朞紀念辭」, 6면)에도 깊이 스며 있다.

25) 다음 2연을 보라. "四千年間길너나온 浩然한긔온/ 시원토록쑴어보니 宇宙가적고/ 大陸모에움크럿던 雄大한몸이/ 웃둑하게이러나니 地球가좁의." 이런 '태백범'의 면모는 이후 '소년'이 숭상하고 배워야 할 절대가치로 군림하게 된다.

호랑이 형상의 한반도는 육당이 『소년』 창간호에서 일본 지리학자 고토[小藤]가 설정한 토끼 모양의 한반도를 물리치기 위해 고안한 것이다. 근대 지리학에서 지도는 무엇보다 지리에 대한 객관적 정보와 실리를 얻기 위해 제작되는 것으로 이해된다. 지도는 그러나 과학적 실측으로 생산되는 단순한 결과물이 아니다. 지도는 어떤 식으로든 특정 사회의 사실을 표상하고 가시화한다. 대중들은 지도에 대한 교육과 접촉을 통해 자국 및 외부세계에 대한 정보를 획득하며, 이를 통해 동일성과 타자성의 감각을 심화시킨다. 근대 지도가 도상(圖上)의 공유를 통해 국민의식을 양성하는 데 크게 기여했다는 주장은 그래서 가능하다.26) 물론 최남선은 한반도에 실제 지리와 사실을 표현하는 대신 호랑이 형상을 덧씌웠다. 하지만 이것이 국민의식을 고양하고 대한반도, 곧 '신대한'의 갈 길을 제시하는 근대 기획의 산물이었음에는 전혀 변함이 없다.27) '태백범'의 출현 역시 이런 사회성과 정치성의 산물인바, 신대한의 호랑이는 '대조선'과 그 주체 '조선남아'의 본성을 표상하고 그 위용과 기상을 자랑하는 상징물로 거듭 태어난 것이다.

안창호에 헌사된 「태백산시집」(『소년』 제3년 2권, 1910.2)은 '대조

---

26) 지도의 제작이 국민의 창조에 어떻게 관여하는가에 대한 자세한 논의는, 와카바야시 미키오[若林翰夫], 정선태 역, 『지도의 상상력』(산처럼, 2002)의 제4부 「국토의 제작과 국민의 창조」를 참조할 것.

27) "이것(호랑이 형상―인용자)은 崔南善의 안출인데 우리 大韓半島로써 猛虎가 발을 들고 허위덕거리면서 東亞대륙을 向하야 나르난듯 쮜난듯 生氣잇게 할퀴며 달녀드난 모양을 보엿스니." 최남선, 「鳳吉伊地理工夫」, 『소년』 창간호, 1908.11, 67면.

선’으로의 회귀와 그것의 현재화/미래화를 본격적으로 수행하는 장이라 할 만하다. 여기에는 「태백산가(太白山歌)」 기일(其一)과 기이(其二), 「태백산부(太白山賦)」, 「태백산(太白山)의 사시(四時)」, 「태백산(太白山)과 우리」가 실려 있다. 이 중 「태백산부」와 「태백산의 사시」는 육당의 신시 가운데 자유로운 리듬을 본격적으로 지향한 최초의 시편으로 주목된 바 있다. 육당은 이를 계기로 특히 『소년』 제3년 5~8권 사이에서 시(詩)와 가(歌)를 구분하고, 그것들의 장르를 자유시·산문시·창가·국풍(시조)으로 3분하여 게재하는 율격 실험에 몰두했다는 것이다.28)

　「태백산시집」은 형식(율격) 실험의 선편을 쥔만큼이나 내용의 치밀한 편제에서도 주목할 만하다. 「태백산가(1)」은 ‘대황조’가 “질거움과 太平의 크나큰빗흘” 세상에 베풀라는 하늘의 명을 받고 ‘태백산’에 내려 왔음과 함께, ‘태백산’의 “純潔하고 永遠한 마음과 精誠”, 그것을 따라 배우는 ‘우리사람’의 노력을 밝힌다. 나머지 4편은, 과감히 말해, 「태백산가(1)」을 상술함과 동시에 ‘태백산’에 가치를 증여하는 시편들이라 할만하다.

　　내압헤노힌 꼿半島는 왼큰것의 點이니,
　　모든빗나고 고은일이 네게로서 始初라,
　　네한나라를 爲해서나, 왼世界를 爲해나,

---

28) 권오만, 『개화기시가연구』, 새문사, 1989, 215~232면 참조. 권오만은 이 삼분법의 급속한 붕괴를 근대적 포에지가 결여된 산문시의 실패와 밀접하게 연관된 것으로 판단한다. 이후 상술하겠지만, 이런 현상은 장르의식이 퇴행한 결과로만 출현한 것이 아니다. 그가 추구한 세계와 그에 적합한 장르(시조)의 선택과도 밀접하게 연관되어 있다.

제일하기엔 勇敢하고 남爲하얀 慈悲해,
적고큰너의 모든所望 내압혜서 이루라,
壯하고大하고 富하라 眞코善코 美하라.
　　　　　　　—「太白山歌」其二(『소년』 제3년 2권, 1910.2) 부분

　'태백산'의 가치는 무엇보다 "모든빗나고 고은일"의 시초라는 점과 그것을 만인에게 골고루 펼친다는 데 있다. 그래서 태백산의 '바람'은 "文明한긔운, 溫和한빗"(2연)으로 비유된다. 이런 본원적 세계는 진·선·미가 조화를 이루며 상생하는 장(場)이라 하겠는데, 이 때문에 '태백'은 용감과 정의 같은 인간의 본원적 가치를 수렴하고 기록하는 "독립—자립—특립"(「태백산부」)의 세계로 가치화된다. '신대한'이 그랬듯이, '태백' 역시 자기 충족적이며 완전무결한 절대세계로 상상된다. 그렇다면 '태백'은 유유자적하는 자연 공간이 아니라 자아의 수양과 완성, 더 나아가 '조선심'의 계승과 함양에 필수불가결한 도량이라 할 만하다. 「태백산과 우리」는 이런 관점에서 '태백산'과 '소년'의 관계를 설정하며, 궁극적으로 '태백산'으로의 회귀가 태백산의 본원적 가치를 현재화하는 일임을 힘주어 강조한다.

　『소년』지 시(가)의 특징 가운데 하나가 가치체계를 이상적 자연에 비겨 심미화·절대화하는 것이라 이미 말했지만, 이것은 '태백산'에도 여지없이 적용된다. 「태백산의 사시」는 사계절의 인상적인 장면을 빌려 '태백'의 강건함과 성품을 역동적으로 그려낸다. 일반적 진술에 의존했다면 전언의 추상성이 한층 강화되었을 테지만, 자연과 자유율의 효과적 운용은 '태백'의 가치에 사실성

을 더함과 동시에 '태백'을 숭고화하는 데 크게 기여한다.

그러나 「태백산시집」이 '대조선'의 가치 구성에 제공하는 품목과 효과는 제한적일 수밖에 없다. '태백'의 본원적 형상은 '대조선'의 이상성과 영원성을 환기하는 데 유효하지만, 그것의 실질성과 정치적·문화적 수월성(秀越性)을 고지하기에는 여러모로 역부족이다. 이것이 보충되지 않는 한, '대조선'은 현실성 없는 상상체계로 머무를 수밖에 없다. 이 빈 자리는 「나라를 쩌나난 슲흠」과 「태백(太白)의 님을 이별(離別)함」을 통해 메워지는데, 의미심장하게도 그 현실성은 '나라'와 '태백', 그러니까 가장 중요한 목표체계와의 이별 또는 상실의 위기감 속에서 견인된다.29)

최남선은 두 시에서 '나라' 및 '태백'과의 어쩔 수 없는 이별을 애달파 하면서도, 결국은 '동군(東君)'의 회복이 '우리'의 궁극적 과제임을 호소한다. '동군'과 태백, 대조선이 동일한 가치체계임은 물론이다. 따라서 '태백'을 표상하는 '대동국면(大東局面)의 감시자(監視者)', '세계평화(世界平和)의 옹호자(擁護者)', '우리강토(疆土)의 정수(精髓)', '우리 민족이상(民族理想)의 결정(結晶)', '모든 올흠의 활동력의 근원(根源)' 등은 자연스레 '동군'과 '대조선'의 본질이 된다. 이 면모들은 그 상징성을 감안한다면 '소년' 곧 '조선남아'가 지향하고 성취해야 할 본원적 가치라고 해도 좋다. 그래서 '태백'은 "나의 가슴에 품긴 理想의 光明"으로 내면화되는 것이다.

---

29) 최남선은 이 시들이 실린 『소년』 제3년 4권(1910.4) 창작 후기에서 모종의 사유로 인해 다른 글 대신 「대한지리」의 원고 일부로 본권을 채운다고 말한다. 모종의 사유란 검열일 가능성이 크다.

‘태백’은, 그것의 실체로서 ‘대조선’은 모든 면에서 완결된 절대세계, 다시 말해 “하나의 사실, 하나의 개념, 하나의 가치로서 이미 완성되고 완결된”[30] 서사시적 세계가 아닐 수 없다. 그것은 모든 가치의 시초이면서 가치평가 기준이고 최후의 가치이다. ‘대조선’을 뒤돌아보는 일은 그래서 현재를 성찰함과 아울러 ‘대조선’을 미래의 모범으로 획정 짓는 시간 기획이다. 복고주의에 노출되어 있음에도 불구하고 ‘대조선’이 오로지 ‘근대’에만 의탁했던 ‘신대한’을 초월하고 수렴하는 가치체계와 상상의 공동체로 등장할 수 있었던 것은 어쩌면 시간 기획의 저런 안전성과 보수성 때문이었는지도 모른다.

> 太白에 달비취니 四海가 光明이라,
> 人間의 그믐밤이 이제부터 것첫도다,
> 太皇祖 밝으신빗은 萬方普照이로다.
> ——「太白에」(『소년』 제3년 5권, 1910.5) 부분

> 史記를 들어보니 두눈이 恍惚하다,
> 거룩한 일과사람 만흔들 저리만하,
> 그러틋 光榮하옴도 竝皇靈이샷다.
> ——「竝皇靈」(『소년』 제3년 5권, 1910.5) 부분

바흐찐에 따르면, 서사시적 세계는 민족의 영웅적 과거를 근간으로 구성된다. “그것은 민족의 역사에 있어 ‘시초’와 ‘절정기’의 세계이며, 선조들과 가문의 설립자들의 세계이며, ‘제일인자들’과

---

30) M. 바흐찐, 전승희 외역, 『장편소설과 민중언어』, 창작과비평사, 1988, 34면.

'최상의 것들'의 세계이다."31) 「태백산시집」에서와 마찬가지로, 이 두 편의 '국풍'도 자연(사계)과 인간사(역사·강토·인물)의 풍요로움을 근거 삼아 '대조선'의 절대화와 그것의 영광 재현에 몰두한다. 이런 가치화의 과정은 '대조선'을 만인에 의해 똑같은 식으로 가치평가되고 그에 대한 경건한 태도를 요구하는, '신성불가침의 전통'으로 확립하는 작업인 것이다.

그런데 이때 중요한 것은, '대조선'을 완결된 서사시적 세계로 창조하고 그것을 신성불가침한 전통으로 영원화하는 주체로 오로지 '대황조(단군)'만이 제시된다는 사실이다. 시(가)를 중심으로 본다면, '대황조'는 단순한 인격체가 아니라 하늘의 뜻을 널리 전하고 펴는 신인(神人)적 존재이다. 그가 이상적 자연과 인사(人事)의 주체자로 심미화되고, 심지어 인류에게 권면되는 보편적 가치와 덕목의 주요 원류로 숭앙되는 것은 이 때문일 것이다. 가령 최남선은 〈청년학우회〉 소속 '청년'들을 '대황조 이래의 국민적 이상을 가슴에 품은 자'32)로, 이광수는 "大皇朝로부터의 큰 抱負를 바다지고, 이를 成就하려 하난 이"33)로 규정한다.

물론 이들은 '대황조'의 구체적 업적을 바탕으로 '대조선'을 조명하거나 계승할 것을 주장하지는 않는다. 『소년』에서 '단군'이나 '대조선'이 역사적·정치적 실체로 조명되는 경우는 『해상대한사』에 보이는 몇 차례뿐이다. 단군조선의 건설은 당시 조선반도의 문

---

31) 위의 책, 30면.
32) 최남선, 「靑年學友會의主旨」(『靑年學友會報』 소재), 『소년』 제3년 6권, 1910. 6, 75면.
33) 孤舟, 「朝鮮ㅅ사람인靑年들에게」, 『소년』 제3년 8권, 1910.8, 32면.

명 정도가 '국가(國家)-제도(制度)-군장(君長)'을 필요로 할 만큼 진보했고, 또한 그것을 가능케 하는 "본토 민족의 건국적 천재와 국민적 특장"이 발휘되었기 때문이라는 진술은 이를 대표한다.[34] 하지만 이것은 사실에 즉하기보다는 '문명'의 강조가 시사하듯이, 사회진화론에 의거한 근대국가의 형성 과정을 투사하여 서술한 것이란 혐의가 짙다.

그러나 문명국가 '대조선'에 대한 자부심이야말로, 조선 민족의 특성을 "正義를 擁護하고 至善을 努力"함과 "그러케 할 만한 힘과 德을 기"름에 있다고 보는 근거가 된다. 따라서 국민의 사유와 행동의 표준을 "오즉 거룩하신 大皇朝끠오서 처음 나라를 세우시던 그 精神과 그 抱負"에서 찾는 것은 일종의 필연이다.[35] 그러나 표준으로 제시되는 십덕(十德) 역시 조선 고유의 것이기보다는 동서고금을 막론한 인간의 본연적 덕목을 전유한 것으로 보는 편이 타당할 듯싶다.[36] 이런 점에서 '대황조'와 '대조선'은 그 자체의 특장과 수월성보다는 '문명'의 시선을 통과함으로써 재구성되고 보편화되는 가치체계에 해당한다.[37]

---

34) 이상의 내용은, 公六, 「海上大韓史(十一)」, 『소년』 제3년 3권, 1910.3 참조.

35) 이상의 인용은, 최남선, 「少年時言」 중 '國民思行의 標準', 『소년』 제3년 5권, 1910.5, 13~15면.

36) 십덕(十德)은 순결·광명·강건·화락(和樂)·진실·성충(誠忠)·근면·정의·미려(美麗)·정제(整齊)이다. 이것은 『소년』이 소개한 아메리카의 프랭클린의 좌우명 13덕 "절제·침묵·규율·과감·검약·근면·성실·정의·중용·정결·평정·정조·겸손"과 크게 구분되지 않는다.

37) 시(가)의 '대황조' 형상과 『해상대한사』의 '대황조' 형상은 『소년』이 단군의 탈신화화와 재신화화를 넘나들고 있음을 잘 보여준다. 『해상대한사』의 단군은 계몽군주의 이미지가 강하지만, 시(가)의 단군은 최고로 숭고화된신격체(神格體)의 이미지를 띤다. 조현설은 「근대계몽기 단군 신화의 탈신화화와 재신화

한편 「태백(太白)에」와 「ᄭᅩ황령(皇靈)」은 '국풍', 곧 시조이다. 『소년』에서 시조는 대략 다음 두 가지 경우에 선택되는 경향을 보인다. 첫째, '태백'과 '대황조'를 찬양하고 심미화할 때이다. 둘째, 개성·평양·압록강 등을 탐방하면서 느끼는, 약소민족의 비애와 울분, 그리고 역사의 무상함 등을 표출할 때이다.[38] 그간 이들에 대한 비판은, 전자의 경우, 이념적 허약성과 현실과 무관한 관념의 유희성에, 후자의 경우, 관조적 무상감과 회고조의 한탄을 주로 하는 퇴행적 복고주의에 초점이 맞춰졌다.[39] 그리고 자유시를 염두에 둘 때, 이것들은 무엇보다 내면정서의 자유로운 표출을 목표하는 근대적 포에지를 결여하고 있다는 점에서 비판되었다. 이런 지적은 진보적 시의식과 자유율 성취에 기준을 둘 때 매우 타당하다.

하지만 이 기준은 시의식과 장르의 퇴행성이란 꼬리표는 쉽사리 만들 수 있어도, 육당이 왜 시조를 선택했는가에 대한 친절한 해석은 제공하지 못한다. 물론 육당은 『소년』에 이런 의문을 해소할 수 있는 내용이나 실마리를 뚜렷이 밝혀 놓지 않았다. 그러나 분명한 것은 육당에게 시(가)는 그 자체가 목적이라기보다는 계몽의식과 가치를 전달하는 일종의 도구였다는 사실이다.[40] 이

화」(『민족문학사연구』 32호, 민족문학사학회 편, 2006)에서 1895~1910년 무렵의 역사 교과서를 바탕으로 단군의 탈신화화와 재신화화의 과정 및 양상을 심도 깊게 파헤치고 있다.

38) 제3년 6권(1910.6)의 「대동강」, 제3년 7권(1910.7)의 「압록강」, 제3년 9권(1910. 12)의 「청천강」 등이 특히 그렇다.

39) 고미숙, 「애국계몽기 시조의 제특질과 그 역사적 의의」, 『18세기에서 20세기 초 한국 시가사의 구도』, 소명출판, 1998, 338~340면.

40) 가령 다음 발언을 보라. "우리는 文筆만으로써 衣食을 엇어하난 者를 미워하

런 시의식은, 서영채가 지적했듯이, "정치적 망명과 제도적 문학, 이 둘을 양자택일적인 것으로 상정"하지 못한 채 동시에 끌고 가게 하는 자기모순의 기원이었다.[41] 그런데 시조는 이 모순이 파탄난 결과 선택된 귀향지라기보다는, 어쩌면 그 모순을 견디면서 최상의 효과를 산출하기 위해 의도적으로 선택한 새로운 출발지일 수 있다.

'태백'과 '대황조'·'대조선'의 심미화는 무엇보다 민족의식과 애국주의의 고양을 위한 것이었다. 육당에게 이런 본원적 가치의 형상화에 어떤 장르가 가장 적합하고 또 효과적인가에 대한 고민은 응당 제기되었을 것이다. 시조의 간결한 정형성과 교술적 효과에 대한 신뢰가 선택의 외부를 이루겠으나, 그보다 중요한 것은 선택의 내면이겠다. 현재로서는 이 내면은 1920년대 육당의 시조부흥론을 통해 가늠해 보는 편이 적절할 듯싶다.

서론에서 말했듯이, 그는 '시조'를 조선시대의 그것이 아닌, "조선국토, 조선인, 조선심, 조선음률을 통하야 표현한 필연적 일양식", 즉 고조선의 노랫가락에서 기원한 조선민족 고유의 국민문학으로 규정했다. 봉건 조선에 매우 비판적이었던 최남선을 고려하면, 그의 '시조' 선택을 퇴행적 복고취로 단정할 필요는 없을

<hr>

노니 하믈며 文筆노써 榮寵을 사려하난 者야 다시 무슨 말을 하리오 그럼으로 우리가 文士 中에에서도 尊號와 諡號를 選述하난 者와 詩人 中에서도 應製와 帖聯을 製進하난 者는 더욱 더럽게 알고 賤하게 녁이더니 이제 나의 붓긋흐로 근세 프랑쓰의 文學을 陳述할 새 참 嘔逆남을 禁할 수 업도다."(최남선, 「나폴레온 大帝傳」, 『소년』 제2년 2권, 1909.2, 16면)

41) 서영채, 「최남선 시가의 근대성에 관한 연구」, 『민족문학사연구』 13호(민족문학사학회 편), 1998, 275~276면.

듯하다. 어쩌면 거기에는 '시조부흥론'이 시사하듯이 조선민족의 기원이자 절정인 '대조선'의 안정성과 규범성을 가장 안정적인 형식미를 갖춘 '시조'를 빌려 모범화하고 재현하려는 의도가 벌써 숨 쉬고 있는지도 모른다. 이런 가설을 승인한다면, 육당의 시조는 '대조선' 정신에 의해 새롭게 발견되고 가치화되며, 궁극적으로는 민족 고유의 유일한 국민문학으로 기원화되는 '만들어진 전통'이라 할 수 있다.[42]

> 그(대황조—인용자)의뒤를니어그의理想現實케
> 애쓸者가우리임을생각하건댄
> 脈 搏 은자조치고억개웃슥해
> 어려움을아난그째限업시깃븨
> 　　　　　　—「祖上을爲해」(『소년』 제3년 8권, 1910.8) 부분

개아미 적다마라 苦생이라 안避터라,

---

42) 문화 민족주의에서 민족정신은 민족의 문화와 역사를 하나의 공통 근원으로 묶어주는 핵심 개념이다. 이들은 과거의 부활을 통해 현재의 재생과 미래의 선취가 가능하다고 여겼다. 이에 따라 과거에 존재했다고 생각되는 순수하고 조화로우며 유기적인 민족 공동체를 이상화시키고, 이것의 담지체로서 시와 이야기, 동화, 민속 음악 등의 발굴과 연구, 재현에 힘을 쏟았다(요시노 고사쿠[吉野耕作], 김태영 역, 『현대 일본의 문화 내셔날리즘』, 일본어뱅크, 2001, 87~90면 참조). 이런 점에서 『소년』 중기 이후 돌연 출현하여 『소년』의 주요 담론이 되는 대조선과 대황조(단군), 태백과 이들의 절대성을 찬양하고 내면화하는 시조(국풍)는 민족정신과 정체성을 앙양하고 구조화하기 위해 선택된, 다시 말해 현재의 목적에 맞게 만들어진 '전통'에 해당한다. 이를 염두에 둘 때, 우리는 조선의 그것과 구별되는 『소년』발 시조(국풍)의 정체성과 이데올로기를 준별할 수 있으며, 또한 1920년대 육당이 시조를 '대조선'에서 연원한 민족문화의 주요 형식이자 내용, 다시 말해 유일한 국민문학으로 가치화하는 까닭을 비교적 용이하게 이해하게 된다.

바람비의 얼음(威脅)에도 맛흔職分 다코 마니,

보리라 大朝鮮精神 이中에도

— 「大朝鮮精神」(『소년』 제3년 8권, 1910.8) 부분

　각각 창가와 국풍에 속하는 이 시편들은 한일병합이 공식화된 1910년 8월에 발표되었다. 이런 현실이 반영된 결과라고 단정할 수는 없지만, 이번 『소년』에는 시(가)와 산문을 막론하고 민족의식과 애국주의를 앙양하는 글들이 다수 실렸다.[43) 가령 이광수는 크리스찬으로, 대동주의자로, 허무주의자로, 본능만족주의자로 헤매다가 '애국주의'에 정박하게 된 과정과 이유를 감격스럽게 논하며,[44) 최남선은 단군의 영웅적 모습을 기술한 금협산인(신채호)의 「독사신론(讀史新論)」(『대한매일신보』, 1918.8~12)을 「국사사론(國史私論)」으로 개제하여 전재(全載)한다.[45)

　이 글들에 함축된 '조선주의'는, 위의 시(가)에서 보듯이, 위대한 조상과 그들이 세운 이상적 세계에 대한 기억과 찬양, 미래화를 통해 접근되고 설파된다. 르낭이 말했듯이, 조상숭배, 즉 위대

---

43) 이런 '조선주의'의 제창은 『소년』이 이후 4개월간 정간을 당하게 되는 주요 원인이었다. 육당은 복간호 제3년 9권(1910.12) 목차에 조선총독부의 정간 판결문을 게재한다. 여기에는 치안 방해를 이유로 신문지법에 의거 『소년』 제3년 8권의 발매 및 유포를 금하며, 제작분을 압수하고 이후 발행을 금지한다는 내용이 담겨 있다.

44) 孤舟, 「余의 自覺한 人生」, 『소년』 제3년 8권, 1910.8, 23면.

45) 자주독립을 삭제한 문명개화에 대해 몹시 비판적이었던 신채호의 글을 『소년』이 취한 것은 꽤나 의외이다. 그러나 신채호는 『대한매일신보』를 통해 '단군'과 '대조선'을 민족의 영웅적 과거와 이상적 미래로 절대화하는 데 전력을 기울였다. 이런 민족의식과 역사관의 결정체가 「독사신론」인 셈이다. 신채호의 '민족'이 모든 것을 주관하고 판단하는 초월적 기호로 진화해 가는 사정에 대해서는, 고미숙, 『한국의 근대성, 그 기원을 찾아서』, 책세상, 2001, 49~61면 참조

한 인물들과 영광스런 과거의 찬양과 공유는 인민을 하나의 민족으로 결집하고 그들 사이에 공통감각을 형성시키는 주요 자산이다.46) 그런 점에서 태백과 대황조, 이를 온전히 수렴하는 '대조선'은 현실의 좌절을 위안하고 보상하기 위한, 감상적 회고와 경배의 대상이 아니다. 물론 그것들은 '신대한'이 그랬듯이 이념의 추상성과 허구성, 미약한 현실성 등의 한계를 적잖이 안고 있다. 하지만 그것들이 식민화의 위기에 빠진 공동체에 새로운 정당성의 토대를 제공하고 절망과 분열에 빠진 사회를 추스르고 통합하기 위해 제출된 문화민족 기획47)임은 부인할 수 없다.

그러나 이 휘황한 '대조선 정신'의 정열적 표현과 고취는 이후 더 이상 『소년』의 권리이자 의무가 되지 못했다. 이후 발행된 두 권의 『소년』에서 '우리님태백'은 백두산 정상의 분화구를 노래하는 「달문담(闥門潭)」(『소년』 제3년 9권)에 한 차례 등장할 따름이다. 이런 패배는 무엇보다 식민지 현실에 의해 초래된 것이었다. 이것은 "나는 참안바라오 원수엣 自由／求함은 한곳 몹쓸 結縛이로세"라고 절규하는 최남선 개인의 위기이기도 했지만, '족수(族粹)', 즉 '오천년 왕성선철(往聖先哲)의 혁혁한 공열(功烈)'과 '황황(皇皇)한 술작(述作)', 그리고 '억만대 후손래예(後孫來裔)의 영원한 영능(靈能)'의 절멸을 앞당기는 공황의 내습이기도 했다.48)

---

46) E. 르낭, 신행선 역, 『민족주의란 무엇인가』, 책세상, 80면 참조.
47) 후발 자본주의국인 독일은 '문화민족' 기획을 통해 '국가민족'으로 이행해간 대표적인 사례인데, 이를 참조하면 『소년』발 국가-민족 담론의 성과와 한계는 훨씬 또렷해질 것이다. 고유경, 「'문화민족'과 '국가민족' 사이에서」, 『근대계몽기 지식 개념의 수용과 그 변용』(이화여대 한국문화연구원 편), 소명출판, 2004 참조.

하지만 이런 위기 감각은 식민지 아래서 민족정체성을 유지하고 보존할 수 있는, 보다 현실적인 문화 기획의 원천이 되었다는 점에서 불행한 것만은 아니었다. 가령 육당이 『소년』 폐간을 즈음하여 〈조선광문회〉를 조직, 조선어 연구와 고전 간행에 매진하기 시작하고, 1910년대 들어 '단군' 연구에 가속을 더하는 광경(「계고차존(稽古箚存)」(『청춘』 14호, 1918.6)은 첫 성과물이다)을 떠올려 보라.[49] 절대화와 심미화의 대상으로 거의 존재했던 '대조선'세계는 이제 현실적으로 인정 가능한 사실의 옷을 필요로 하게 된 것이다. 1920년대 육당의 '단군학'은 이로부터 출발된 학문적 제도화의 산물일 터이다.[50] 『소년』지 시(가) 최후의 효력은 어쩌면 그것의 폐간을 대가로 주어진 저와 같은 반면교사의 역할에 있었는지도 모른다.

---

48) 앞은 최남선, 「詩三篇」(『소년』 종간호, 1911.5)에서, 뒤는 「朝鮮光文會廣告」(『소년』 제3년 9권, 1910.12)에서 인용함.

49) 정우택은 그 결과로서 최남선에 대해 근대적 주체로서 정체성이 더 이상 동요하거나 분열되지 않았고, 도덕적 규율과 율격적 통제에 더욱 충실해졌다는 평가를 내린다. 정우택, 『한국 근대 자유시의 이념과 형성』, 소명출판, 2004, 109면.

50) 육당의 '단군학'의 학문적 성격 및 특질, 전개 과정에 대해서는, 김현주, 「문화, 문화과학, 문화공동체로서의 '민족'」, 『대동문화연구』 47집(성균관대 대동문화연구원 편), 2004 참조. 그리고 육당의 『백두산근참기』를 중심으로 '단군론'이 지닌 민족주의의 본질과 아이러니를 논한 글로는, 서영채, 「기원의 신화를 향해 가는 길」, 『한국 근대문학과 민족─국가 담론』(서울시립대 인문과학연구소 편), 소명출판, 2005 참조

4.『소년』지 시(가)를 덮으며

　『소년』은 정형률과 자유율을 지향하는 시(가)들의 단순한 경연
장이 아니었다. 이 율격들은『소년』이 추구하는 계몽의식과 가치
체계를 극대화하기 위해 필요에 따라 선택되고 배제되었다. 이와
같은 효과의 원칙은『소년』발 상상의 공동체 '신대한'과 '대조선'
을 대비시킬 때 보다 뚜렷이 드러난다. 신체시의 몰락과 시조의
부상으로 대변되는『소년』지 시(가)의 흐름은 따라서 미래의 기획
을 서구적 현재에서 참조할 것인가 아니면 조선의 절대적 과거에
서 가져올 것인가라는 첨예한 고민에서 생겨난 것이다. 말하자면,
자유율과 정형율이 '신대한'과 '대조선'을 선택한 것이 아니라,
두 가치체계가 자기 몸에 맞는 율격을 지목한 형국인 것이다. 이
처럼『소년』지 시(가)의 외면에 주목한다면, 국민국가 '신대한'과
민족공동체 '대조선'은 배타적인 대립체계로 정위될 소지가 충분
하다.

　그러나 '신대한'과 '대조선'의 내면은 그리 대립적이지 않으며,
전자에서 후자로의 일직선적인 이월관계를 형성하지도 않는다.
두 체계는 식민화의 엄습에 맞서, 당대 인민들을 통합하고 그들
의 정체성을 보존·진작할 수 있는 이상세계로 공히 욕망되었다.
따라서 그 둘은 참조하는 시·공간은 크게 달랐지만, 지향하는
가치와 윤리 면에서는 그리 다르지 않았다. 이것은『소년』이
무엇보다 '문명'의 달성을 가장 중요하고 시급한 과제로 여긴 결
과물이기도 하다. 이 때문에 '신대한'과 '대조선'을 노래한 시(가)

들은 낭만적이고 관념적인 대상 인식과 '바다'와 '산'으로 대표되는 자연을 통한 대상의 심미화라는 미적 특성을 적잖이 공유한다.

하지만 더 중요한 것은 '대조선'이 상상되고 보편화되는 방식이다. 『소년』에서 '대조선'은 구체적인 역사, 다시 말해 과거 사실의 정확하고 다양한 실증을 통해 그 가치와 의미를 부여받는다고 보기 어렵다. '대조선'은 차라리 근대적 구성물에 가깝다. 본문에서 보았듯이, '대조선'은 국민국가 '신대한'에 요구되는 가치와 제도들, 이를테면 국민의 윤리와 문화 등의 습용과 전유를 통해 상상되고 재구성되며, 또한 보편화된다. 이런 의미에서 '대조선'은 이광수의 말을 빌린다면, "肉身의 血統보담 精神의 血統의 더 重한 것인 줄 아는"51) '청년'들에 의해 구성되고 건축되는, 근대적 의미의 민족(nation)에 훨씬 가깝다. 이것은 이 땅에서 진행된 민족의 형성 과정과, 거기에 필요했던 이념과 방법 가운데 하나인 문화민족주의의 원형질을 엿보게 한다는 점에서 의미 깊다. 이 지점 역시 『소년』지 시(가)의 근대성을 구성하는 주요한 맥락 가운데 하나일 것이다.

---

51) 孤舟, 「朝鮮ㅅ사람인靑年들에게」, 『소년』 제3년 8권, 1910.8, 32면.

1910년대 번역·번안 서사물과 국민국가의 상상력

『소년』과 『청춘』을 중심으로

1. 『소년』과 『청춘』을 다시 읽는다는 것

　문학연구자의 관점에서 조숙한 소년 최남선이 주재한 최초의 근대 잡지 『소년』과 그 후신 『청춘』을 생각하면 과연 무엇이 먼저 떠오를까? 대개는 최남선의 신체시 「해(海)에게서 소년(少年)에게」, 이광수 번역의 「어린 희생」과 그가 창작한 「소년의 비애」, 톨스토이(L. Tolstoi), 빅토르 위고(V. Hugo) 등의 소설 초역(抄譯) 등을 먼저 떠올릴 것이다. 이를테면 임화는 『신문학사』를 서술하면서 최남선을 신문화의 기초를 닦은 선각자로 높이 평가하였다. 이는 무엇보다 출판사 신문관(新文館)을 통해 고서 및 번역문학 등을 간행하고 『소년』·『청춘』을 통해 다양한 문예물을 게재함으로써 근대적 의미의 순문예 보급과 확산에 크게 기여한 점을 높이 샀기 때문이다.[1]

그러나 『소년』·『청춘』은 '순정치'나 '순문예'에 편향되기보다는 "모든 방면으로 새로 발생하난 싹에 대하야 모다 동배(同輩)의 의견을 토로"[2]함을 목적하는 종합 '잡지'였다. 이때 '모든 방면으로 새로 발생하난 싹'이란 대개 중세의 지식과는 구별되는 근대적 지식을 의미하겠다. 실제로 『소년』 창간호만 보더라도 근대학문 체계의 주요한 내용들이 거의 망라되어 있다. 문학, 역사, 지리와 물리, 천문, 지질, 생물학, 해양학 등을 포함한 자연과학, 일반상식, 교훈담 등이 그 실례이다. 언뜻 보면, 이들 담론들은 그다지 높은 연관성을 지니지 않은 것처럼 보인다.

하지만 과연 그럴까. 최남선은 『소년』의 창간을 회고하면서 "장차 이르켜야만 할 사상계 건설을 위하야 그 한 방법으로 거긔 관한 잡지를 내이자고" 했다고 적었다. 그러면서 "자기지위에 대한 대자각을 환기함과 밋 일반지식의 정도를 향상식히난 데 필요한 것"[3]으로 『소년』의 역할을 규정했다. 이것은 『소년』이 행할 앎의 역할과 배치를 소상하고 정확하게 규정한다는 점에서 매우 중요하다. '자기 지위에 대한 자각'은 자아와 자신이 속한 민족(국

---

1) 임규찬·한진일 편, 『임화 신문학사』, 한길사, 1993, 105~108면 및 148~149면 참조.
2) 「少年時言—『少年』의 旣往과 밋 將來」, 『소년』 제3년 6권, 1910.6, 17면.
3) 위의 글.

가)의 과거와 현재에 대한 앎, 곧 '민족적 지식'의 확충이며, '일반 지식의 향상'은 자기(민족) 외부세계(근대)에 대한 앎, 곧 '근대적 지식(도구적 지식)'의 확충이다.[4] 말하자면 최남선은 새로운 국민국가 '신대한'을 짊어질 '소년'들을 계도 육성할 목적으로『소년』을 창간했으며, 그들에게 '나(우리)'임과 동시에 '세계인'이란 공동감각을 심어주기 위해 근대적 지식과 민족적 지식을 동시에 제공하는 잡지 시스템을 채택했던 것이다. 그런 의미에서 '소년'의 진정한 주어(주체)는 '신대한'이란 '국민국가'인지도 모른다.

이런 사정은『소년』·『청춘』에 실린 번역·번안 서사물에 대해서도 새로운 접근을 요구하게 한다.『소년』·『청춘』에는 우화와 전기·수필·동화·모험담 등을 제외한 순수소설만 따져도 16편이 번역되어 실린다. 이중 인생과 소설의 교사로서 톨스토이에 대한 높은 존경과 관심은 단연 이채롭거니와, 빅토르 위고의『레미제라블』에 대한 관심도 범상치 않다. 한편『소년』초창기에는 모험서사인『걸리버 여행기』와『로빈손 크루소』가 집중 번역되어 게재된다. 미리 말해, 어쩌면 이 소설들은 재미 자체보다는 '신대한'을 건설할 '소년'들의 '용기'와 외부세계에 대한 '지식'을 길러주기 위한 교양물로 세심하게 선택되어 번역된 것인지도 모른다. 이는 이 작품들과 함께 배치된 다른 지식 담론들과 교차적

---

4) 한기형은 최남선의『소년』·『청춘』발간을 계기로 도구적 지식과 민족적 지식의 결합이 본격화하지만 식민지 지배에 의해 그것이 쇠퇴하면서 심미적 지식에 대한 관심이 고조되며, 이는 초기 근대문학 재편의 주요한 계기를 이룬다고 본다. 한기형,「최남선의 잡지 발간과 초기 근대문학의 재편」,『대동문화연구』45집(성균관대 대동문화연구원 편), 2004 및「근대잡지와 근대문학 형성의 제도적 연관」,『대동문화연구』48집, 2004 참조.

읽기를 행할 때 확인될 수 있는 사항이므로 본론의 몫으로 남겨 둔다.

이런 관점에서 이 글은 『소년』·『청춘』에 실린 번역소설들이 고유한 심미적 기능에 앞서 '신대한'이란 '국민국가' 건설을 위한 '우리들', 즉 '소년=국민'이란 공동성의 창출에 제일의 목적을 두고 있음을 그 번역의 태도와 실제를 통해 밝히는 데 제일 큰 관심을 둔다.

2. '소년'과 '신대한', '우리들' 혹은 '국민'이라는 감각

근대계몽기 초기 서구문명을 소개하고 이식하려는 계몽의 프로젝트에서 선편을 장악한 미디어는 신문이었다. 이들은 인쇄술과 기차에 의한 보급기술의 발달을 밑거름 삼아 전근대의 불균질한 시공간 경험을 제거하고 근대적 시공간의 동시성을 구현함으로써 '신민' 아닌 '국민'들의 집합체인 새로운 '국민국가'의 탄생을 고무하는 데 열심이었다. 그러나 '독립'을 강조했든 '문명'을 강조했든, 1905년 을사보호조약을 계기로 계몽의 프로젝트에서 신문이 담당했던 역할은 현저히 위축되었다. '동도서기'를 통한 근대화 프로젝트와 조선 독립의 당위성을 열렬히 주장했던 『대한매일신보』가 '대한'이란 문자를 빼앗기고 일제 총독부 기관지 『매일신보』로 전락해간 사정은 그 비감한 예로 모자람이 없다.

그러나 외형상의 '국민국가' 건설 가능성이 위축되었다고 해서 문명과 개화, 궁극적인 독립국가 건설을 위한 계몽의 프로젝트가 중단될 수는 없었다. 이를 위한 근대적 지식과 민족적 지식의 습득 및 보급은 그럴수록 한결 중요한 것이 되었으니, 이는 1910년대를 전후하여 유학생 단체 학회지가 급증하는 주요한 원인이 되었다. 물론 이들 학회지는 소수의 지식인 독자 대상, 국한문 혼용 등 신문의 대중성에 비해 많은 제약을 가진다. 하지만 근대미디어가 목적하는바 '국민정신의 통일'이란 측면에서 봤을 때 잡지는, 신문에 비해 '체계화된 근대지식의 구축과 그것의 사회적 보편화'에 훨씬 유리했으며, 또한 당시의 잡지 편집인들 역시 이를 분명히 의식하면서 잡지를 만들었다.5) 우리는 최남선 역시 이와 다르지 않음을 다음 두 글에서 읽어낼 수 있을 터이며, 동시에 『소년』과 『청춘』의 궁극적인 발간 목적 역시 뚜렷이 확인할 수 있을 것이다.

① 今에 我帝國은 우리 少年의 智力을 資하야 我國 歷史에 大光彩를 添하고 世界文化에 大貢獻을 爲코뎌 하나니 그 任은 重 하고 그 責은 大한디라 本誌는 此 責任을 克當할 만한 活動的 進取的 發明的 大國民을 育成하기 爲하야 出來한 明星이라 新大韓의 少年은 須臾라도 可離티 못할디라6)

② 내가 東京에 잇슴애 畏友某君과 쇠하야 將次 이리켜야만 할 思想界 建設을 爲하야 그 한 方法으로 거긔 關한 雜誌를 내이자고 계획한

---

5) 한기형, 「근대잡지와 근대문학 형성의 제도적 연관」, 『대동문화연구』 48집, 2004, 36면.
6) 『소년』 창간호(1908.11). 띄어쓰기는 현대어법에 맞게 고쳤음. 이하 마찬가지임.

것이 잇스니 毋論 純政治에 偏하게도 아니오 쏘 純文藝에 偏 하게도 아니라 모든 方面으로 새로 發生하난 싹에 對하야 모다 同輩의 意見을 吐露하야 우리나라 캄캄한 벌판에 城 위 燈ㅅ 불을 삼고, 쏘 참말의 警鐘이 되야서 昏夜의 深夢을 쌔치자 하얏더니 (…중략…) 大抵 우리 생각에는 오늘날 우리나라에 잇서서는 한 學校 한 社會에 固定한 地位를 가지고서 指導者의 일을 行하난 것보담 더욱 不偏不局한 地位에 안자서 普遍히 指導하난 일을 行함이 緊한 줄 알고, 쏘 일의 形式을 힘써 보이난 것 보담도 일의 情神을 힘써 가르침이 急한 줄 알고, 쏘 무엇에던지 될 수 잇난 데 까지지는 갓흔 情神으로 갓흔 步調를 取하도록함이 매우 重한 줄 아노니 이 情神으로 우리가 하난 일은 外形上에는 自己地位에 對한 大自覺을 喚起함과 밋 一般智識의 程度를 向上식히난데 必要한 것이라, 지금 우리가 무슨 일에던지 臨事하난 情神과 態度는 이러한지라, 붓을 쌜아가지고 이 雜誌를 當할 새 쏘한 以러할 쑨이니, 『少年』의 目的을 簡短히 말하자면 新大韓의 少年으로 새달은 사람 되고 생각하난 사람 되고 아난 사람 되야 하난 사람이 되야서 혼자 억개에 진 무거운 짐을 勘當케 하도록 敎導하쟈 함이라.7) (이상 강조는 인용자)

①은 1908년 11월 창간 후 상당 기간『소년』의 표지를 장식하던 글로, 지금 읽어도『소년』의 당찬 포부와 사명감이 선명히 손에 잡힐 듯하다. ②는 쓰인 시점을 감안한다면 한일병합을 넉 달여 앞둔 시점에서 육당이『소년』의 창간 당시를 회고하며 쓴 글이다. 두 글에서 공통되는 단어들을 꼽으라면 무엇보다 '신대한

---

7) 「少年時言―『少年』의 旣往과 밋 將來」, 『소년』제3년 6권, 1910.6, 17~18면. 이는 창간호의 다음 말과도 일치한다. "나는 이 雜誌의 刊行하난 趣旨에 對하야 길게 말삼하디 아니호리라. 그러나 한마듸 簡單하게 할 것은 「우리 大韓으로 하야곰 少年의 나라로 하라 그리하랴 하면 能히 이 責任을 勘當하도록 그를 敎導하여라」."(『소년』 창간호 취지문)

의 소년'과 '활동적 진취적 발명적 대국민 육성'을 들어야 할 것이다. 『소년』은 이를 위해 '자기에 대한 앎'과 '일반지식' 곧 '외부세계에 대한 앎'의 균형적이며 종합적인 습득과 향상을 강조한다. 앞서 말한 대로 이는 민족적 지식과 근대적 지식으로 바꾸어 말해도 무방하리라.

하지만 현재는 지식의 수혈 대상이지만 궁극적으로는 그것의 주체로서 '신대한'의 예비국민 '소년'의 육성이란 관점에서 지식의 문제를 고찰할 때 우리는 '소년'을 소년'답게' 하는 앎의 문제에 관해 진지하게 고민할 필요가 있다. 문학은 정서의 발흥과 순화 등 심미적 · 교화적 기능을 동시에 담당한다는 점에서 특히 그러하다. 과연 최남선은 『소년』 창간호의 '편집실 통기'에서 게재할 문자(담론)의 기준을 밝힘으로써 '우리들', 즉 '신대한의 소년들'이란 공동성의 창출을 기약하는 주도면밀함을 보여주고 있다. 요지를 말한다면, 연약 · 나타 · 의지 · 허위의 마음을 자극하는 문자는 결코 내지 않지만, 미적 사상과 심정 훈도에 도움이 되는 것이면 경연(輕軟)한 것이라도 조금씩 게재하겠다는 것이다.[8]

이를 기준 삼아서 『소년』 · 『청춘』의 '우리들'의 창출을 위한 주요한 '문자' 체계를 개략적으로 구분해 보자. 자연과학 담론은

---

8) 최남선이 「나폴레온 大帝傳」을 연재하면서 '근세 프랑쓰 문학의 기원'이란 항목에 적어 넣은 다음과 같은 구절은 그의 공리적 문학관을 충실히 대변한다. "우리는 文筆만으로써 衣食을 엇어하난 者를 미워하노니 하믈며 文筆노써 榮寵을 사려하난 者야 다시 무슨 말을 하리오. 그럼으로 우리가 文士 中에에서도 尊號와 諡號를 選述하난 者와 詩人 中에서도 應製와 帖聯을 製進하난 者는 더욱 더럽게 알고 賤하게 넉이더니 이제 나의 붓끗흐로 근세 프랑쓰의 文學을 陳述할 새 참 嘔逆남을 禁할 수 업도다."(『소년』 제2년 2권, 1909.2, 16면)

정서적 공동성 창출보다는 실용성에 더 소용되는 지식 체계로 판단되므로 여기서는 일단 제외한다. 이럴 때 무엇보다 중요하게 떠오르는 지식 체계는 내가 보기에는 역사와 지리, 문학, 그리고 각종 덕목론(德目論)이다. 하지만 이것들은 '신대한 소년'을 육성하기 위해 치밀하게 선택된 서사들이라는 점에서 철저하게 편집자의 시선과 형식에 포섭되어 있다. 한기형이 적절히 지적했듯이, 지식의 민족화라는 관점이 일관되게 작동하고 있는 것이다.

역사의 경우, 전쟁 영웅담(국난극복; 을지문덕, 이순신 등, 근대 국민국가의 건설; 나폴레옹, 워싱턴, 페터 대제 등)과 근대 위인담(톨스토이, 에디슨, 링컨)을 중심으로 하면서, 한반도의 지정학적 위치와 과거사를 미래의 가능성으로 재전유하는 글들인 「해상대한사」(최남선)와 「국사사론(國史私論)」(신채호)[9]을 엇갈려 배치하기도 한다. 과거, 특히 전쟁이라는 민족의 위기와 그것을 구한 영웅에 대한 기억의 공유는 '우리들'이란 공동성을 만들어내는 강력한 기제 가운데 하나이다.[10] 국난을 극복한 민족 영웅은 우리 역사에도 있었지만,

---

9) 「國史私論」이 게재된 『소년』 제3년 8권은 1910년 8월 15일에 발간되었으니, 한일병합을 눈앞에 둔 시점이었다. 그랬기 때문일까. 「大朝鮮精神」 등 조선정신을 강조하는 글들이 유난히 눈에 많이 띤다. 「國史私論」은 신채호 대신 금협산인(錦頰山人)이란 필명으로 발표되고 있다. 검열을 의식한 조치였을 것이다.

10) 成田龍一, 「『少年世界』と讀書する少年たち」, 『思想』, 岩波書店, 1994.11, 195~199면. 최남선은 『소년』을 창간하기 위해 참조한 일본 잡지로 『太陽』과 『早稻田文學』(「少年時言－『少年』의 旣往과 밋 將來」)만을 거론하고 있으나 이는 심히 의문스럽다. 왜냐하면 잡지의 왕국이라 불리며 『太陽』 등을 발행하던 박문관(博文館)에서 간행한 『少年世界』 역시 존재했기 때문이다. 『少年世界』는 1895년 1월 창간되어 1934년 1월 종간 되었으며, 매월 1일과 15일 두 차례 간행되었다. 말 그대로 '소년'들을 주요 대상으로 삼았으며, 지면은 '논설'·'소설'·'사전'·'과학'·'문학'·'기서'로 구성되었고 이후 '유년'과 '소년' '소년부'가 덧붙여진다. 이들 지면을 통해 '전쟁'과 '역사'·'문장과 시'·'비문명으로서의 암흑에 대

그것을 근대 국민국가의 창출로 연결시킨 영웅은 없었다. 아마도 이것이 최남선이 『청춘』에서조차 '특별기사' 형식으로 「나폴레온 격언집」11)을 실었던 이유이리라. 그에게 '신대한'을 향한 열망은 그만큼 강렬했던 것이다.

　『소년』과 『청춘』이 취급한 지식 담론 중 가장 확연한 차이를 드러내는 것은 '지리' 영역이다. 합방 후라 그런지 『청춘』에는 『소년』에 곧잘 보이는 지리적 앎과 팽창 욕망에 근거한 '신대한' 건설을 고무하는 지리 담론은 거의 보이지 않는다. 『소년』이 지리 지식의 수집과 보급에 쏟은 열정은 대단했다. 거의 매호에 걸쳐 선진 문물과 유명 인물, 유명 사적, 오지(奧地) 등을 소개하는 화보를 실었으며, 「봉길이지리공부」·「쾌소년세계주유시보」를 연재함으로써 인문지리에 대한 소양을 갖추게 하는 한편, '대한의 외위형체'12) 등과 같은 민족의 지리와 언어, 풍속 등에 관한 민족지에 대해서도 관심을 제고함으로써 '문명한 우리들'을 자임토록 배려하였다.

　하지만 이런 지리 담론은 『소년』의 독자들로 하여금 문명과 야만의 구획을 자연스럽게 하며 제국주의의 시선을 무의식중에 내

한 기술'이 광범위하게 이루어지며, '우리들', 곧 '문명국=일본국 소년'이란 공동성의 창출이 이루어진다. 이런 점에서 『少年』과 『少年世界』의 유사성과 차이점에 대한 섬세한 고찰도 반드시 필요한 과제 가운데 하나로 여겨진다.

11) 「나폴레온 格言集」, 『청춘』 8호, 1917.6, 94~105면.

12) 최남선은 『소년』 창간호에서 대한반도의 형체를 일본 지리학자 고토[小藤]가 주장한 토끼 모양설에 맞서 호랑이로 고쳐 묘사해 보인다(「鳳吉伊地理工夫」, 78~79면). 한편, 그는 독자들로 하여금 그들의 고향의 지명의 유래나 민담 등을 수집해 『소년』 편집실로 보낼 것을 요청함으로써 '민족지'에 대한 관심을 독려한다.

면화하도록 한다는 점에서 실상은 야비한 기제가 아닐 수 없다. 이것은 서구와 티벳·아프리카 등을 사실에 즉해 소개하는 코너에서도 용이하게 드러나지만, 그 세계들에 관한 일이 서사화될 때, 이를테면 모험담이나 기담(奇談)으로 변형되어 제시될 때 가장 극대화된다.13)

모험담과 기담을 주목할 때 우리는 무엇보다 최남선의 '바다'에 대한 관심에 새삼 놀라게 된다. 하긴 『소년』은 창간호 첫머리에서 「해(海)에게서 소년(少年)에게」로 그 목적과 기개를 벌써 웅변하고 있다. 하지만 『소년』 창간호는 '바다' 특집호라 해도 좋을 정도로 '바다'나 '물'과 관련된 이야기가 많다. 「해상대한사」의 연재가 시작되고 을지문덕을 다룬 「살수전기」가 실리며, 「거인국 표류기」 역시 연재된다. 심지어 목차에 「왜 우리는 해상(海上) 모험심(冒險心)을 감튜어 두엇나」라는 기사도 보인다. 실로 중요한 대목이다. 왜냐하면 이후 '모험'에 얽힌 '신대한 소년'의 상상력과 호기심, 용기와 기개 등을 자극하고, 나아가 그것을 문명, 아니 제국주의적 시선에 기초한 개척과 정복의 욕망으로 들끓게 할 '정복과 모험의 서사'를 적극적으로 내겠다는 선언이기 때문이다.

『소년』에는 바다, 그것도 세상에 알려지지 않은 미개척지이자 극지인 북극과 남극 탐험기가 모두 실리고 있다. 그러나 비지(秘地)의 탐험과 개척이란 내용을 담고 있지만 그 사적(事蹟)의 보고

---

13) 근대 지식, 그 중에서도 지리 지식은 최남선에게서 문학, 특히 시가(詩歌) 형식을 통해 대중에게 전달되는 특징을 보인다. 『소년』에 연재된 「快少年世界周遊時報」, 『소년』에 일부가 게재되고 신문관(新文館)에서 발간된 『京釜鐵道歌』, 『漢陽歌』, 『청춘』 1호(1914.10) 부록으로 실린 『世界一週歌』 등은 대표적인 예이다.

내용은 썩 다르다. 가령 「북극탐색사적－육삭일망간탑빙표류담」 (제2년 1권~4권)은 북극탐험을 하던 중 빙산과의 충돌로 인해 조난을 당한 미국의 폴나리쓰호가 선장과 선원들의 일치단결과 용기에 힘입어 극적으로 구조된 사건을 역술(譯述)한다. 그에 반해 「쾌남아의 소견법－최신남극탐색가」(제2년 6권)는 1909년 남극 탐험에 성공한 영국의 새글턴(shackleton)의 공적을 자세히 소개하고 있다.

그런데 정작 중요한 것은 두 사적에 대한 편집자의 논평이다. 최남선은 공통적으로 '게으름'으로 소일하는 '소년들' 즉 "가련한 심리적 노인"들을 계고하기 위한 한편, "허다한 비밀계는 신대한의 소년의 손으로 개발되기를 축원하"는 마음에서 탐험기사들을 적극 번역하여 소개하고 있다.[14] 이것이 단순히 부국강병 차원의 야망이 아니라 제국주의적 확장 욕망과 연관되어 있음은 바로 다음 기사로 세계에 가장 많은 식민지를 가진 나라로 영국을 소개하면서 "장래에 위대한 국민이 되려하난 제자(諸子)는 맛당히 기왕과 방금에 위대한 국민에게 배우시오 그리하되 다만 그네의 위대한 정신을 잘 배우시오"라며 훈도하는 「세계적 지식－현세계상에 속지(屬地) 갑부는 쑤릿탠국」(제2년 6권)을 싣고 있음에서 얼추 짐작 가능하다.[15]

---

14) 이 기사와 관련하여 대단히 인상적인 신체시가 있으니, 『소년』 제2년 10권에 실린 「바다 위의 勇少年」이 그것이다. 이 시는 먼저 거센 파도가 몰아치고 또 앞에는 암초가 가로 놓인 바다에서 "외상앗대 겨오 달린 「쑈오트」"에 매달려 세 소년이 겁도 없이 항해하는 모습을 삽화로 제시한다. 그 후 그 자세한 내용을 4·4·5조의 음수율로 노래하면서 그 소년들의 존재를 대한반도의 축복이자 광명이라고 찬양한다. 한편, 이 기사의 후속편으로 『소년』 제3년 6권에는 1908년 북극점 도달에 성공한 쿡(cooke)과 1909년 성공한 피어리(peary)의 사적을 소개한 「北極探索事蹟」이 게재된다.

  그렇다면 『소년』 초창기에 『걸리버 여행기』의 일부인 「거인국
표류기」와 『로빈손 크루소』를 초역(抄譯)한 「로빈손무인절도표류
기」가 집중 게재되는 사정도 이와 무연치만은 않을 테다.16) 두
소설은 영국의 앤(Ann) 여왕이 다스리던 어거스틴 시대의 가장 대
표적인 소설이다. 이 소설들이 출간된 18세기 초는 '현세계상에
속지(屬地) 갑부는 쑤릿탠국'이란 말이 전혀 어색하지 않을 정도
로, 영국은 산업혁명과 제해권 장악을 바탕으로 제국주의의 절정,
다시 말해 자본주의 문명의 첨단을 달리고 있었다. 제국주의시대
의 사회진화론과 만국공법의 논리 앞에서 문명은 절대선이요 야
만은 계도되고 퇴치되어야 할 악이었다.
  당시 조선은 문명과 야만의 경계에 위태롭게 걸쳐 있었다. 그

---

15) 지나친 억측일 수 있지만, 실제적이든 아니면 과거사나 서사에 의한 상상을
    통한 것이든 최남선의 대외적 팽창 욕망을 통한 국민국가 혹은 민족의 정체성
    확립 노력은 『청춘』 시기에도 지속된 것으로 보인다. 「고조선인의 지나 연해
    식민지」(6호)는 대표적인 경우이다.
16) 『로빈손 크루소』는 김찬(金瓚)에 의해 1908년 『絶世奇談羅賓孫漂流記』로 처
    음 번역되었다. 의외로운 것은 모험·과학소설 장르에서 세계적인 인기를 끌었
    던 프랑스 쥘 베른(J. Verne)의 소설에 대한 번역이 거의 눈에 띠지 않는다는 점이
    다. 1908년 『과학소설 털세계』를 이해조가 처음 번역한 후, 대표작 『15소년 표류
    기』는 1912년 동양서원에서 『冒險小說十五小豪傑』이란 제목으로 뒤늦게 번역
    되었다(이상은 김병철, 『한국근대번역문학사연구』, 을유문화사, 1974). 이것은
    일본에 처음 번역된 프랑스 소설이 쥘 베른의 『80일간의 세계일주』였다는 사실
    과 크게 대비된다. 그의 소설들은 일본인에게 서구의 문명을 배우고 과학기술을
    받아들이는 데 유용한 창구로서 인기가 높았다고 한다(西永良成, 「フランス文
    學」, 西永良成 外, 『飜譯百年』, 大修館書店, 2000, 52~53면). 쥘 베른의 『15소년
    표류기』나 『해저2만리』, 여타의 과학소설에 대한 최남선의 무관심은 잡지 『소
    년』에 대한 관심이 생물학적 연령층 '소년'만으로 한정되는 것을 경계했다는 것
    과 함께, 지나치게 '사실'과 동떨어진 '공상과학'류의 서사물에는 별다른 흥미를
    보이지 않았음을 반증하는 사례일지도 모른다.

런 점에서 두 소설은 저 두 탐험기사, 즉 '사실'에 '허구', 즉 '상상력'을 가미하여 사실성과 홍미를 동시에 돋움으로써 '신대한 소년'들로 하여금 "만일 마음을 크게 먹고 뜻을 굿게 가지면 공중의 정복도 제자(諸子)의 공명(功名)을 이룰 일이오 해저의 사구(査究)도 제자(諸子)의 한적(閑寂)을 깨칠 일이라"17)는 교훈을 전달하고 고취하기 위한 효용론적 문자라 해도 크게 틀리지 않다. 하지만 홍미롭게도 『소년』 후반부와 『청춘』에는 이런 모험담 소설은 전혀 실리지 않는다.

이와 맞물려 주목되는 현상은 '신대한 소년'(청년)이 건전한 국민—전인적 인간으로 자라는 데 필요한 각종 덕목론이 다양한 형태로 게재된다는 점이다. 간단히 말해 성정의 수양과 내면의 성찰을 위한 일종의 훈육 지침인 것이다. 『소년』에서 이를 담당한 가장 중요한 기사는 창간호부터 연재된 「소년시언(少年時言)」과 제2년 2권부터 연재된 「신시대청년의 신호흡」18)이다. 전자는 주로 최남선 개인이 '소년'들을 계몽하는 말을 연설문 형식을 빌어 전하는 방식을 취했다. 이에 반해 후자는 마치 영웅담처럼 '소년'의 모범이 될 만한 인물들, 이를테면, 후쿠자와 유키치, 벤자민 프랭클린, 워싱톤, 톨스토이, 페스탈로찌, 율곡 이이 등의 좌우명,

---

17) 「快男兒의 消遣法—最新南極探索家」, 『소년』 제2년 6권, 1909.7, 52면. 한편 『소년』 제3년 3권(1910.3)에는 영국 시인 바이런(L. Byron)의 「해적가(海賊歌)」가 최남선의 번역으로 실린다. '바다'를 "우리의 帝國으로 알고 지내며 / 우리 사난 집으로 넉여보"는 해적의 기개와 용기를 노래한 시란 점에서 최남선의 「바다 위의 勇少年」과 상당히 통한다.

18) 제2년 2권의 제목은 「現代少年의 新呼吸」이었으나, 제2년 3권 이후 「신시대 청년의 신호흡」으로 변경·고정되었다.

처세술, 교시 등 개인의 삶과 국가 및 사회 경영에 도움이 될 만한 덕목들을 집중적으로 소개했다. '신대한 소년'이 갖추어야 성정 혹은 덕목에 대한 최남선(및 이광수)의 관심은 『청춘』에서도 지속되는 것으로 보인다. 왜냐하면 「동정(同情)」(3호), 「고상한 쾌락」(6호), 「용기론」(11호), 「자조(自助)론」(13호) 등이 지속적으로 실리기 때문이다.

주로 근대의 위인들이 선택되고 있다는 점에서 이들의 덕목론은 분명 근대 국민국가의 건설과 연동되어 있다. 근대국가에 걸맞은 성숙한 국민／시민의식, 곧 건전하고 자율적인 자기 규율과 타자에의 배려는 삶의 합리성의 척도이자 보편적 인류애의 보증수표였기 때문이다. 그러나 사정은 그리 간단하지만은 않았던 듯하다. 이들 덕목론은 확실히 『소년』 후기로 올수록 증가하는 양상을 보인다. 첫째 원인은 당시의 엄중했던 시대 현실 때문일 것이다.[19] 이즈음이 문명론의 계몽을 통한 자강론의 주창도 그리 쉽지 않았음은 대체로 인정되는 역사적 사실이다.

이와 더불어 눈여겨볼 대목은 『소년』과 도산 안창호의 직·간접적인 영향 아래 있던 「청년학우회」와의 관계이다. 『소년』은 제2년 4권에서 안창호가 지은 창가 「평양 모란봉가」를 "아협(牙頰)에 향이 생(生)하지는 아니하나, 강건한 사구(辭句)와 웅장한 의미가, 강대하게 쏘 심대하게, 우리의 신경을 흥분하게 하난 자ㅡ잇난지

---

19) 가령 1910년 8월 15일 『소년』은 제3년 8권을 낸 후 4개월 정간을 당한다. 바로 이 호에 신채호의 「國史私論」이 실렸다. 같은 해 12월 정간이 풀려 제3년 9권을 다시 내니 「톨스토이先生下世紀念」호가 그것이었으나, 연호(年號)는 융희(隆熙) 4년에서 메이지[明治] 43년으로 바뀌어 인쇄되었다.

라"면서 소개하고 있다. 이것이 하나의 예고였던지 『소년』은 제2년 8권 「청년학우회」 창립 취지문을 시작으로 그 회보를 거의 매호 싣는다. 「청년학우회」 창립 취지문의 첫대목은 "『무실・역행으로 생명을 작(作)하난 청년학우회를 단합하야 (…중략…) 건전한 인물을 작성하기로 목적함』이라더라"이다. '무실역행'은, 첫째, 안창호의 수양론(및 준비론)의 핵심이며, 둘째, 『소년』이 경외해마지 않던 톨스토이의 '노동역작(勞動力作)'의 또 다른 표현에 가까우며, 셋째, 『소년』이 목적하는 '활동적 진취적 발명적 대국민'을 육성하기 위한 최소한의 필요조건에 해당하는 덕목이다.[20]

『소년』은 이런 덕목론을 '신대한 소년'이란 공동성을 창출하는 동시에 이들을 청교도적 감각으로 무장한 일종의 성직자 혹은 교사형 국민으로 훈육하기 위한 지침으로 적극 계발하고 활용했다. 이를테면 『소년』은 '순결・광명・강건・화락・진실・성충・근면・정의・미려・정제'[21]를 '신대한 소년'의 십대 덕목으로 정하고, 다음과 같이 '국민 사행(思行)의 표준'으로 널리 알린다.

> 正義의 擁護者가 되랴하고 至善의 努力者가 되랴할진댄 純潔하여야 하며 光明하여야 하며 剛健하여야 하며 和樂하여야 하며 眞實하여야 하며 誠

---

20) 부지런함에 근거한 '노동역작 / 무실역행'이 '신대한 소년'에게 찬양, 권고되는 대표적 덕목이라면, 게으름은 가장 타매되고 뿌리 뽑혀야 할 악덕이다. 최남선은 『소년』 곳곳에서 게으름뱅이를 '옷밥씨름군', '밥벌레', '담배구덕이', '담배씨에 뒤웅을 파던 가련한 심리적 노인' 등으로 매우 경멸할뿐더러, 지옥불에 떨어져야 할 존재로까지 저주한다. 그런 점에서 『소년』에서 '우리'와 '타자'를 가르는 포섭과 배제의 정치학의 한 핵심으로 '무실역생 / 노동역작'을 들어도 좋으리라.
21) 「新大韓 國民의 十德」, 『少年』 제3년 5권, 1910.5, 1면.

忠하여야 하며 勤勉하여야 하며 正義로와야 하며 美麗로와야 하며 整齊로
와야 하나니 곳 善美를 조와하고 活動을 일삼아 恒常 위를 向하야 힘
써 올으며 압흘 向하야 힘써 나아가야 하난지라 참으로 祖上에 對하야
孝하고 그리하야 攝理에게 對하야 忠코자 할진댄 이를 직히기에 나를
克制하며 이를 爲하야 나를 發展할지어다.[22] (강조는 인용자)

허위와 실질이 결여된, 발전과 미래 없는 '국민'이 되지 않기 위해 내실 있게 '나를 극제하고 나를 발전하는' 일은 실로 중요하다. 그렇게 해서 '신대한'이 건설된다면 아무런 문제가 없다. 제국주의의 시선에 포획된 '바다'의 모험심으로 들끓던 국민국가 건설의 시대에는 뒤돌아보지 않고 앞만 보고 내달리는 소년의 불굴의 용기와 결단이 촉구되고 칭송되었다. 점차 그 가능성이 사라져가면서 정신의 문명에 강조점을 두는 개인의 품성 및 인격의 수양과 같은 추상적인 덕목론에 대한 강조가 증가하는 것이다.

물론 이것은 대단히 전략적인 것이다. 왜냐하면 '신대한'이란 국민국가에의 열망이 내면화하면서 발생한 굴절의 일부도 되기 때문이다. 따라서 그것은 '소년'들의 '양심적 지도자' 내지 '지식인'으로의 성장에 대한 기대로 더욱 이어졌을 테고, 다른 한편으로는 '국민국가'를 대신할 '문화민족주의' 프로젝트[23]의 실질적

---

22) 「少年時言—國民思行의 標準」, 『소년』 제3년 5권, 1910.5, 15면.
23) 물론 문화민족주의의 출발점을 어느 하나로 단정하기는 힘들 것이다. 그러나 최남선 또는 이광수에 초점을 맞춘다면, 단군과 태백으로 대표되는 민족혼과 국토의 심미화에 관심을 기울이기 시작하는 시점 정도로 본다면 큰 무리는 없을 것이다. 『소년』에서 그즈음은 제2년 10권(1909.11) 정도인데, 여기에는 창가 「단군절」의 가사와 악보, 그리고 한반도 모양의 호랑이 두 마리가 감싸 안은 8·5조의 신체시 「태백범」이 게재된다. 그 외 대표적인 경우를 들라면, 육당이 안창호에게 올리는 소시집 「태백산시집」(제3년 2권)과 단군 이래 조선민족에 부여된

출발점도 되었을 테다.

하지만, 동시에 이 '덕목론'은 양날의 칼도 되었다. 최남선의 '게으름'에 대한 저주는 앞에서 이미 거론하였거니와, 『청춘』에서 이를 주로 담당한 것은 이광수였다. 그가 「동정(同情)」(3호), 「소년의 비애」(8호), 「어린 벗에게」(9~11호), 「자녀중심론」(12호), 「윤광호」(13호) 등의 논설과 단편소설을 통해 저런 덕목과 성정의 자연스런 발현을 억압하는 조선의 악습과 민족성을 비판하는 데 그치지 않고, 끝내는 「민족개조론」(1922)의 열렬한 주창으로까지 나아갔음은 주지의 사실이다.24)

'바다' 및 '지리' 담론과 모험의 서사가 밀접한 관련을 맺고 있듯이, 일련의 덕목—성정론과 『소년』·『청춘』의 창작 및 번역 소설 역시 밀접한 연관을 맺고 있다. 단적인 예로 톨스토이는 작품을 통해서 『소년』의 독자들과 먼저 만나지 않는다. 그는 '노동역

사명을 강조하는 춘원의 「朝鮮ㅅ사람인 靑年들에게」(제3년 8권)가 있다. 흥미로운 점은, '국풍(國風)'이란 일종의 장르명을 '바다'나 다른 소재에 관련된 초기의 시가(詩歌)에는 사용하지 않았으나, '태백' 및 '대황조', 국토 기행과 관련된 시조를 쓰기 시작한 뒤로부터 사용하고 있다는 사실이다.

24) 1910년대 중반 이후 이광수가 대중 및 지식인의 계몽을 위해 적극적으로 선택했던 지면은 『학지광』도 『청춘』도 아닌 총독부 기관지 『매일신보』였다. 「대구에서」·「농촌계발」·「조혼의 악습」 등의 논설을 발표한 후 그는 한국 근대문학에 획을 그은 『무정』을 연재하게 된다. 따라서 비록 그것이 일제 식민지라는 형태로 왜곡됐지만, '국민국가'의 계몽이란 관점에서 봤을 때 『무정』이 한국 근대소설의 확립 과정에서 행한 가장 중요한 역할 가운데 하나는 "한글로 본격적인 지식인 문학의 길을 열었다는 점"이며, 그렇기에 "근대 자국어를 사용해 독자 계층의 통합을 이룬 최초의 소설"이란 점에서 그 문학사적 가치를 새로이 찾아야 한다는 김영민의 지적은 매우 설득력 있다. 김영민, 「1910년대 신문의 역할과 근대소설의 정착 과정」, 『현대문학의 연구』 25호(한국문학연구학회 편), 2005, 282~292면 참조.

작의 복음'을 전하는 '현시대의 최대 위인'으로, 다시 말해 '신대한 소년'들이 마땅히 본받아야 할 '그리스도 이후의 최대 인격'으로 그 모습을 드러낸다.25) 그 뒤에야 비로소 종교적 인도주의와 공동체의 평화 등을 역설하는 후기 단편들과 대표작 『부활』(『청춘』에서는 『更生』)이 번역·게재된다.

톨스토이의 문명비판에 근거한 박애주의와는 거리가 멀지만, 빅토르 위고의 『레 미제라블』의 일부를 번역한 「ABC계(契)」(제3년 7권)나 전체를 초역(抄譯)한 「너 참 불쌍타」(『청춘』 1호) 역시 궁극적으로는 자아와 타자 상호간의 사랑과 희생과 구원이라는 주제로 수렴된다고 한다면, 『소년』이 권장하던 '십대덕목' 및 그것의 실천으로서 '국민사행의 표준'과 먼 거리에 있지 않다.26) 왜냐하면 사랑과 희생과 구원은 십대덕목을 갖춘 자에게만 허락되는 권리요 영광이기 때문이다. 이 땅의 초기 근대문학에서 이것을 소설의 재미와 대중 교화의 방식으로 가장 탁월하게 조직한 이가 춘원이었음은 『무정』과 『재생』의 예로 충분하다.

이처럼 『소년』·『청춘』의 지식 담론들은 고유한 체계로 분화되어 있는 듯하지만, 이른바 '신대한 소년'의 육성과 '국민정신의

---

25) 「新時代 青年의 新呼吸(四)―톨스토이 先生의 教示(勞動力作의 福音)」, 『소년』 제2년 6권, 1909.7. 해당호 표지에는 이전의 "대국민 육성……" 운운을 대신하여 "向上精進은 新大韓 少年의 人文 開發에 從事하난 精神이오 勞動力作은 新大韓 少年의 天命 服從에 努力하난 道理니라"는 글귀가 적혀 있다. 톨스토이에 대한 무한 존경과 신뢰를 짐작케 하는 대목이다.

26) 이광수는 고주(孤舟)라는 필명으로 「어린 犧牲」을 『소년』 제3년 2권, 3권, 5권에 번역하여 연재하였으며, 학교광·교육광 김광호(金光浩)를 다룬 사실소설 「獻身者」(제3년 8권)를 발표한다. 제목들에 벌써 '멸사봉공'의 계몽주의적 태도가 물씬 풍긴다.

통일'을 통한 '국민국가'의 건설 또는 그것의 대체로서의 문화민
족주의의 창안이란 꼭짓점을 향해 한 치의 흐트러짐도 없이 수렴
되고 있다. 적어도 『소년』·『청춘』의 독자층에게는 이전에는 거
의 존재하지 않았거나 불분명했을 '우리들'이란 공동성 혹은 공
동감각이 그로 인해 한층 선명해지는 계기가 되었을 테다.

　문학은 그것이 창작이든 번역이든 '우리들'이란 공동성과 연속
성을 개인의 내면에 직접 전달 가능한 것으로 만듦으로써 '우리
들'에 관련된 '감정'을 서로 간에 양해할 수 있는 '감정'이게끔 전
환시킨다.27) 말하자면 문학, 곧 심미적 지식은 단순히 근대 특유
의 취미로서의 예술이 아니라, 근대세계(문명)와 관련된 새로운 지
식과 가치와 관점, 그리고 세계사 및 민족사적 현실에 대한 진실
을 보는 감각과 안목을 길러주는 매우 유용한 기제인 것이다. '신
대한'을 꿈꾸는 '우리들'에게는 개인의 내밀한 사적 감정이 아니
라 함께 공유할 수 있는 지식과 기억이 아직까지는 훨씬 중요한
것이다. 적어도 최남선과 이광수가 중심이 된 『소년』과 『청춘』에
서는 말이다.

　이제는 이런 사실들을 스위프트(J. Swift)·디포(D. Defoe)·톨스토
이의 번역소설을 통해서도 확인해 본다. 이들이 다른 어떤 번역
소설보다 '우리들'이란 '공동성'을 계몽하고 고취하기 위해 선택
된 예외적 작품들이란 느낌이 강하게 들기 때문이다.28)

---

27)　成田龍一, 「『少年世界』と讀書する少年たち」, 『思想』, 岩波書店, 1994.11,
　　199면.
28)　이들의 소설만 해도 9편이며, 빅토르 위고의 『레 미제라블』 관련 2편과 이광
　　수 번역의 「어린 희생」을 더하면 12편이다. 나머지 4편의 번역소설은 『청춘』의
　　「세계문학개관」 코너에 초역(抄譯) 소개된 밀턴의 『失樂園』(3호), 세르반테스

『소년』 창간호에 「바다란 것은 이러한 것이오」란 기사가 있다. 바다의 중요성과 쓸모에 관한 세 사람의 말을 소개하고 있다. 첫째, 바다를 제패하는 하는 자가 세계를 제패한다(랄늬). 둘째, 바다가 환기하는 상상력의 장쾌함과 활달함이다(아듸손). 셋째는 집필인, 곧 최남선 자신의 말이니, 그가 왜 어떤 소설보다도 먼저『소년』에 「거인국표류기」와 「로빈손무인절도표류기」를 번역·연재하게 되었는가를 설명하는 단서가 된다. "「로빈손 크루소」는 해사(海事)에 관한 한 소전기(小傳奇)라. 그러나 세계의 해왕(海王)이라는 영국의 해군은 차(此)로 인하여 성취하얏다 하나니 오인(吾人)은 차(此)에 관감(觀感)하야 흥기(興起)티 아니티 못하리로다."[29] 두 소설 공히 '해가 지지 않는 제국', '쑤릿탠국'의 부르주아계급

의 『頓基浩傳奇』(4호), 초서의 『캔터베리記』(8호)에 더해, 진학문이 번역한 모파상의 단편 「더러운 麵包」(8호)이다. 자못 의아한 점은 「세계문학개관」이라고 하면서도 어떤 편향을 면치 못하고 있다는 점이다. 가령 『청춘』의 작품 선택은 근대 초기와 영국에 편향된 모습을 보이고 있어 선정 기준이 얼른 납득되지 않는다. 이는 최남선이 톨스토이를 처음 소개하는 글(「新時代靑年의 신호흡(四) ─톨스토이 先生의 敎示」)에서 단테의 『신곡』, 셰익스피어의 4대 비극, 괴테의 『파우스트』가 톨스토이의 『부활』 등과 마찬가지로 만세불후의 대작으로 불린다고 말했던 사실을 상기할 때 더욱 그렇다. 작품 선정의 기준을 오로지 '문명'과 '비문명'에 두었기 때문일까.

29) 「바다란 것은 이러한 것이오」, 『소년』 창간호, 37면. 한편 『소년』·『청춘』에서 『걸리버 여행기』, 『로빈손 크루소』, 『돈키호테』는 근대적 의미의 소설(novel)보다는 '사실'과 거리가 먼 기이한 이야기란 의미가 강한 기담(奇談) 혹은 전기(傳奇)로 취급되어 그 제목 역시 그렇게 번역되고 있다. 「巨人國漂流記」, 「로빈손無人絶島漂流記」, 『頓基浩傳奇』라는 제목을 보라.

에 속하는 바다 모험을 즐기는 남성이 주인공이다. 이들은 바다에서 겪는 조난에 의한 절체절명의 위기를 온갖 지혜와 용기로 극복하고 무사귀환하는 근대의 오디세우스들이기도 하다. 게다가 매우 근면하고 성실하며, 자국(自國)에 대한 자부심과 애국심 또한 대단하다(걸리버는 양면적이지만). 말하자면 이들은 '신대한 소년들'이 세계를 제패하는 문명 '국민'으로 성장하기 위해 따름직한 역할모델인 것이다.

그러나 이후 번역의 태도와 실제를 검토하는 과정에서 드러나겠지만, 두 작품은 저런 공통점을 뛰어넘을 만큼의 차이점 역시 가지고 있다. 하지만 『소년』의 두 작품에는 거의 '용소년(勇少年)'의 '바다'와 '국가'만이 표상되고 있다. 만약 바다로 대표되는 미지세계의 탐험과 개척의 격려라는 그 문학적 상상을 제국주의적 국민국가 건설과 확장의 메타포로 전유하는 것만을 목표로 삼았다면, 그것은 정녕 섬뜩한 번역의 정치학이 아닐 수 없다.

여기에는 두 가지 이유가 존재할 수 있다. 두 작품 모두 이미 일본에서 번역한 것을 다시 번역한 이른바 '이중역(二重譯)'이다. 이미 일그러진 거울을 그대로 들여오는 경우가 하나다. 다음으로, 중역하는 과정에서 우리 쪽 번역자가 필요에 따라 내용과 표현을 추가, 첨삭, 변형하거나 자의적인 논평을 삽입하는 경우이다. 후자의 경우는, 이후 보겠지만 빈번히 확인할 수 있으니 첨언의 여지가 없다. 지식과 제국의 이동으로서의 번역은 단순히 한 언어의 의미를 다른 언어의 의미로 전환하는 것을 넘어선다. 차라리 그것은 권력적으로 우월한 언어를 지배와 통제의 일차적 기술이자 사회의 형성과 교화를 위한 강력한 채널로 자리 잡게 한다는 데 더 큰 의미가 있다.30) 바로 이 점이야말로 서구 문학의 모방 및 이식에 바빴던 일본과 또 더 바빴던 조선의 '따라가는 자'로서 의 뼈아픈 위치였다.

가령 일본의 서구문학 번역 태도에는 두 가지 방식이 있었으니, '호걸역(豪傑譯)'과 '조밀역(稠密譯)'이 그것이다. 전자는 원문을 적당히 취사선택해서 번역하는 방법을 일컫는데, 그러다 보면 아무래도 줄거리, 독자의 흥미 중심이 되기 쉽고, 번역자의 취향이나 정치적 성향 등이 번역 태도에 영향을 적잖이 미칠 것이다. 후자는 그와 반대로 원어 작품을 가능한 한 원문에 충실하게 번역하는 방법을 말하는데, 일본 근대문학 문체의 완성은 이 '조밀역'의 영향이 컸다고 한다.31) 그나마 이 당시 조선의 서구문학 작품의 번역은 적어도 『소년』·『청춘』의 경우(다른 경우도 거의 예외는 없었지만) 그 '호걸역'을 중역하거나 초역(抄譯)하는 데 거의 그치고 있다. 일본과 조선의 문명한 '우리들'의 공동성 창출을 향한 번역의 정치학은 그 저변에 이처럼 '슬픈 오리엔트'를 깔고 있다.

따라서 우리가 「거인국 표류기」와 「로빈손무인절도표류기」를 검토함에 있어 중심을 삼아야 할 점은 원문 혹은 일문(日文)에 대한 충실성 비교나 인명, 지명의 변형 혹은 토속화 확인 등과 같은 구태의연한 비교문학적 작업이 아니다.32) 그보다는 번역의 정치학 혹은 번역자의 이데올로기가 드러날 수 있는 부분, 예컨대 편

---

30) D. 로빈손, 정혜욱 역, 『번역과 제국』, 동문선, 2002, 124면.

31) 西永良成, 「フランス文學」, 『飜譯百年』(西永良成 외), 大修館書店, 2000, 54면.

32) 이런 작업은 김병철의 탁월한 업적인 『한국근대번역문학사연구』(을유문화사, 1974)에 의해 많은 도움을 얻을 수 있다.

집자적 논평과 주석적 개입 부분의 확인, 원저자가 강조했지만 번역자가 의도적으로 삭제한 부분에 대한 탐구, 번역자의 독자에 대한 요구 등을 세밀히 고찰하는 편이 보다 유익할 줄 믿는다. 물론 상당 부분은 일역본을 그대로 옮긴 것일 수도 있겠지만,『소년』의 사정에 맞게 재편집되었을 사정은 얼마든지 존재하며, 실제로 두 작품에서도 그런 사정은 역력하다.

먼저『소년』에 일부가 번역된「거인국표류기」와『걸리버 여행기』에 대해 논의해 본다.「거인국표류기(巨人國漂流記)」는 창간호와 제1년 2권(여기서는「巨人國漂遊記」) 단 2회 연재된다. 첫 연재시(「썰늬버旅行記」 下卷)이란 부제가 부기되어 있음을 볼 때, 상권이 따로 존재함을 알 수 있다. 상권은 물론『소인국표류기(小人國漂遊記)』인데, "이 책은 순국문으로「썰리버여행기」의 상권을 번역한 것"으로 신문관(新文館)에서 '금월 말 출간' 예정이라는 광고가『소년』겉표지 내지(內紙)에 실려 있다.33) 이를 통해 본다면, 이 당시 번역된『걸리버 여행기』는 '3부 하늘을 나는 섬의 나라 ―라퓨타, 일본 등의 나라 기행'과 '4부 말들의 나라―휴이넘 기행'를 제외한 축약본인 셈이다.34)

---

33) 하지만『小人國漂遊記』는 제2년 2권(1909.2)까지도 여전히 '근간' 광고만 실리고 있다. 그런데도 같은 책, 27면 하단에는『巨人國漂流記』와『小人國漂遊記』를 합쳐 십전총서(十錢叢書) 1권으로『썰늬버遊覽記』를 이미 발간했다는 광고성 기사가 삽입되어 있다. 그러나 신문관이『썰늬버遊覽記』를 본격적으로 발간하고 판매에 나서는 것은 1909년 10월 이후의 일인 듯하다. 왜냐하면『소년』제2년 10권(1909.11) 책표지 내지에 반면(半面) 분량의 광고가 처음으로 실리면서 독자들의 일독을 적극 권장하고 있기 때문이다. 광고내용은 주 36의 본문 참조

34) 일본에서도 서구 문학작품 번역은 잡지 등을 통해 먼저 번역된 후 단행본으로 출판되는 경우가 많았다. 최남선이 옮긴「ABC契」(제3년 7권, 1910.7)의 일역

「거인국표류기」는 걸리버가 '소인국'에서의 참담한 고난에도 불구하고 또 다시 "남아의 장한 기운을 펴"기 위해 나섰다가 또 배가 난파되어 '브롭딩낵'이란 거인국에 표류하면서 겪게 된 기이한 경험과 고통 따위를 주로 서술한다.35) 이야기의 초점은 대개 체격 조건의 차이에 따른 의식주와 문화의 차이와 이질감, 걸리버와 또 다른 '알사람' 사이의 갈등 등에 맞추어져 있어, 특별히 새로운 문명의 계몽이나 모험심을 자극할 만한 요소는 눈에 띠지 않는다. 다만, "아모리 하얏든 댝뎡하고 대뵤를 부려 쑤릿탠 사람의 대뵤 만흔 것을 왕사람에게 보이이라"(제1년 2호, 22면) 등에서 보듯이, 영국인으로서의 자긍심에 대한 서술이 간혹 눈에 띨 뿐이다. 말하자면 현실 세계에서 경험할 수 없는 '신기성(新奇性)'이 두드러지는 정도, 곧 상상력의 자극이란 측면에서 일정한 가치를 둘 수 있을 듯하다.

최남선 역시 그 점을 얼마간 인식했는지 「썰늬버여행기」 상·하권을 『썰늬버유람기(遊覽記)』로 새로이 간행하면서 다음과 같은 판매 광고를 『소년』에 싣고 있다.

본인 『ABC組合』(抱一庵主人 역, 1902) 역시 『少年園』이란 아동잡지에 1895년 4월 두 차례에 걸쳐 같은 역자의 이름으로 연재된 후 합본 출간된 것이다. 『少年園』은 1888년 11월에서 1895년 4월까지 매월 2회 발간되었는바, 『ABC組合』은 마지막 두 호(155호, 156호)에 실렸다(『少年園』 목차 참조). 이 잡지는 비슷한 시기에 창간된 『小國民』(1889~1902)과 1895년 창간된 『소년세계』와 더불어 일본 아동잡지사의 신기원을 이룩했음은 물론, '아동', '소년'이란 집단 정체성의 확립과 근대문명의 성취에 발 빨랐던 일본의 예비국민 창출에 혁혁한 공헌을 한 것으로 평가된다. 이상은 上田信道, 「大衆少年雜誌の成立と展開」, 『國文學』, 學燈社, 2001.5. 여기서는 http://nob.internet.ne.jp/note/note-19.html 참조.

35) 이 글에서 도움을 받은 원전과 작품 해설은 J. 스위프트, 신현철 역, 『걸리버 여행기』, 문학수첩, 1992이다.

此書(『썰늬버遊覽記』-인용자)는 英國 有名한 文學家 스위프트氏의
名著를 適譯한 것이니 「로빈손 漂流記」와 共히 世界에 著名한 海事
小說이라. (…중략…) 原著는 「쪼오지」第一世 時節의 습속을 諷刺한
것이나 이러한 政治 寓意는 姑舍하고 다만 그 小說的 趣味로만 보아
도 쪼한 絶大한 妙味가 잇난 것이라 故로 英美 諸國에서는 此書를 學
校 教科로 用하야 써 少年의 海事 思想을 鼓發하나니 우리 少年은 一
讀을 快試하야 그 묘미를 嘗할지니라.[36]

육당은 『걸리버 여행기』가 남성적 기개를 펼치거나 식민지 개
척을 고무하고 찬양하기 위한 '해사소설'이 아니라, 일종의 정치
풍자소설임을 이미 간파하고 있다. 스위프트는 성직자이자 애국
자였다고 한다. 그는 기독교도이자 아일랜드 출신이었고 또한 왕
당파였으며 지성적 보수주의자였다. 이런 복잡하지만 보수주의에
가까운 성격은 그로 하여금 인간들의 허위적 성향과 무지, 거짓
신앙, 정치적 무질서 등에 대한 혹독한 풍자를 가하게 함은 물론,
근대 과학이 산출하는 새로운 개념과 지식·언어 등에 대해서도
심각한 회의를 표하게 한다. 이런 날카로운 풍자와 회의의 언어
들은 대개 저런 홍미로운 이야기들 사이에 끼어 있거나, 각 장이
나 부의 말미에 제시되는 경우가 많다.
　영국과 근대문명에 대한 풍자와 비판의 진수라 할 3~4부는 논
외로 치더라도, '2부 큰 사람들의 나라'에서도 스위프트는 걸리버
가 '브롭딩낵'국을 벗어나기 전에 비록 그곳 왕의 목소리를 빌려
서나마 최고의 문명국을 자부하던 '쑤릿댄국'의 야만성과 후진성

---

36) 十錢叢書, 『썰늬버遊覽記』 광고, 『소년』 제2년 10권 표지의 내지(內紙).

을 가차 없이 드러낸다. 이를테면 걸리버가 왕과 대화하면서 정작 알려준 것은 영국 민주주의의 위대함이 아니라 "하원의원의 자격을 정하는 데 있어서 무지와 태만, 사악이 많은 내용을 이루고 있음"이었으며, "만들었을 당시에는 아주 좋았을 제도들이 그대의 나라에서 조금씩 허물어지기 시작하다가 이제는 부패되어 완전히 희미해지거나 제멋대로 변모되었다는" 사실이다.[37]

그러나 최남선은 '신대한'이 열심히 배워야 할 문명국 '영국'과 근대문명에 대한 스위프트의 신랄한 풍자와 비판은 일괄 삭제하였다. 이것은 일본 번역본과 아무런 관련 없는 최남선 고유의 번역의 이데올로기이다. 그는 『걸리버 여행기』가 고도의 정치 풍자 소설이란 사실을 알았음에도, 오로지 '신대한 소년'들의 "해사(海事) 사상을 고발(鼓發)"하기 위해, 다시 말해 그들을 문명과 진보, 개척의 욕망으로 들끓는 '우리들'로 훈육하고 계도하기 위해 정치적으로 거세된 '걸리버'를 이 땅에 호출했던 것이다. "그 소설적 취미로만 보아도 쏘한 절대한 묘미가 잇난 것" 운운의 진정한 의미와 의도가 여기 어디 있을 것이다.

우리는 관례상 다니엘 디포의 『로빈손 크루소』를 흔히 동화로 분류하며 또한 독서경험 역시 그것으로 끝인 경우가 대부분이다. 하지만 그것은 1719년 4월에 1부(『로빈손 크루소』)가, 8월에는 2부(『로빈손 크루소의 또 다른 모험』)가 출간된 방대한 분량의 장편 모험소설이다.[38] 우리가 흔히 접하는 책이 바로 문학적 명성이 자자한 1

---

37) J. 스위프트, 신현철 역, 『걸리버 여행기』, 문학수첩, 1992, 162~163면.
38) 『소년』에는 제2년 2권(1909.2)부터 총6회에 걸쳐 1부와 2부가 모두 초역(抄譯)되어 연재된다. 특히 2부는 모험의 범위가 중국과 러시아까지 확대되고 있으나

부『로빈손 크루소』이다. 디포는 무인도에서 4년간 생활하다 구조된 알렉산더 셀커크란 인물을 바탕으로 28년간을 무인도에서 생활하면서 자연, 곧 어둠과 야만의 공간을 인공, 곧 빛과 문명의 공간으로 탈바꿈시킨 크루소의 위대한 모험과 업적을 창조해냈던 것이다.

이런 연유로, 이 소설은 첫째, 기본적으로 18세기 신흥 부르주아 세력의 성장과 함께 태동하기 시작한 '소설'의 기원을 이루는 작품의 하나로, 둘째, 당시부터 본격적으로 태동하기 시작한 부르주아계급의 세계관·문명관·경제관 등을 극명하게 보여주는 것으로 흔히 평가된다.39) 로빈손 크루소가 '근대의 신화' 혹은 '계몽주의적 인간형의 화신'으로 불릴 수 있다면, 특히 후자의 관점과 관련해서이다. 더군다나 그는 '크루소'라는 개인 자체가 아니라, 집합체 '크루소', 즉 최고의 문명국으로 야만의 세계를 계몽하는 '쀼릿탠국'의 제유이기도 했다.40)

홍미를 끌 만한 사건과 풍광 등은 거의 등장하지 않는다. 한편,『그리스도 신문』(1902.5.8)의 「인물기사」란에 실린 「그루소의 흑인을 엇어 동모함」은 『로빈손 크루소』가 일부라도 번역되어 국내에 소개된 최초의 경우이다. 이것은 원작의 번역이라기보다는 각색에 가깝다. 이에 대해서는 김영민, 「근대계몽기 기독교 신문과 한국 근대 서사문학」,『동방학지』127집(연세대 국학연구원 편), 2004, 279~280면 참조.
39) D. 디포, 최인자 역, 「『로빈손 크루소』상하편 최초의 완역」,『로빈손 크루소』하, 문학세계사, 1993, 302면.
40) 김행숙, 「로빈손 크루소의 바다와 국가」,『현대시학』, 2004.10, 227면. 그는 「로빈손무인절도표류기」와 문학세계사판『로빈손 크루소』를 같이 읽으면서 섬 생활에서의 몇몇 인상적인 국면을 꼼꼼하게 살피고 있다. 게다가 미셸 투르니에가 『로빈손 크루소』를 새롭게 쓴『방드르디, 태평양의 끝』까지도 살펴봄으로써 작품 이해와 의미의 폭을 넓히고 있다. 하지만 결정적인 오류를 범한 곳이 있다. 로빈손 크루소의 모델이 된 알렉산더 셀커크의 이야기를『청춘』9호의 「近世로

이를 '소설의 발생' 및 '근대 개인주의의 신화'와 연관시켜 정치하고 풍부하게 해석한 학자가 있으니, 『소설의 발생』의 저자 이언 와트(I. Watt)이다.[41] 그에 따르면, 무인도의 노동하는 제작자 '로빈손 크루소'는 애덤 스미스, 마르크스 등에게는 자본주의의 생산성과 노동가치의 이론에 대한 모델로, 루소에게는 '모든 것의 유용성을 가장 온전하게 판단하는 판관, 곧 자연에 파묻힌 고독한 인간'의 본보기로 표상되었다고 한다.

이언 와트는 이들과는 다르게 '근대적 개인주의'의 탄생이란 관점에서 『로빈손 크루소』를 보는데, '경제적 개인주의'와 '종교적 개인주의'가 그 핵심이다. 전자에서는 직분과 의무로서의 노동에 대한 끊임없는 강조가 특히 중요한데, 진취적인 개척 정신과 합리적인 사업 방식은 그 효율성을 배가하는 요인이 된다. 한편, '종교적 개인주의'라는 말이 시사하듯이, 이언 와트는 크루소의 종교를 위기의 순간마다 그를 향한 신의 의지는 무엇일까를 혼자 고민하고 발견하려는 전형적인 개인주의적 신교도(청교도)의 태도로 본다. 이런 점을 종합할 때, "『로빈손 크루소』는 지칠 줄 모르는 노동이 구원을 가져다준다는 생각을 우리의 상상적 삶에 단단히 심어준다는 결론을 내릴 수 있다. 심지어 크루소 신화의

빈손奇談」에서 읽을 수 있다고 했는데, 이는 잘못이다. 『청춘』에 실린 이야기의 주인공은 영국 국적의 '윌리엄 매키쏜'이다. 즉 이 기사는 첫머리에 셀커크가 로빈손 표류담의 모델이었다는 사실이 잠시 나올 뿐, '윌리엄 매키쏜'이라는 사람이 매퀘리라는 무인도에서 배를 살 돈을 모으기 위해 혼자 생활하고 있음을 중심 화제로 삼고 있다(廣蓄室主人, 「近世로빈손奇談」, 『청춘』 9호, 1917.7 참조).
41) I. 와트, 전철민 역, 「제3장 『로빈손 크루소우』—개인주의와 소설」, 『소설의 발생』, 열린책들, 1988; 이시연 외역, 「6. 『로빈손 크루소』」 및 「7. 크루소, 이데올로기, 이론」, 『근대 개인주의 신화』, 문학동네, 2004.

인기의 일부는 그것이 노동의 신성함이라는 개념을 지지한 데 근거한다고도 주장할 수 있을 것이다."42)

어쨌든 우리의 입장에서 봤을 때, 최남선의 『로빈손 크루소』 번역은 당연히도 '신대한 건설'에 대한 계몽과 비전에의 서사적 고취에 제일의 목적이 있었다. 연재가 시작되기 두 달 전인 『소년』 제1년 2권(1908.12)에는 「로빈손무인절도표류기담(無人絶島漂遊奇談)」이란 제목으로 다음과 같은 연재 예고가 실린다.

> 우리는 쾌장한 것을 됴와하니 그럼으로 해천(海天)을 사랑하며 우리는 영특한 것을 됴와하니 그럼으로 모험적 항해를 딜겨하며 해천을 됴와하고 항해를 딜겨함으로 표류담·탐색기적 문학을 탐독하난디라 금(今)에 이 성미(性味)는 나로 하야곰 이 불세출의 『로빈손 크루서』를 번역하야 우리 사랑하난 소년 제자(諸子)로 더브러 한가디로 해상생활의 흥치(興致)와 항해모험의 취미를 맏보게 하도다. (42면)

여기서는 일면 해상생활의 흥치와 항해모험의 취미만이 강조되고 있다. 그러나 이런 흥취와 취미의 조장을 통한 상상력과 호기심의 확장은 '해사(海事)' 일반 및 "삼면 환해(環海)한 우리 대한의 세계적 지위"(「해상대한사(二)」의 부제)에 대한 관심과 자각으로 이어지기 마련이다. 그리고 『로빈손 크루소』가 가진 제국 담론적 성격에 대한 자기화 욕망은 이미 「바다란 것은 이러한 것이오」(창간호)에서 피력되었기에 다시 부언될 필요는 없었을 터이다.

앞서 말했듯이, 최남선은 『소년』 제2년 2권(1909.2)을 시작으로

---

42) 이상의 내용은 I. 와트, 『근대 개인주의 신화』, 219~260면 참조. 직접 인용은 239~240면.

총6회에 걸쳐 「로빈손무인절도표류기」를 초역(抄譯) 연재하는데, 이는 1부와 2부를 모두 포함하는 것으로 6회(제2년 8권)가 2부에 해당한다. 6회에 걸쳐 연재되었다고 하지만, 내용이 세밀하거나 분량이 썩 많은 편은 아니다. 어떤 경우는 너댓 쪽에 그치는 경우도 있으니 말이다. 그러나 물론 번역의 저본이 된 일역본의 영향도 무시할 수 없겠지만, 독자의 계몽과 흥미를 위해 필요한 서사 및 배경에 대한 선택과 집중, 배제를 수행하는 육당(六堂)의 안목은 분명 놀라운 데가 있다.

『로빈손 크루소』의 주제는 신성한 노동의 수행과 삶의 합리화에 의한 자본주의 문명의 성취 및 제국주의의 확장이란 '근대의 신화'와 특히 연관된다. 육당은 거의 이런 내용들을 놓치지 않고 번역하고 있는데, 그것은 각 회별로 주도면밀하게 나뉘어 배치되고 있어 독자의 흥미와 기대를 자극하는 편집자의 예리한 감각을 엿보게 한다. 핵심적인 횟수를 들라면, 연재 1~2회와 4회, 5회, 그리고 6회가 될 것이다.

1~2회는 무인도로 표류하기 전의 '로빈손 크루소'가 소개되는 부분이라 그냥 지나치기 쉽다. 그러나 이곳에는 그가 '근대의 신화'의 모델로 우뚝 설 수밖에 없는 자초지종이 벌써 엿보인다. '중등사회(부르주아)'의 일원인 그는 법률가가 되기를 희망하는 부모의 기대를 배반하고 '소년 모험자'43)로 살기를 꿈꾸며, 결국 그

---

43) 「로빈손無人絶島漂流記(一)」, 『소년』 제2년 2권, 1909.2, 23면. 여기서도 보듯이, '소년' 혹은 '청년'은 적어도 1920년대 이전까지는 연령상의 개념이라기보다는 미래의 시공간을 향해 기투하는 정신을 지닌, 다시 말해 '근대'의 창조와 '전근대'의 파괴 열정으로 충만한 사람 모두를 지칭하는 일종의 상징적 주체 개념으로 이해하는 편이 타당하다. 이에 대해서는 소영현, 「근대 / 문학과 청년 담론」,

것을 실행에 옮긴다. 그러나 이 당시에도 순수 모험이란 존재하지 않았다. 그것은 어디까지나 무역 또는 식민지 개척, 다시 말해 재화(財貨)와 이(利)의 획득과 연동되거나 그것에 부수된 행위였을 따름이다. 크루소 역시 그러했음은 "그런 일(利를 많이 남긴 일-인용자)이 잇기 째문으로 자미(滋味)가 나서 나의 모험심이 점점 더 치성(熾盛)하"였고 그 때문에 결국 무인도에 표류하는 재앙을 겪게 되었다는 고백에 잘 드러나 있다.[44] 말하자면 그는 모험심과 공명심에만 불타는 돈키호테형 인간형이 아니라, 거기에 개척정신과 합리적 사업 방식을 갖추고 이익 실현에까지 재능을 보인 전형적인 자본주의적 인간형이었던 것이다. 하지만 크루소의 무인도의 계몽, 다시 말해 문명화는 이런 항해의 전사(前史)가 없었다면 불가능했을지도 모른다.

실제로 그가 28년간 절대군주로 군림할 '제국'의 건설, 곧 식민지의 개척은 실은 난파한 배에서 옮겨간 '문명', 이를테면, 곡식, 의복, 목공기구, 총과 화약, 성경에 그 기원을 두고 있기 때문이다. 가령 4회는 그가 무인도에 정착하는 과정이 서술되는데, 그 과정은 마치 인류 초기 문명사를 보는 듯하다. (재)문명화는 이미 그렇게 예정되어 있다는 듯이 수렵과 채집(이동)에서 농경과 사육(정착)으로 나아가며, 자신의 시간과 공간에 대한 배타적인 점유권

『한국근대문학과 국(가)의 형성과 분화』(한국근대문학학회 편), 2004년 하반기 심포지엄 발표문; 조은숙, 「근대계몽담론과 '소년'의 표상」, 『어문론집』 46호(민족어문학회 편), 2003 참조.

44) 「로빈손無人絕島漂流記(二)」, 『소년』 제2년 3권, 1909.3, 34면. 사공 노릇을 하던 그는 선장의 권유로 수학과 행선법(行船法)을 배우는데, 이는 물론 무역에서 보다 많은 이익을 얻기 위해서였다.

을 기록하기 시작하는 한편, 자아의 구원자이자 성찰의 매개체로서 '하나님'을 다시 섬기게 되는 일로 순차적으로 진행된다.

5회는 익히 잘 아는 '금요일(프라이데이)'의 구원과 계몽, 요즘 말로 하면 문명화/식민화 이야기를 다루고 있다. 사실 4회와 5회는 동일한 서사 구조를 갖춘 이야기라 할 수 있다. 다만 대상이 다를 뿐이다. 각각 자연이란 야만과 토인(土人)이란 야만을 로빈손 크루소란 청교도적 인간이 '노동'과 '총'과 '성경'을 통해 문명화(구원)하는 이야기인바, 여기서 근대자본주의의 제국주의적 팽창, 곧 문명의 전파를 빙자한 식민지 획득과 분할 경쟁을 유비하기란 그리 어렵지 않다.45) 2부의 아주 간략한 축약 소개 정도에 해당하는 6회는 이런 내용에 많은 지면을 할애하는 야만적 오리엔탈리즘의 내음이 역력하거니와, 실제 원본 역시 거기서 크게 벗어나지 못한다는 게 2부를 접해 본 나의 대체적 소감이다.

6회의 중요성은 그러나 전혀 다른 곳에 있다. 아래와 같이 로빈손 크루소로 변한 최남선의 목소리가 작품의 대미를 장식하기 때문인데, 어쩌면 이야말로 『소년』판 「로빈손무인절도표류기」의

---

45) 『로빈손 크루소』에는 말과 관련해 대단히 시사적인 두 장면이 존재한다. 로빈손 크루소는 두 대상에게 자신의 말(영어)을 가르친다. 하나는 자연—앵무새이다. 앵무새의 발화는 로빈손 크루소의 말에 대한 단순한 흉내'소리'라는 점에서 진짜가 아니다. 따라서 그 말의 주체는 로빈손 크루소이다. 둘은 인간—프라이데이이다. 그의 발화는 일단 말에는 속한다. 그러나 그들의 대화는 결코 대등한 상호소통의 관계를 형성하지 못한다. 왜냐하면 일방적인 지시와 복종의 관계, 곧 주인과 노예의 관계이기 때문이다. 김행숙의 지적처럼, "이들 사이에는 이질적인 문화와 언어가 부딪치고 찢기고 섞이면서 빚어내는 어떤 소음과 갈등도, 혁명과 분열과 생산의 에너지도 없다."(김행숙, 「로빈손 크루소의 바다와 국가」, 238면) 그런 의미에서 프라이데이의 말의 주체도 어떤 의미에서는 로빈손 크루소이다.

진정한 주제일지도 모른다.

그러나 한 가지 願하난 것은 가장 光明스럽고 榮譽잇슬 前途를 가진 新大韓 少年 여러분은 여러분의 나라 형편이 삼면으로 滋味의 주머니오 보배의 庫ㅅ집인 바다에 둘닌 것을 尋常한 일노 알지 말어 항상 그를 벗하고 그를 스승하고 ㅆㅗ 거긔를 노리터로 알고 거긔를 일터로 알어 그를 부리고 그의 脾胃를 마초기에 마음 두시기를 바라옵나니 엇접지 아니한 말삼이나 깁히 드러주시오 그런데 한마듸 부쳐 말할 것은 우리 모양으로 私利와 작난으로 바다를 쓰실 생각 말고 좀 크게 높게 人文을 爲하야 國益을 爲하야 眞實한 마음과 정성스러운 쏫으로 學理硏究 · 富源開發 등 조흔 消遣을 잡으시기를 바람이외다.[46] (강조는 원문)

‘삼면환해(三面環海)’라는 대한반도의 지정학적 위치는 육당이 『해상대한사』에서 기회 있을 때마다 강조하던 민족의 제국주의적 팽창 및 민족문화의 융성을 가능케 할 핵심적 장처(長處)였다. 그는 이 글에서 반도의 일반적 특징을 "해륙문화의 융화와 밋 집대성자됨과 해륙문화의 전초와 밋 소개자됨과 해륙문화의 장성처됨", "세계통일의 사상, 곳 제국주의는 실노 반도국인에게 이러난 사상"[47]으로 들면서, 바야흐로 이제 그 사명이 우리에게 맡겨지고 있음을 끊임없이 환기하고 고무한다. 걸리버호가 그랬듯이, 로빈손 크루소호 역시 다른 무엇보다 그들의 조국 ‘쑤릿탠국’과 같은 ‘신대한’을 열망하는 팽창주의적 내셔널리즘에 몸을 실은 ‘소년들’을 실어 나르기 위해 머나먼 영국에서 일본을 거쳐

---

46) 「로빈손無人絶島漂流記(完)」, 『소년』 제2년 8권, 1909.9, 43~44면.
47) 차례로 최남선, 「해상대한사(六)」, 『소년』 제2년 6권, 1909.7, 25면; 「해상대한사(十)」, 『소년』 제2년 10권, 1909.11, 42면.

'반개(半開)' 상태의 조선으로 급히 초빙되었던 것이다.

하지만 최남선이 로빈손 크루소에게 불만이 전혀 없는 것은 아니다. 우리 모양으로 바다를 사리와 장난으로 쓰지 말고 인문·자연 연구, 자원 탐사 등 국익을 위해 쓰라는 충고가 그것이다. 이언 와트가 『로빈손 크루소』에서 경제적 개인주의의 발생을 읽었듯이, 실제로 이 소설에는 국익과 관련된 경제 행위가 대부분 발견되지 않는다. 무인도도 크루소 개인의 나라이지 결코 쀼릿탠국 소유가 아니며, 내가 읽은 한, 하나님에의 회개는 있어도 국가 또는 국왕에의 그것은 등장하지 않는다.48) '신대한'이란 국민국가와 '우리들'이란 공동성의 창출이 무엇보다 긴요했던 육당에게는 결정적인 결락으로 비쳤을 요소였으리라.

어쩌면 『청춘』 9호에, 비록 별 다른 이야기 없이 사실만을 전하는 기사이긴 하지만, 오로지 배를 살 목적으로 스스로 무인도에 들어가 살고 있는 영국인 '윌리엄 매키쏜'의 이야기를 담은 「근세로빈손기담(奇談)」을 실은 이유도 이와 관련이 있을지도 모른다. 남들이 사용하지 않는 자원의 합리적 이용을 통해서 돈을 빨리 그리고 많이 모은다면 그만큼 배를 빨리 살 수 있다는 점에서 매키쏜의 행위는 오히려 합목적적일 수 있다. 그러나 필자는 그 이야기를 '기담'으로 장르를 규정함으로써 비현실적이고 비상식적인 일로

---

48) 이언 와트의 다음 말은 그래서 꽤 의미심장하다. "결론적으로 『로빈손 크루소』는 좋든 나쁘든 불요불굴에 대한 서사시이다. 그것은 집단의 불굴성이 아니다. 그것은 대체로 무비판적 자기 중심애이다. 그리고 그것은 무인도에서 특별히 위력을 발휘한다."(『근대 개인주의 신화』, 247면) 이는 무인도를 떠나 여러 사람과 함께 러시아나 중국 등 개방된 공간을 탐험하면서 겪는 사건과 모험을 다룬 2부의 흥미와 긴장감이 현저히 떨어지는 이유에 대한 설명도 될 터이다.

이미 못박고 있다. 말하자면 그 역시 '사리(私利)'로 바다를 이용하는 대표적인 존재 가운데 하나인 셈이다.『소년』과『청춘』의 연속성은 여기서도 확인된다.

『소년』에 제일 먼저 번역 소개된 순문예물인「거인국표류기」와「로빈손무인절도표류기」는 이후 본격소설보다는 동화로 수용되고 정착되었으며, 지금도 사정은 엇비슷하다. 가장 큰 이유는 두 소설의 지나친 허구성 때문일 것이다. 그러나 이와 같은 장르 관습의 형성은 좀 더 다른 이유가 있는 듯하다. 두 이야기보다 훨씬 허구적인 이야기는 얼마든지 많기 때문이다.

그런 점에서 비전문가의 입장에서 그 연유를 정확히 밝히기는 어렵지만, 번역의 이데올로기가 하나의 큰 원인이 아닐까 한다. 이미 보았지만, 두 작품의 원전은 근대 자본주의, 곧 제국주의시대가 본격적으로 열리던 18세기 영국의 '해사(海事)'의 긍정적 부정적 양면을 사실과 허구의 버무림을 통해 비교적 객관적으로 제시한다. 그러나 그들을 '신대한'의 모델로 삼아 번역하고 이식하는 일에 제일의 목표를 두고 있던 최남선에게 중요한 것은 그들의 모험심과 용기, 개척정신과 미래를 향한 투기였다.[49] 말하자

---

49)『소년』에서 '바다'의 모험 및 개척과 관련된 지리, 역사, 문학 담론 등에서 강조되는 덕목은 아무래도 '용기'와 '불굴'이겠다. 이것은 대체로 사회진화론에 근거한 민족 팽창주의(제국주의)와 긴밀히 연관되는 경우가 많다. 따라서 식민 지배를 안 당하기 위해서는 근대를 신속히 창출함으로써 국가의 독립을 유지하거나 오히려 타자를 제압하는 것이 급선무였다. 그러나 이런 논리는 또 한편으로 제국주의의 침략과 지배를 세운(世運)에 적응치 못한 '비진보 집단'이 맞을 수밖에 없는 자연적 이치로 용인케 한다는 점에서 문제적이다.『소년』의 '용기'론은 대체로 '바다' 등 외부세계에의 팽창을 통한 '신대한'의 건설이나 민족자존의 회복을 주창하는 것과 관련이 있지만, 독자적 근대문명의 창출이 의심되는 상황이 오면 그것이 급격히 '단군'·'태백' 등 허구적인 문화민족 이데올로기의

면 실패로부터 배우는 교훈이나 뒤돌아보는 성찰보다는 성공과 앞만 보고 달리는 계몽과 훈육의 규율이 더 긴요하고 시급했던 것이다. 성공담의 신화, 혹은 계몽의 서사에서는 풍부한 사건과 배경 인물의 입체적 성격은 점차 약화되며 그에 따라 주제의 명료성과 단순성은 더욱 강화되기 마련이다. 이를 통해 동화적 상상력과 계몽의 비전이 한층 풍부해진다면 과장일까? 과연 육당은 「로빈손무인절도표류기」를 이렇게 맺고 있다. "여러분은 응당 이 늙은 사람보담 더욱 자미잇난 해상 경력이 잇슬터이라 좀 들녀주시구려."50)

둘째, 보다 근원적인 번역의 이데올로기와 관계되는 것으로, 제국과 식민지의 위계질서와 관련된 문제이다. 앞서도 말했지만, 제국과 지식의 이동으로서의 번역은 권력적으로 우월한 언어를 지배와 통제의 일차적 기술이자 사회의 형성과 교화를 위한 강력한 채널로 활용하기 위한 통로이자 잠금장치이다. 따라서 제국(지배자)의 입장에서는 식민지(피지배자)에게 번역은 허락하되, 그가

창안을 통한 현실 초극의 논리로 전환되는 양상을 보이는 것도 이와 무관치 않다(보다 자세한 내용은, 한기형, 「최남선의 잡지 발간과 초기 근대문학의 재편」, 『대동문화연구』 45집, 234~238면 참조). 그러나 『청춘』 시기에도 그의 '용기론'은 『소년』 시대의 근대문명의 성취에 의한 역사의 진보라는 계몽적 사유의 틀에 여전히 긴박되어 있다. 필자가 정확히 누구인지는 알 수 없지만, 최남선으로 추정되는 '여(余)'가 도쿄의 아오야마(靑山)에서 미국인 아트 스미드가 벌인 에어쇼(airshow)를 보면서 적은 감상기인 「용기론(勇氣論)」에서 다음과 같이 적고 있기 때문이다. "第一은 勇氣오 第二는 剛力이오 第三은 그 剛勇 涵養의 工夫이라 盖此 三者는 스미드 飛行上의 主要한 條件이 될 쑨 아니라 實로 古今來 文明開拓家의 必備한 資格이오 便是 近代文明의 産母로다."(「勇氣論」, 『청춘』 11호, 1917.11, 11면)
50) 「로빈손無人絶島漂流記(完)」, 『소년』 제2년 8권, 1909.9, 44면.

완전히 자신과 동일한／동등한 언어게임에 참여할 수 있는 가능성과 기회를 되도록 봉쇄해야 한다. 말하자면, 로빈손 크루소와 프라이데이는 언제까지나 주인과 노예, 조금 양보해도 선생과 제자의 관계여야지, 동등한 동반자의 관계여서는 안 된다. 동등한 관계가 되는 순간, 프라이데이의 말은 언제든지 '친밀한 적'의 불길하고도 불온한 언어로 돌변할 수 있다.

따라서 이런 탈식민의 가능성을 각성시키는 불온한 상상력과 비판의 언어를 미리 미리 제거하는 것이야말로 지배자의 입장에서는 가장 효율적으로 번역의 기술을 전수, 관리하는 일이 될 것이다. 물론 최남선 개인이 제국주의의 요구에 충실한 그런 번역의 기술자이자 실천자였다는 말은 아니다. 그러나 문명한 '신대한'의 건설이 최상의 선(善)으로 추구되던 그 시대에, 바로 '신대한'이란 공동성의 명분 아래 그 번역의 이데올로기는 한 치의 의심도 받지 않고 자기를 관철해 갔던 것이다.

그리고 조선이 일본의 식민지로 전락하면서 조선과 일본의 상징적 관계는 크루소와 프라이데이의 그것으로 고착되었다. 그에 따라 그 번역의 이데올로기는 정당한 성찰의 기회를 일체 박탈당했으며, 『로빈손 크루소』는 모험심과 환타지 과잉의 '동화'로 더욱 관습화되어 갔다고 해도 크게 틀리지 않으리라. 번역의 이데올로기가 무서운 것은 이처럼 개인의 윤리보다는 시대정신을 틈타 자기를 관철해 감으로써 미처 되돌아볼 여유조차 주지 않고 대상을 식민화한다는 데 있다.

4. 번역이 창출하는 '우리들' 2—자기와 국민의 구원술 '노동역작'

신문관에서 출간한 단행본 가운데 『소년』에 가장 빈번하게 광고가 게재된 책은 무엇이었을까? 『일문역법』 따위의 실용서를 제외한다면, 우리의 기대와는 달리 가장 윗자리는 문학서가 아니라 일종의 훈육서인 『수신요령(修身要領)』과 『산수격몽요결(刪修擊蒙要訣)』이 차지하고 있다.[51] 특정 서적의 지속적인 광고는, 만약 해당 서적이 꾸준한 수요를 창출하고 있다는 전제가 없다면, 출판(편집)인이 그것을 독자의 필독서로 간주하여 후원할 때만이 가능할 터이다. 물론 정확히 확인할 길은 없지만, 나는 '신대한' 건설을 위한 문명의 전도사이자 훈육 교사임을 기꺼이 자임했던 최남선의 열정과 의지가 저 서적들의 지속적 광고를 가능케 했으리라 믿는다.

그러나 정작 흥미로운 것은 다음과 같은 사실이다. 『수신요령』의 저자는 『문명론개략』 등을 저술하여 일본의 문명개화에 혁혁한 공헌을 끼친 후쿠자와 유키치[福澤諭吉]이다. 유길준의 『서유견문』이 그의 『서양사정』의 체제를 참조한 저술이란 사실은 익히 알려져 있거니와, 말하자면 후쿠자와는 조선이 지향해야 할 바의 문명의 형식과 내용을 앞서 보여준 텍스트였다. 『수신요령』 역시 이와 동일한 관점에서 기획 출간된 훈육서였지만, 그러나 그것은 그 일부가 이미 「현대소년의 신호흡(一)」의 내용으로 『소년』 제2

---

51) 문학서는 신문관이 자랑하는 세 종류의 창가집 『경부철도가』·『한양가』·『세계일주가』와 『썰늬버遊覽記』였다.

년 2권(1909.2)에 게재되었다. 이 글의 핵심은 '근대'라는 '日新하난 사회'에 걸맞은 "修身處世의 法"을 갖추자는 것인데, '나'의 '독립자존', 즉 개인성의 확보와 국민된 자의 의무의 강조가 가장 눈에 띈다. 문명한 '신대한'의 국민 역시 마땅히 갖추어야 할 덕목이라는 점에서 육당의 지속적 관심은 지당해 보인다.

그런데 문제는 『수신격몽요결』이다. 『격몽요결』은 율곡 이이가 유교적 가르침에 충실한 아동들을 육성하기 위해 지은 훈육서이다. 언뜻 보면 시대의 흐름에 역행하는 그야말로 시대착오적인 기획물인 셈이다. 하지만 역시 육당은 「신시대 청년의 신호흡(六)―율곡 이이 선생의 자경문(自警文十七則)」[52]이란 제목 아래 율곡이 남긴 언행록 가운데 몇 구절을 뽑아 "가장 절실하고 가장 중요한 수양법"이며 "이와 같은 처세리학(處世理學)이 태서(泰西)에도 잇슬난지 몰나"라고 극찬하면서, 그 가치의 현대화를 적극 시도한다. '자경(自警)'이란 말이 시사하듯이, 이 글은 자아 성찰에 관련된 17가지의 내용을 담고 있다. 여기서 최남선은 율곡의 말을 번역하는 한편, 원문과 함께 그와 연관이 있는 서구의 경구나 격언을 대비하거나 스스로 해설을 덧붙이고 있다.

이런 체제를 율곡의 『격몽요결』에 적용하여 출간한 서적이 바로 『산수격몽요결』인데, 부록으로 후쿠자와 유키치의 『수신요령』을 첨부하였다. 그렇다면 『산수격몽요결』은 동서고금을 가로지르면서 보편적으로 통용가능한 "신시대 소년의 덕육(德育)상 보감(寶鑑)을 작(作)하려 한 것"[53]이란 출간 목적을 어느 정도는 그 지면

---

52) 『소년』 제2년 8권, 1909.9.
53) 『산수격몽요결』 광고, 『소년』 제3년 1권, 1910.1.

의 배치와 편집의 묘를 통해 달성하고 있다 해도 되겠다. 『격몽요결』의 '신호흡', 다시 말해 '근대성'은 이와 같은 편집인으로서 최남선의 비상한 감각과 근대적 인쇄술이 낳은 합작물인 셈이다.

그러나 최남선이 『산수격몽요결』을 펴낸 참된 까닭은 따로 있었다. 여기에 『소년』·『청춘』에서 각종 '덕목론'이 그토록 강조되는 진정한 이유와 함께, 우리가 읽게 될 톨스토이의 대사상과 그의 후기 단편 및 『부활』에 대한 각별한 애정과 존경에 대한 실마리가 숨어 있다.

> 文明이란 何오 電燈만도 아니오 鐵道만도 아니오 化學의 應用만도 아니오 物性의 究明만도 아니라 個人에도 在하야던지 社會에 在하야던지 德·體·智 三件事가 平均하게 發達됨을 謂함이라 그러나 時代의 趨勢는 是를 忘却하고 文明을 電線上에 求하며 鐵軌間에 求하니 旿라 쏘한 愚ㅎ도다. 이의 末幣가 滋하난 바에 論孟도 弊履와 如히 葉하고 詩書도 褞布와 如히 投하야 無識한 見에 幾多의 璞玉은 汚池에 投入하난 辱을 免치 못하도다.
>
> 금에 刪刊하난 擊蒙要訣도 쏘한 이 時代 犧牲의 一이러라 刪定者—이를 慨하야 多少 刪修를 加한 後世에 公하니 新大韓 少年의 正心工夫上에 大한 貢獻이 잇슬 것을 信하난 故라.54)

정신적으로 문명한 '신대한 소년', 즉 개인과 사회 양면에서 '덕·체·지'를 고루 함양하고 발달시키는 일이야말로 '활동적 진취적 발명적 대국민'이 되는 또 하나의 필요조건이었다. 문명과 역사의 진보를 물질에서만 구하는 것은 박옥(璞玉)의 진가도

---

54) 위의 글.

알아차리지 못한 채 진창에 버리는 어리석은 행위나 마찬가지다. 따라서 매일 새롭게 변하는 사회에 걸맞은 정신의 문명과 그를 위한 자아의 성찰 행위는 결코 빼놓을 수 없는 윤리적 책무이자 생활의 규율로 요청된다. 그것을 구체적으로 항목화한 것이 앞서 거론한 '십대덕목'일 테고, 실천지침으로 명문화한 것이 '국민사행의 표준'일 테다.[55]

그런데 여기서 곧잘 쓰이는 "수신처세(修身處世)"라는 말은 현재의 관점에서는 묘한 뉘앙스를 불러일으킬 법도 하지만, 당시에는 성공의 책략보다는 대체로 자기수양과 성찰의 의미로 통용되었다고 보는 게 옳다. 어쩌면 우리는 정신의 문명을 위한 '수신처세'의 덕목들에서 자아정체성 확보와 유지를 위한 성찰적 근대성의 경험들을 읽고 싶을지도 모른다.[56]

그러나 적어도 『소년』·『청춘』의 시대는 '아직 아난' 시대인 듯하다. 물론 그 덕목들의 실천자들로서 윤리적이며 성찰적인 개

---

55) 이에 비한다면, 이광수가 「朝鮮ㅅ사람인 靑年들에게」에서 제시한 '조선ㅅ사람인 靑年이 되난 條件'은 오히려 윤리주의적이며 학문 중심주의적인 데가 있다. 그가 제시한 조건은 "一. 生의 保持 發展으로 倫理(或 法敎)의 絕對標準을 삼음. 二. 倫理에 適合한 良心의 命令은 勇敢히, 精誠스러히, 쏘 根氣잇게 行호대 努力으로써 함. 三. 主義는 堅確, 學識은 加及的 該博, 思想은 恒久하고 쏘 周密함."(『소년』 제4년 8권, 1910.8, 39면)

56) 근대적 자아 성찰성에서의 핵심은 무엇보다 자아발전의 노선이 내부 준거적이어야 한다는 점이다. 이를 위해서는 자기 삶에 대한 시간의 통제를 통해 자기 삶의 역사를 구축／재구축 할 수 있어야 하며, 스스로에게 진실해진다는 '진정성'의 끈을 통해 능동적으로 자기를 창조할 수 있어야 한다(A. 기든스, 권기돈 역, 『현대성과 자아정체성』, 새물결, 1997, 142~151면 참조). 이런 기준으로 본다면, '신대한 소년들'이란 공동성의 창출에 제일의 목표를 두었던 『소년』과 그 연장인 『청춘』에서 근대적 의미의 자아성찰 기획의 안정적 정착이나 완성을 논하기는 매우 어렵다고 본다.

별 주체들이 강조되지만, 결국 그들은 '개인'이 아닌 '우리들', 다시 말해, '신대한 소년' 또는 '조선 청년'이라는 집단주체로 호출되며 또 그렇게 발화하기를 요청받기 때문이다. 초기의 모험서사를 제외한다면, 이후 『소년』·『청춘』에 자본주의시대의 개인의 갈등과 고뇌에 초점을 맞춘 소설보다는 종교와 특정제도와 관련된 희생과 구원, 보편적 애정의 문제에 초점을 맞춘 소설들이 집중 번역되는 것도 공동운명체로서의 '우리들'을 창출하고 요청하기 위한 계몽의 전략과 무관치만은 않을 것이다. 그럴 때, 톨스토이는 육당이나 춘원 개인의 기호의 문제가 아니라 시대의 필연적인 요청일 수밖에 없었다.

　『소년』·『청춘』뿐 아니라 이광수에게도 절대적 존숭을 한 몸에 받음으로써 한국 근대문학사의 영혼과 형식에 크나큰 그림자를 드리운 톨스토이는, 최남선이 보기에는 근대문학의 모범이기 전에 '신대한 소년들'이, 아니 당대의 전 인류가 추앙하고 따라야 할 '대도사(大導師)'였다.57) 일례로 그는 『소년』 제3권 9호 '톨쓰토이선생하세특집'에서 톨스토이의 대표작을 "우리 朝鮮語는 붓그럽게 그 한아토 옴겨내지 못하"고 단편 몇을 번역하는 데 그쳤음을 한탄하는 동시에 위안삼고 있으나,58) 이는 오히려 육당이 '사

---

57) 「新時代靑年의 新呼吸(四)—톨스토이 先生의 敎示」, 『소년』 제2년 6권, 1909.7, 5면. 이미 『소년』은 창간호의 「러시아는 웃더한 나라인가」 말미(56면)에 "러시아에는 톨쓰토이라는 유명한 어던 사람이 잇나니 그의 사적(事蹟)을 쉬이 내일 터이오"라고 예고함으로써 톨스토이에 대한 관심을 일찌감치 드러내고 있다.
58) 「톨쓰토이先生下世紀念」, 『소년』 제3년 9권, 1910.12, 1면. 그 부끄러움을 그나마 던 일이 『청춘』 2호(1914.10)에 『갱생』(『부활』)을 초역·게재한 것일 테고, 1918년 4월 신문관에서 『부활』을 박현환 초역(抄譯)으로 『갓쥬샤 哀話 海棠花』로 출간한 것이겠다. 그러나 부제를 보면, 『부활』의 대주제라 할 수 있는 사랑과

상가’로서 톨스토이에 경도되어 있음을 반증하는 사례라 하겠다.

잘 알려진 대로, 『소년』은 위에서 거론한 톨스토이 특집을 두 차례 꾸민 것을 비롯하여, 「톨쓰토이 선생의 일상생활 십계」[59]와 후기 단편 6편을 번역 소개하였으며, 『청춘』(2호)은 「세계문학개관」 2차분으로 『갱생』(『부활』)을 초역 소개했다. 특징이라면, 사상과 작품 모두에서 톨스토이 후기에 집중되어 있다는 사실이다. 이는 그만큼 육당이나 춘원의 사상적·문학적 관심 또는 그들이 지향하는 ‘우리들’이란 공동성의 상(像)이 톨스토이 후기에 강하게 근접되어 있다는 의미가 될 수 있다.

톨스토이의 인생 전반과 사상적·문학적 여정의 핵심은 ‘톨쓰토이선생하세특집’의 「소전(小傳)」에 잘 기술되어 있으므로, 여기서는 이른바 ‘기독교적 아나키즘’으로 불리는, ‘노동역작’과 ‘선’을 핵심으로 하는 후기 사상 및 그것의 문학예술론과의 관계에

희생과 구원보다는 남녀 간의 통속적인 사랑과 이별이 강조되고 있는 듯한 느낌을 준다. 실제로 아래쪽 광고 문안은 “갓쥬샤, 이 리별을 어이해”로 시작해 “알뜰흔 님을 두고 (라라) 써나겟고나”로 끝나는 5연의 대중가요가 장식하고 있다(『청춘』 13호, 1917.4, 「『해당화』 광고」 참조). 한편 일본의 경우, 『부활』은 메이지[明治] 34년(1901) 우치다 로안[內田魯庵]에 의해 동일한 제목으로 번역되었다. 그는 이미 1892년에 도스토예프스키의 『죄와 벌』을, 1893년에 톨스토이의 『가정의 행복』 등을 번역했던 경험을 갖고 있었다. 작품명은 직접 거론하지 않지만, 톨스토이 작품을 번역한 일본 근대문학 초기의 쟁쟁한 작가들로는 모리 오가이[森鷗外], 고다 로한[幸田露伴], 오자키 코요[尾崎紅葉], 다야마 가타이[田山花袋] 등을 들 수 있다. 자세한 내용은, 原卓也, 「ロシア文學」, 『飜譯百年』(西永良成 외), 大修館書店, 2000, 132~144면 참조

59) 내용은 다음과 같다. “① 일야(日夜)로 신선한 대기 내에 거할 사(事) ② 매일 실외에 운동할 사 ③ 음식을 절(節)할 사 ④ 냉수욕을 행할 사 ⑤ 넓고 가븨야운 의복을 착(着)할 사 ⑥ 청결을 무(務)할 사 ⑦ 법률에 맞추어 노역할 사 ⑧ 밤에는 반다시 수면할 사 ⑨ 선심(善心)을 쓸 사 ⑩ 볏 잘 드난 넓은 가택에 거처할 사.”(『소년』 제3년 3권, 1910.3, 56면)

초점을 맞추어 본다.

> 四, 善이란 무엇이뇨
>
> 인류 본연의 「이성」과 「양심」과의 권위가 이 善이니라
>
> 五, 勞動力作은 作善이라
>
> 웃더케 善을 할고.
>
> 最大의 善이란 무엇이뇨
>
> 勞動力作은 最大最初의 善이라.
>
> 勞動力作이 업스면 人生이 업나니라.
>
> 무엇을 하여야 조흘지 몰라서 煩悶하(애쓰)난 사람은 모름직이 이 한 말을 沈潛思繹할 지니라 우리들이 煩悶하고 思考할 餘裕가 잇난 짜닭은 우리들이 살님사리를 하야가난 緣故가 아니냐 또 말하자면 우리들노 하야곰 煩悶하고 思考케 할 時間을 供給하기 爲하야 누구던지 우리 代身으로 勞動力作하고 잇난 德惠가 아니냐. (…중략…) 노동역작과 쩌러진 安立과 悟解란 것은 그 根底로부터 虛僞오 姑息이오 誤謬일지니라.[60] (강조는 원문)

톨스토이에 의하면, 삶이란 인류본연의 이성과 양심이 실현되는 도덕적 자기완성의 과정이다. 이것은 인류 사이의 불평등, 불의, 반목과 갈등, 투쟁 등이 없을 때 가능하다는 점에서 '선'의 구현이며, 이런 하느님의 법이 지배하는 공동체사회를 이루기 위해서는 분업과 사회적·정신적·기능적 불평등, 불의와 착취를 조장하는 '문명' 자체를 없애야 한다.[61] 말하자면, 톨스토이의 '기독

---

60) 「新時代青年의 新呼吸(四)—톨스토이 先生의 教示」, 『소년』 제2년 6권, 1909.7, 10~11면.

61) 이는 러시아 인민들의 저항과 투쟁을 고양하는 효과를 낳기도 했지만, 저항

교적 아나키즘'은 러시아에서는 매우 급진적인 반문명론이자 반국가주의이며, 동양에서는 전원(田園)에서 "인생에 필요한 의식주를 스스로 생산하고 소비하는" '동양적 사회주의'로 비칠 만한 요소를 가진 사상이다. 그래서 러시아에서는 그와 그를 신봉하는 제자들은 짜르 정부와 러시아 정교의 탄압을 받는 한편, 투르게네프 등과 같은 동료작가들에게는 '신비주의자'란 오명(汚名)을 듣기도 했으며, 일본에서는 '근대를 부정하는 느낌'으로서의 '톨스토이 신앙'이 메이지 말기부터 다이쇼시대를 휩쓸게 되기도 한다.[62]

하지만, 최남선은 톨스토이 후기사상의 핵심인 반문명·반국가주의는 접어 둔 채,[63] 오로지 '노동역작'만을 강조하고 있다. '노동'이 곧 '선'이란 논리는 그것이 인간의 거역할 수 없는 윤리적 직분이라는 말과 다르지 않으며, 따라서 그것은 문명한 '신대한의 소년들'이 갖추어대한' 건설의 견인차가 되며, 그들이 통합된 전체를 이룰 때 위기야 할 최고의 덕목이 된다. 그들 개개인의 근면한 노동은 곧 '신에 처한 '민족'은 '갱생의 도(道)'를 찾게 되

의 방법으로서의 '비폭력주의'는 짜르 정부가 인민을 탄압하는 또 다른 빌미가 되었다고 한다.

62) 이상은 J. 라브린, 이영 역, 『톨스토이』, 한길사, 1997, 126~141면 및 가라타니 고진[柄谷行人] 외, 송태욱 역, 『근대 일본의 비평』, 소명출판, 2002, 299~301면 이곳저곳 참조. '사회주의' 내지 유토피아적 공동체로 받아들일 수 있는 부분은 "인류는 반일만 노력하면 용이하게 골고로 의식주를 얻으리라. 그리고 남저지 반일은 심령의 위안과 수양에 씀을 엇으리라"이다. 「新時代靑年의 新呼吸(四)－톨스토이 先生의 敎示」, 16면.

63) "선생의 현대문명의 비평과 국가사회의 논단은 아직 소년에게 필요치 아니할 듯하기로 다 그만두고……". 「新時代靑年의 新呼吸(四)－톨스토이 先生의 敎示」, 10면. '톨쓰토이先生下世特輯'에서는 그 배경이 조금은 상세히 다루어지는 편이나, 역시 '문명비판'에 큰 초점이 가 있지는 않다.

는 것이다. '문명'만이 '국가'와 '민족'의 발전과 수호라는 신성한 목적을 달성케 하는 유일한 방법인 시대에서, 아무리 육당이 '톨스토이즘'의 신봉자였을지라도 '문명비판'의 기치를 결코 높일 수가 없었던 진정한 이유가 여기에 있었다.

톨스토이가 『안나 카레리나』 이후의 후기문학을 저런 '기독교적 아나키즘'의 선전과 보급을 위하여 바쳤음은 대체로 인정되는 사실이다. 그런 입장에서 문학예술의 본질과 역할을 논한 저서가 『예술이란 무엇인가』인바, 우리는 그 내용을 직접 언급하기보다 이광수의 다음 고백을 참고함으로써 톨스토이의 절대적 영향력을 확인하고자 한다.

> 나의 예술관에 가장 큰 영향을 준 것은 톨스토이 선생이었습니다. 지금 와서도 종교적 인생관에 있어서는 나는 톨스토이와 길이 달라졌지마는 그의 예수교의 해석과 실천적 인생관에 있어서는 전과 같이 톨스토이를 선생으로 모시고 있습니다.[64]

춘원은 톨스토이를 동경 유학중이던 18세 무렵 『나의 종교[我が宗敎]』를 통해 처음 접했으며, 이를 통해 그의 '무저항 무폭력주의 박애주의'와 그것의 기초로서의 '노동역작'과 '선'의 사상을 평생의 인생관으로 삼게 되었다고 한다. 위의 고백은 바로 이를 진술한 것이다. 톨스토이가 『예술이란 무엇인가』에서 펼친 '예술론'은, 흔히 '감염론'이라 불리는 데서 알 수 있듯이, 미학적 가치와 윤리적 가치가 분리될 수도 없고 또 분리되어서도 안 되며, 되

---

64) 이광수, 「杜翁과 나」, 『조선일보』, 1935.11.20.

도록 많은 사람들이 쉽게 이해할 수 있도록 단순 명료하게 써야한다는 효용론의 관점을 취한다. 톨스토이의 '예술론'에 육당, 특히 춘원이 빚지고 있다는 것은 별다른 논증이 필요 없을 정도로 널리 알려진 사실이다. 따라서 여기서는 같은 대목을 반복하기보다 선행 연구 한 편을 주석으로 제시하는 것으로 그친다.[65]

이에 바탕을 두고, 『소년』에 소개된 단편 6편과 『청춘』에 소개된 『갱생』의 번역 양상 및 그 이데올로기를 간단히 짚어 본다. 「신시대 청년의 신호흡(四)-톨스토이 선생의 교시」 다음에는 '나는 이짜위 소설(小說)이 편기(偏嗜)'란 제목 아래 「사랑[愛]의 승전」이 실리는데, 이것이 그의 첫 번째 소설이다. 내용은 악마가 주인과 충성스런 노비를 이간시키려 하나, 오히려 주인이 그 노비를 해방시킨다는 내용으로 '사랑'의 위대함을 다뤘다. 「조손삼대(祖孫三代)」(제2년 7권, 1909.8)는 달걀만한 쌀알을 둘러싼 분분한 논쟁을 통해 '하나님의 정한 법률'대로 사는 것이 삶의 지혜임을 강조하는 내용을 담고 있다. 「어룬과 아해」(제2년 10권, 1909.11)는 번안의 성격이 가장 짙은 작품으로, 아이들 싸움을 어른 싸움으로 키운 어른들의 어리석음과 벌써 화해한 아이들의 지혜를 강조함으로써, 그것이 천국으로 가는 지름길임을 계도하는 종교 우화소설이다.[66]

나머지 세 편은 '톨쓰토이선생하세특집'에 실렸다. 「한 사람이 얼마나 쌍이 잇어야 하나」는 땅에 눈이 멀어 욕심을 부리지만 결국 자신이 묻힐 땅 '육척(六尺)'밖에 갖지 못하고 죽은 자의 이야

---

65) 이선영, 「개화·식민지시대의 문학가」, 『상황의 문학』, 민음사, 1976, 42~47면.
66) 다른 작품과 달리, 톨스토이 원저(原著)로 적혀 있으며, 주인공 이름도 순녀 (順女)와 복녀(福女)로, 배경 역시 당시 조선의 농촌 마을로 변형되어 있다.

기를 다룬 것이다. 「너의 니웃」은 이반이란 착한 사람과 못된 이웃 가브리엘 사이의 다툼을 통해 용서와 화해의 문제를 다룬 작품이다. 그리고 「다관(茶館)」은 인도의 어느 찻집에 모인 여러 사람이 격론 끝에 종교의 다양성을 인정하기에 이른다는 이야기이다.[67]

이들 작품들은, 겉으로 보기에는 '노동역작'과 '선'보다는, 종교적이며 인도주의에 기반을 둔 보편적 휴머니즘과 박애주의 사상에 오히려 밀착되어 있는 것처럼 보인다. 그러나 앞에서도 살펴보았지만, 톨스토이에게 '노동'과 '선'은 '기독교적 아나키즘'을 가능케 하는 기본 덕목이었다. 톨스토이는 저런 후기 단편들을 오로지 자신의 상상력에 의존해 창작하지만은 않았다. 오히려 러시아에 전해 오는 민간설화나 성경, 우화 등의 모티프를 변형하고 그것을 간결하고 힘찬 민중언어로 써나감으로써 대중적 감염력과 함께 교육적 효과를 충분히 높이고자 했다.[68]

다시 강조하지만, 반개(半開)의 위치에서, 정신과 물질 문명을

---

67) 정선태의 지적처럼, 이들 세 작품은 종교적 메시지를 전달하고 있다는 점에서는 비슷하지만 길이나 내용의 측면에서는 앞의 세 작품에 비해 본격적인 단편 번역이라 할 수 있다. 이런 내용과 함께 톨스토이의 번역이 한국 근대소설 문체의 발견과 형성에 끼친 영향을 탐구한 글로, 정선태, 「번역과 근대소설 문체의 발견」, 『대동문화연구』 48집(성균관대 대동문화연구원 편), 2004 참조. 한편, 「다관」을 제외한 5편의 작품이 박형규가 옮긴 『톨스토이 단편선』 1권(인디북, 2001)과 2권(인디북, 2003)에 수록되어 있다. 목록을 밝히면, 1권 : 「불을 놓아두면 끄지 못한다(「너의 니웃」), 「달걀만한 씨앗」(「조손삼대」), 「사람에겐 얼마만큼의 땅이 필요한가」(「한 사람이 얼마나 쌍이 잇서야 하나」), 2권 : 「악마적인 것은 차지지만 신적인 것은 단단하다」(「사랑의 승전」), 「소녀들은 노인들보다 지혜롭다」(「어룬과 아해」).

68) 「조손삼대」와 「한 사람이 얼마나 쌍이 잇서야 하나」는 러시아 민화를 소재로 한 것이다.

동시에 성취함에 민족의 명운을 걸었던 육당과 춘원은, 톨스토이의 휴머니즘과 박애주의를 제국주의에 대한 방패막이로 삼는 한편, '신대한 소년' 및 '문명한 조선민족'을 하나로 묶는 삶의 내발적 지표이자 공동체의 이념으로 삼고 싶었던 것이리라. 사실 그들 자신은 의식했는지 모르겠지만, 「한 사람이 얼마나 땅이 잇어야 하나」나 「다관」에는 그저 탐욕의 경계나 종교적 다양성의 인정이란 주제로만 한정짓기 어려운 어떤 의미의 맥락이 고동치는 것처럼 느껴진다.

전자에서는 제국주의의 끊임없는 식민지 침략과 확장을, 의미심장하게도 그 공간이 영국의 식민지였던 인도의 한 찻집인 후자에서는 종교적 다양성을 역설함으로써 서구문명을 등에 업은 기독교의 선교 전쟁을, 요컨대, 자본주의와 기독교를 두 축으로 하는 근대문명에 대한 비판적 성찰을 읽어낼 수밖에 없다. 물론 이들이 서구문명에 항(抗)한 격한 '반근대주의'를 적극적으로 주창하는 날이 미구에 다가오기는 하나, 그것은 '황국신민'의 예를 갖추는 민족정체성의 자발적 포기를 통해서였음은 주지의 사실이다.

『소년』·『청춘』의 편집자들이 톨스토이의 장편 가운데 가장 관심을 기울였고 고평한 작품은 단연 『부활』이었다. 그것은 어디서나 '도미(掉尾)의 대작', '불후의 걸작', 『전쟁과 평화』, 『안나 카레리나』와 더불어 삼대 걸작, '19세기의 양심에 더한 일대 통봉(痛棒)' 등의 극찬을 받는다고 소개하고 있다. 그 까닭으로, 첫째, 선생의 경험과 후기 사상을 가장 명백히 볼 수 있고, 둘째, 19세기에 현출한 사회 · 정치 · 종교 문제가 가장 흥미 많은 형식을 통해 독자 앞에 제시되었다는 점을 들고 있다.[69]

그런데 이런 관심에 비하면, 비록 「세계문학개관」이라고는 해도 『청춘』 2호(1914.11)에 소개된 『부활』, 즉 『갱생(更生)』은 매우 빈약하고 초라하기 짝이 없다. 작품은 기껏 6면 분량이며, 물론 독자를 배려한 조치겠지만 인명, 지명 등을 제외한 부분에서 상당히 번안의 냄새가 난다(톨쓰토이 원저(原著)로 되어 있다). 그럼에도 『부활』의 핵심 주제는 정확히 파악하고 있다는 느낌이다. 「소전(小傳)」(15면)에서 편집자가 적었듯이, 『부활』의 주인공 네플류토프는 톨스토이의 이상을 대변하는 인물이다. 보다 정확히는 진정한 도덕적 정열을 통해서라기보다는, 그 자신이 기반하고 있는 것과 동일한 기독교의 도덕적 계율을 통해 움직이는 일종의 모조적 인물이다. 그것을 상징적으로 드러내는 곳이 카츄샤로부터 결혼을 거절당한 뒤, 기독교의 유명한 산상수훈 5조를 '일평생의무'로 삼게 됨으로써 진정한 자기완성과 도덕적 부활에 이르는 마지막 장면이다.70)

기독교의 산상수훈 5조를 '무저항 무폭력주의 박애주의'로 정의할 수 있다면, 『부활』의 소개 역시 단편을 분석하면서 말한 바의 목표를 노린 번역의 정치학이라고 할 수 있다. 더군다나 이것

---

69) 「小傳」, 『소년』 제3년 9권(톨쓰토이先生下世特輯), 1910.12, 15~16면 및 『청춘』 2호, 1914.11, 122면 참조

70) 그 순간은 "『그러치 이것은 내 일평생의무라』고 크게 부르지즈니 얼골에 일종 이상한 광채가 번쩍번쩍 비치더라"로 표현되고 있다(「갱생」, 『청춘』 2호, 1914.11, 128면). 참고로, 톨스토이는 『내가 믿는 것』(1883)에서 기독교의 산상수훈 5조를 자신의 관점을 밝혀주는 방식으로 변화시킨 뒤 다음과 같이 체계화했다. "① 너는 화를 내지 말 것이며 ② 간음하지 말 것이며 ③ 거짓 맹세하지 말 것이며 ④ 악에 대해 폭력으로 대응하지 말 것이며 ⑤ 누구에게도 적이 되지 말라." 그의 '기독교적 아나키즘'도 이 5가지 계율에 근거하고 있다고 한다(J. 라브린, 이영 역, 『톨스토이』, 한길사, 1997, 136~137면).

은 가장 고급한 자아, 아니 그것의 확장으로서 민족적 영혼의 완성과 구원술로 얼마든지 확장될 수 있다는 있다는 점에서『청춘』의 번역소설상 하나의 획기이다. 그런 점에서『청춘』3호(1914.12)에 이광수의 「동정(同情)」이 실리는 것은 매우 의미심장하다. 내게 「동정」은『갱생』에 대한 이광수 나름의 부연설명이요 '조선청년'에게 주는 민족 선각자로서의 메시지이기 때문이다. 이를테면 그는 '동정'을 다음과 같이 정의하고 있다.

> 동정(同情)이란 나의 몸과 맘을 그 사람의 처세(處世)와 경우에 두어 그 사람의 심사와 행위를 생각하야 줌이니 실로 인류의 영귀한 특질 중에 가장 영귀한 자(者)라 인도(人道)에 가장 아름다온 행위—자선 헌신 관노(寬怒) 공익 등 모든 사상과 행위가 이에서 나오나니 과연 인류가 다른 만물에 향하야 소리쳐 자랑할 극귀(極貴) 극중(極重)한 보물이로다[71]

'선(善)'을 인간 본연의 '이성'과 '양심'이라 했던 톨스토이의 말이 떠오르는 대목이다. '선'이 톨스토이의 박애주의의 기초라 할 때 '동정'과의 차이점은 거의 없다고 해도 좋다. 과연 춘원은 '동정'을 정신의 발달과 정비례 관계로 보는바, 즉 문명과 야만을 가르는 절대적 기준으로 설정한다(58면). 이런 관점에서 그는 나폴레옹이나 진시황 등은 자기 개인의 욕망에 만족하여 동포를 희생시킨 야심적 위인에, 예수나 석가 등은 개인을 희생하여 전 인류가 인도(人道)를 발휘케 한 박애적 위인에 위치시킨다(59면). 여기에 톨스토이의 이름이 살짝 덧붙여져도 하등 이상할 것 없으리라.

---

71) 외배(이광수), 「同情」,『청춘』3호, 1914.12, 57면.

그리고 '국민국가'의 가능성이 사라진 뒤여서 그럴까. '동정'의
함양과 같은 '정신적 문명'이 강조되면서, 적어도 춘원에게서는
나폴레옹이 비판의 대상으로 적시되는 변화가 생기기 시작한다.
이 시기 춘원과 육당의 사이에 이런 미세한 균열과 입장 차이가
존재했다는 사실은 꽤나 흥미로운 일이다.[72]

　　그렇다면, 비록 범인(凡人)에 처지에 있지만, '우리들'이 할 일은
명백하다.

> 인도(人道)의 기초는 동정(同情)이니 동정 없는 인도는 상상키 불능
> 할 바—라 인도의 발달이 인류의 이상이라 할진댄 인류의 전심력(全心
> 力)을 다하야 할 일은 동정의 함양이라 할지로다
> 애경(愛敬)하는 청년 제자(諸子)—여 제자(諸子)는 장차 건전한 중류
> 계급—즉 사회의 주인이 되어 부패 타락한 낡은 공기를 불어내고 청
> 량 신선한 새 정신을 건설하야 장차 우리 주장할 이 사회에게 선한 의
> 미의 진화를 주어야 할 우리 청년이니 조차전패(造次顚沛)에 대양(大
> 洋) 가튼 넓고 기픈 동정(同情)을 가질 지어다[73]

　　(조선) '청년'들이 할 일은 인도의 기초로서 동정을 함양하는
일이다.[74] 그럼으로써 '청년'들의 가장 시급한 과제인 '건전한 중

---

72) 이미 주 11에서 육당이 『청춘』 8호에 「나폴레온 격언집」을 게재했음을 밝힌
　　바 있다.
73) 외배(이광수), 「同情」, 『청춘』 3호, 1914.12, 64면.
74) 「동정」에서는 '신대한' '조선'과 같은 말이 일체 안 나온다. '동정'의 인류적
　　보편성을 강조하기 위함인지, 아니면 무슨 특별한 사정이 있는지 『소년』에서와
　　는 사뭇 다른 태도이다. 한편, 정(情)—동정론을 식민지시대 이광수가 개인과
　　민족의 관계를 상상하는 새로운 방식으로 접근한 글로, 김현주, 「이광수의 문
　　화 이념 연구」, 연세대 박사논문, 2002, 76~84면.

류계급', 다시 말해 정신적으로 물질적으로 완미한 문명(진화)세계를 건설하는 일이다. 이를 성취할 때 자기와 민족, 더 나아가 인류의 도덕적 구원과 완성은 또 하나의 선한 의미의 진화로 청년들 앞에 가로 놓일 터이다. 그런 의미에서 '동정'은 『소년』의 '국민사행의 표준'에 맞먹는 훈육지침이랄 수 있다.

그러나 후자가 일상생활의 정신적·실천적 태도를 구체적으로 지시했다면, '동정'론은 영혼 교화를 위한 일종 도덕 감정이라는 점에서 추상적이다. 이는 『소년』 시기에는 아직은 '국민국가'에의 실낱같은 희망이라도 존재했지만, 『청춘』 시기에는 그것이 '이미 아닌' 것으로 결판났기 때문에 빚어진 문제일 가능성이 크다. 대상의 구체성이 소거된 자리를 당위적 관념의 추상성이 꿰찬 형국이랄까.

하지만, 약자가 강자가 되는 유력한 방법 중의 하나는 윤리적으로 우위에 서도록 끊임없이 자기를 수양하고 성찰하는 일이다. 이미 말했지만, 『청춘』에는 「동정」 이외에도 「활발」·「고상한 쾌락」·「용기론」·「자조론」 등 다양한 덕목론과, 조선 현실에 대한 강한 비판을 담은 「어린 벗에게」·「자녀중심론」 등이 게재된다. 가장 많은 창작소설을 발표한 춘원과 소성 현상윤, 편집자로서 최남선의 절대적 위치가 과연 이들 지식 담론을 떼어놓고 확보될 수 있었을까? 번역의 정치학과 마찬가지로, 저들 역시 『청춘』을 장식한 담론들로의 개입 및 대화를 통해 자신들의 담론(창작과 논설)의 권위를 한층 강화시켜 나갔고, 그럼으로써 문학과 사상면 모두에서 민족에 대한 교사적 위치에 일찌감치 올랐던 것은 아닐까. 물론 춘원과 육당의 경우, 반면교사로서의 면모가 터 크게 느꺼지기는 하긴 말이다.

　앞서 『부활』이 기념비적인 소설임에도 불구하고 결국은 네플류토프의 자기완성과 도덕적 부활은 어딘지 아쉬움을 준다고 말한바 있다. 늘 지적하는 바지만, 우리는 춘원과 육당에게서 비슷한 불만을 느낀다. 그들에게는 '나'는 없고 언제나 '우리들', 즉 '신대한'과 '조선'이라는 집단 정체성이 앞에 서 있었는지도 모른다. 『소년』·『청춘』을 새롭게 읽으면서 이것은 그들에게 '의무'이기 이전에 '권리'라는 생각이 들 정도였으니 말이다.

　그러나 특히 『무정』(1917)·『재생』(1925)의 독서 경험을 되짚으며, 어쩌면 춘원은 타자와 동포를 위한 '동정'의 전도사이자 실천자이기보다는, 기실은 자기구원과 만족을 훌쩍 뛰어넘지 못하는 '네플류토프'의 아류라는 생각을 떨칠 수 없었다. 특히 『재생』에서 영적 순결의 실천자가 되어 살아가는 봉구의 타락한 신여성 순영에 대한 냉담한 시선과 그녀를 죽음으로 이끄는 결말 처리는 춘원 자신이 말한 '동정'과 얼마나 먼 거리에 있는가. 여기에 그들이 그토록 이 땅 위에 세우고자 했던 '문명한 신대한'과 '정신적 문명론', 그리고 그것들의 주체로서 '우리들'의 허위성의 한 단면이 숨어 있는 것은 아닐까.

5. 번역과 내면화의 규율 또는 윤리

『소년』·『청춘』의 시대에 번역은 선택의 문제가 아니었다. 그 것은 야만에 처하지 않고 문명으로 가기 위한 필수적인 시공간 이 동술이었다. 그러나 텍스트와 그것의 내면화 문제만큼은 전혀 번 역자의 선택에 달려 있었다. 우리는 지금까지 『소년』·『청춘』의 서구 번역소설들을 대상으로 그것들이 '국민국가'나 '우리들', '국 민' '민족'이란 공동성의 창출과 보급에 어떻게 관여해 왔는가를 살펴본 셈이다. 그 과정에서 가장 뚜렷이 확인한 것은 이른바 번 역의 정치학, 즉 번역자의 필요에 따라 원작을 왜곡하고 굴절하는 이데올로기적 글쓰기였다. 그것은 특히 원작의 '문명비판' 부분에 서 그러했는데, 그러나 당시에 '문명'은 추구되어야 할 선 자체였 다는 점에서 어쩔 수 없는 배제의 정치학을 형성했다. 말하자면, 당시는 번역의 윤리학 자체가 불가능한 시대였는지도 모른다.

그렇다 하더라도 어쩌면 이런 배제의 정치학이야말로 『소년』· 『청춘』의 결정적 한계였는지 모른다. 『소년』은 '신대한'과 새로운 '사상계'의 건설을 외쳤지만, 그러면서 나폴레옹과 워싱턴을 소개 했지만, 정작 어떤 근대 국민국가를 건설할 것인가를 스스로 진 지하게 고민한 적은 단 한 번도 없었다. 중요한 것은 문명의 번역 이 아니라 그것을 어떻게 내면화할 것인가이다. 이는 제도든 정 신이든 문학이든 마찬가지이다. 그들은 열심히 본받으라고 모방 하라고 소리 높여 '신대한 소년들'에게 '조선청년'에게 계고했지 만, 그들이 궁극적으로 성취하고자 했던 물질적·정신적 문명의 균형적 발전이 무엇인지 그것의 구체상을 제시하지 못했다. 자기 성찰과 내면화 없는 번역어들은 그들에게 그 번역의 텍스트에 의지해 절대적 권위를 구가토록 했으나, 동시에 그것들의 기원 혹은 중간 기착지에의 끊임없는 종속과 복종을 강요당하는 뼈아픈 대가를 요구했다. 그런데 그 권위와 종속 모두는 언제나 '국가/민족'이란 이름으로였다. 그렇게 잘못 끼워진 번역의 첫 단추는 현재에도 여전히 그 위력을 발휘하고 있다. 그래서 『소년』·『청춘』은 또 다시 읽어도 일그러진 번역(의 정치학)의 기원과 그것의 지속을 어쩌면 또 다른 방식으로 보여주고 성찰케 할 살아 숨쉬는 텍스트로 오랫동안, 아니 한국 근대문학이 존속하는 한 존재하게 될 것이다.

마지막으로 글을 쓰면서 아쉬웠던 점을 밝히면서 글을 맺도록 한다. 특히 '바다'의 상상력과 관련된 번역소설들에 관해서이다. '우리들'이란 공동성의 창출에 초점을 맞추다 보니, 아무리 번역자의 의도가 강하게 개입되었어도 두 작품에는 원작 고유의 개인에 관한 관심이 적잖이 묻어 있었을 텐데, 그것을 미처 돌아보지 못하고 지나쳤다는 사실이다. 당시에도 예외적인 명민한 독자는 '걸리버'나 '크루소'를 통해 서구 개인주의와 자유주의 사상을 예리하게 간파하여 부족한대로나마 근대적 자아의 자양분으로 삼았을지도 모른다. 그러나 이런 문제점의 보완은 현재로서는 차후의 과제로 남겨둘 수밖에 없다.

근대계몽기 국민국가의 상상력과 신문매체

『미일신문』의 서사물을 중심으로

1. 근대 서사문학과 국민국가의 상상력 그리고 신문

이제는 하나의 상식이 된 듯하지만, 근대 국민국가 수립에 필요한 공동체 의식의 형성과 확산에 결정적인 공헌을 한 것은 다음의 두 가지 요소이다. 하나는 근대적 인쇄술의 발전과 보급에 힘입은 신문을 위시한 대중매체의 제도화이다. 다른 하나는 저들 매체의 주요한 구성물 가운데 하나였던, 근대적 삶에 대한 계몽의 도구이자 그 자체로 오락거리가 된 '소설'로 대표되는 서사물의 흥륭(興隆)이다. 이것들은 특정한 국가 내부의 이질적인 시공간을 횡단하고 결합함과 동시에, 동일한 언어지평에의 기대를 지닌 독자의 획득과 연관된 민족어문과 언문일치의 제도화를 수행한다. 그럼으로써 국민들이 동일한 시공간 내에서 동일한 현실과 세계를 호흡하며, 더 나아가서는 자신들이 하나의 운명공동체로 묶여 있다는 공통감각을 생산하고 뿌리내리게 한다.[1]

이런 경로에서 우리 또한 그리 예외가 아니었음은 신채호 등 개신 유학파가 중심이 되어 발간했던 『대한매일신보』를 잠시 들춰보는 것으로 충분하다. 그들은 국민의 애국심을 양성하려면, "동서 각국 근세사기와 유명한 인물의 사적과 각종 학업의 문자를 혹 국한문을 교용(交用)하야 역술(譯述)하며 혹 순국문으로 이(以)하며 혹 소설로 이(以)하며 혹 가요로 이(以)하야 (…중략…)"[2] 라고 주장한다. 이 논설은 애국심을 민족의식과 같은 것이라고 간주하고, 그것을 형성하고 전파할 수 있는 유력한 방법의 하나로 소설적 글쓰기를 권장한다.

어디 그뿐인가. 그들은 "텬하에 큰 사업은 을지문덕이나 합소문 갓흔 큰 영웅이나 큰 호걸이 지어내는 것이 아니라 우부 우부와 아동주졸이 지어내는 거시며 샤회의 크게 붓좃게 하는 것은 종교나 정치나 법률 같은 큰 학문으로 바르게 하는 것이 아니라 언문 쇼설로 바르게 하는 바"라고 말한다.[3] '소설'을 근대적 국민국가와 국민의 형성, 그리고 그것들의 지속적인 유지와 발전에

---

1) 근대적 민족의식의 형성과 전파에서 활자매체와 소설(서사물)이 수행하는 역할에 대한 일반적 고찰로는 B. 앤더슨, 윤형숙 역, 『상상의 공동체』, 나남, 2002, 제2~3장 참조.
2) 『대한매일신보』, 1905.10.12, '논설'.
3) 『대한매일신보』, 1908.7.8, '논설'.

필요한 실제적 원리를 제공하는 유력한 힘으로 지목하고 있는 것이다.

그러나 근대계몽기에서 근대 국민국가의 상상력과 신문매체, 그리고 소설(서사물)이 맺는 관계의 일반적 경로를 확인했다고 해서 모든 문제가 해결되는 것은 아니다. 우리는 오히려 저런 인식들의 기원에 대해, 그리고 거기서 발견되는 조선적 특수성에 대해 다시 질문하지 않으면 안 된다. 예로 든『대한매일신보』는 근대적 국민국가 내지 민족의식의 형성에 신문과 소설이 어떻게 관여하며 기여하는가를 명확하게 인식하고 있는 경우였다. 그것이 가능했던 이유는 역설적으로 말해『대한매일신보』가 창간된 당시(1904.7.18)가 일본의 국권침탈이란 민족적 '위기'를 코앞에 둔 상황이었기 때문이다. 말하자면 '소멸'에의 불안과 공포가 국민국가의 지속성과 안전성에 대한 요구를 한층 강화했고, 그것이 신문과 소설이 해야 할 역할에 대한 정확한 인식으로 이 신문의 담당자들을 이끌어 간 것이다.

하지만,『대한매일신보』보다 6~7년 앞서 창간되어 이 땅에 본격적인 신문시대를 연『독립신문』(1896.4.7)과『미일신문』(1898.4.9) 등의 경우는 국민국가와 신문·소설이 맺는 관계에 대해『대한매일신보』만큼 명확하고 분화된 의식을 가지고 있지는 못했다. 물론 이들 역시 '자주독립국가' 건설을 최후 과제로 설정하고 있었다. 하지만 이들은 그것의 대전제인 '문명개화' 담론의 전파에 보다 주력했으며, 그 과제를 '소설'이란 독립 장르가 아니라 전통적인 논변(論辯)에 일정한 서사성을 가미한 글쓰기[4]를 통해 수행했다.

하지만 이런 제약이 이들 신문 담당자들의 국민국가의 상상력과 소설이란 특정 장르에 대한 인식의 저열성으로 이해될 필요는 없다. 그것은 이들 개인의 한계라기보다는 시대의 한계였는지도 모른다. 단적인 예로, 『독립신문』이나 『미일신문』에는 『대한매일신보』에서와 달리 '민족'이란 말이 등장하지 않는다. 왜냐하면 민(民)과 족(族)을 합친 일본 태생의 이 말이 번역되기 이전이었기 때문이다. 따라서 우리는 그런 제약을 인정한 위에서, 이들 신문에 나타난 국민국가의 상상력과 서사적 글쓰기의 관계를 구명할 필요가 있다. 세 요소가 맺는 초기적 형태에 대한 이해는 시대적 요청에 의해 더욱 세련화·치밀화되어 가는 그것들의 관계와 함께, 거기서 생산되는 민족상(像)의 실재성과 허구성을 객관적으로 이해하고 성찰하는 기본 토대가 되어줄 것이다.

이런 관심을 본고에서는 특히 『미일신문』의 '논설'과 '잡보'란에 실린 '서사적논설'을 중심으로 살펴보고자 한다.[5] 『미일신문』은 배재학당에서 결성한 토론단체인 협성회에서 1898년 1월 1일자로 창간한 주간지 『협성회회보』를 일간으로 개편하여 같은 해 4월 9일 창간한 최초의 민간 일간지이다.[6] 그러나 겨우 1년여를

---

4) 이 글에서는 그런 서사물의 명칭으로 '서사적논설'이란 말을 사용한다. '서사적논설'의 함의와 범주에 대해서는 김영민, 『한국근대소설사』, 솔, 1997, 41~48면 참조. 한편 정선태는 이를 보다 세밀화하여 '서사—문학적 논설'로 부른다 (정선태, 『개화기 신문 논설의 서사 수용 양상』, 소명출판, 1999, 37~50면).

5) 『미일신문』에 실린 '서사적논설'을 김영민은 32편(김영민 외편, 『근대계몽기 단형 서사문학 자료전집』 상, 소명출판, 2003), 정선태는 27편(정선태, 위의 책) 꼽고 있다. 이 차이는 김영민은 '논설'란과 '잡보'란을 대상으로 한 반면, 정선태는 '논설'란만을 대상으로 삼았기 때문에 생긴 것이다.

6) 『미일신문』의 역사와 의의, 그 후신인 『뎨국신문』(1898.8.10~1910.3.31), 그리고 독립협회와 『독립신문』 담당자들과의 관계 등에 대해서는 정진석, 「협성회회보·미일신문 논고」, 『한국언론사연구』, 일조각, 1988 및 최기영, 「『제국신문

발간하고 폐간된(1899.4.4) 때문인지, 언론사에서든 문학사에서든 그 중요성만큼의 조명을 받지는 못해 온 듯하다.

『미일신문』역시 문명개화와 자주독립국가의 건설에 이바지하는 것을 최대의 목표로 삼았다. 하지만 "외세에 저항하는 한국신문의 전통을 확립하는 데 선구적인 역할을 다했다"는 평가에서 보듯이,7) 서구의 모방과 번역을 통한 문명개화를 절대선으로 내세웠던 『독립신문』에 비해 보다 냉정하고 치열한 현실인식을 보여주는 바가 있다. 본문에서 보겠지만, 이런 차이는 당연히도 국민국가의 상상과 그것을 문자로 재현하는 서사적 형식과 수준의 차이로 연결된다. 우리는 이런 차이에 대한 이해를 통해 현재 자명하게 여기는 한민족 상이 여러 이질적인 상상력의 경합과 결합, 배제를 통해 재구성된 '상상의 공동체'임을 다시금 확인하게 될 것이다.

2. 근대 국민국가의 경계 짓기―국민화의 두 가지 회로

'문명개화'는, 특히 국민국가의 상상력과 연관지어 말한다면

의 간행과 하층민 계몽」,『대한제국시기 신문연구』, 일조각, 1991 참조.
7) 정진석, 「협성회회보・미일신문 논고」,『한국언론사연구』, 일조각, 1988, 212면. 하지만 『미일신문』역시 『독립신문』과 마찬가지로 미국에 대해서는 호의적이었다. 이는 이 신문의 발간 주체였던 협성회 회원들이 배재학당 학생들이라는 점과 무관치 않다(같은 책, 219면).

협소하고 자족적인 공동체 세계에 사는 민중을 국가의 민(民)으로 거듭나게 하기 위한 정신세계의 재편성 과정으로 이해된다. 따라서 국가의 유익함과 무익함, 가치와 무가치, 개화―문명과 우매함―야만을 명확히 분할함과 동시에 그것의 합리성을 백성들에게 납득시키는 일이 무엇보다 중요해진다.[8]

이와 같은 문명개화=국민화를 향한 열정과 열망은『미일신문』 전반을 관통하는 감각이랄 수 있다.『미일신문』의 담당자들은 이미 3호(1898. 4.12)의 '론셜'에서 신문이 나라에 관계하는 방식을 학문(學問)·경계(經界)·합심(合心)이란 세 요소로 정리하고 있다. 여기에 그들이 상상하고 꿈꾸는 근대 국민국가의 대략적인 모습이 암시되어 있음은 물론이다.

신문은 문명개화와 국가 부강의 근원을 밝혀 국민에게 제시함으로써 그들의 이목을 새롭게 한다는 점에서 '학문'과 관계된다. 그리고 누구에게나 공평무사하게 적용되는 법강(법률)과 경계를 "셰상에 드러니 놋코 널리 전ᄒ"는 역할을 한다는 점에서 '경계'와 관련된다. 또한 신문은 "샹하원근이 졍의를 샹통ᄒ며 니외형셰를 ᄌᆞ셰히 탐문ᄒ여다가 국즁에 반포홈과 희로이락을 일국이 ᄀᆞ치 ᄒ게" 한다는 점에서 '합심'의 유력한 도구가 된다. 이런 주장은 무엇보다 신문의 여론 형성 기능과 국민계몽의 의지를 적극적으로 표현한 것이겠으나, 그것의 궁극적 목표는 '합심'의 내용에서 보듯이 문명개화, 즉 국민화를 통한 국민국가의 수립에 있다.[9]

---

8) 니시카와 나가오[西川長夫], 윤대석 역, 「국민국가 형성과 자유민권 운동」,『국민이라는 괴물』, 소명출판, 2002, 164면.

따라서 위의 논설은 『미일신문』의 역할과 임무에 대한 고지인 동시에, 근대 국민국가의 수립을 향한 포괄적인 '문명론의 개략'이랄 수 있다. 그렇다면 『미일신문』 담당자들이 '서사적논설'을 통해 설파했던 문명개화=국민화의 구체적인 방편들은 무엇일까. 이런 실천 전략은 누가 '국민'이며 어떻게 '국민'이 되는가의 기준을 제시하는 분할선, 말하자면 국민과 비국민을 가르는 동일화와 차이화, 수렴과 배제의 정치학이 작동하는 장소의 역할을 한다. 그 적절한 예로는 아이들이 독립협회의 연설·토론회를 본떠 백성과 정부 관리로 편을 갈라 당시의 문명개화의 수준과 성격에 대한 시시비비를 논하고 있는 「샹목ᄌ란 사람이」(1898.12.13, 론셜)를 들 수 있다.

백성의 편에서 비판하는 요소는 크게 두 가지이다. 첫째, 실질적인 국가의 '경장(更張)'을 성취하기 위해서는 학생들을 외국에 보내 선진문명에 정통한 인재로 길러야 하는데 그렇지 못하고 여전히 구관료들이 득세하고 있다. 둘째, 그러다 보니 관료들이 백성들의 토지나, 나라의 재원이 되는 광산, 철도 같은 이권을 손쉽게 열강들에게 넘기고 있다. 이에 대해 관리들은, 갑오경장을 통해 이미 문명부강에 필요한 각종 시설과 제도를 설치·실시하고

---

9) 한편 『미일신문』은 조선이 야만의 상태를 벗어나 문명국으로 나아가기 위해서는 국민들이 '국문', 즉 한글을 통해 새로운 지식과 정보를 획득할 때 가능하다는 사실을 독일의 의무교육을 예로 들어 주장한다(1898.6.17, '론셜'). 이것은 『미일신문』 담당자들이 민족어와 신문매체가 근대적 민족의식의 형성과 전파, 그를 통한 국민통합(국민화)에서 핵심적 기능을 수행한다는 사실에 일찌감치 눈 뜨고 있었음을 보여준다. 물론 『독립신문』과 『뎨국신문』 역시 이런 '국문(민족어)'의식에서 예외가 아니었다.

있다. 둘째, 공정한 법률의 운용과 엄격한 경찰제도의 시행을 통해 나라의 안녕과 상거래의 질서 확립을 도모하고 있다. 셋째, 이권 문제는 선진국과의 일종의 주고받기이지 일방적인 공여가 아니다. 백성의 의견과 관리의 의견을 비교하면, 전자가 문명개화의 실질적인 실천과 국가의 미래에 중점을 두고 있는 반면, 후자는 그 실질은 뒤로 한 채 근대적 국가장치의 제도화를 강변하기에 급급해하고 있다.

여기서도 드러나는 바지만, 『믹일신문』에는 유난히 문명개화 혹은 진보의 조건으로 근대적 법률제도의 공정한 시행을 강조하는 '서사적논설'이 많다. 또한 그런 의식이 궁극적으로 주권의식, 더 나아가 자주독립의 의지로 발현되는 것이겠지만, 구미 열강의 이권 침탈을 강력히 비판하면서 거기에 안일하게 대응하는 정부 관료들을 비난하는 글들도 다수 보인다.[10] 그런 점에서 '법률'이 동일화에 바탕한 국민화의 안쪽 회로를 구성한다면, 외세에 대한 비판은 차이화에 바탕한 국민화의 바깥 회로를 점유한다 하겠다.[11] 그리고 이 안팎의 회로는 공히 정부 관료들을 '공공의 적'(타자)으로 상정하는 흥미로운 배치를 보여준다. 그렇다면 국민국

---

10) 법률·경찰·공교육 같은 근대적 국가장치의 제도화라는 측면 외에 강조되는 것은 역시 일상의 근대화와 관련되는 항목으로서 풍속과 위생의 개량 문제이다.

11) 외세의 침탈에 대한 비판은 그러나 수구파나 개신 유학파의 그것과는 성격을 달리 한다고 보아야 한다. 『독립신문』과 마찬가지로 이들 역시 서구문명의 모방과 부정적 주체의 타자화, 문명과 야만의 위계화 같은 사회진화론의 관점에서 문명개화를 수용하고 있다. 이들은 자립자강과 부국의 근본이 되는 철도·광산 같은 이권의 강탈을 비판하고 있을 뿐, 궁극적으로 조선을 식민화하려는 서구의 제국주의적 본질에는 비교적 무감한 편이다.

가의 상상과 관련하여 『미일신문』이 보여주는 이와 같은 시각과
태도의 의미는 무엇일까.

1) '법률'—국민국가의 수립과 국민 되기의 전제 조건

근대 국가의 핵심 원리 가운데 하나는 모든 국민이 신분이나
경제적 능력에 관계없이 법 앞에 평등하다는 것이다. 이른바 경
제외적 강제로부터의 해방을 제도적으로 보장하는 것이 법률인
셈이다. 법 앞에서의 평등은 그것을 시행하는 최고 기관으로서
'국가' 안에서의 평등이란 감각을 낳으며, 그 속에서 이전의 신민
들은 동등한 주권자로서 '국민'으로 재탄생한다.[12] 다음의 글은
문명개화의 척도로서 법률의 의미와, 그것의 제도화가 구체제의
붕괴와 '국민 의식'의 형성과 확산에 미치는 영향을 인상적으로
보여준다.

> (…전략…) 니가 갓든 고을은 원 노릇 홀 슈 업데 소위 기화라고 혼
> 후로 원 너려간 스람들이 빅셩들을 교만ᄒ게만 만드럿데 그려) (웨) 즈
> 리로 그 고을 민심이 순박ᄒ여 원 노릇 ᄒ기러 됴타고 ᄒ더니 그동안에
> 엇더키 그리 변ᄒ엿던가) (아) 젼에는 원의 말이라면 무셔워ᄒ던 빅셩들

---

12) 『독립신문』에 등장하는 '근대'와 관련된 용어의 빈도수를 조사한 한 연구에
따르면, 법률이 독립·개화·문명이란 용어보다 더 많이 등장한다. 독립이 768
회, 개화가 360회, 문명이 323회임에 반해 법률은 821회, 재판은 496회의 빈도
수를 보이고 있다. 김동택, 「『독립신문』에 나타난 국가와 국민의 개념」, 『한국
의 근대와 근대 경험』(이화여대 한국문화연구원 편), 2003년 봄 학술대회자료
집. 빈도수를 조사한다면 『미일신문』도 여기서 크게 벗어나지 않을 것이다. 다
만 『독립신문』과 『미일신문』의 다른 점은, 후자가 '서사적논설'에서 법률을 주
제로 삼는 경우가 전자보다 훨씬 많다는 사실이다.

이 지금은 관장의 말을 우숩게 넉여 령갑을 세울 슈가 잇셔야 원 노릇
슬 히먹지 (…중략…) (에) 못싱긴 것도 만치 원으로 안져셔 빅셩의게
령을 세려다가 못ᄒᆞ엿단 말인가 그리 무삼령을 세려다가 못 셰우고 망
신만 당ᄒᆞ엿단 말인가) (허허) 월봉만 가지고 거긔셔 지낼 슈 잇든가 그
럭키에 자네 드러 말일셰 만은 싱각다 못허여 촌민들의게 호포와 결견
밧는데 좀 더 물너려 드럿드니 이 무지ᄒᆞᆫ 것들이 들고 이러나셔 법률
밧겟 일이니 아니 물겟다고 야단을 치데 그려 그리셔 홀 수 업기에 쏘
박 쏘박 월봉만 먹고 잇다 갈녀 올나온즉 싀원ᄒᆞᆫ에) (…후략…)13)

　개화의 제도적 상징인 법률은 백성이 탐관오리들로부터 자신들
을 지킬 수 있는 유일한 힘이다. 봉건적 수탈의 핵심이 삼정으로
대표되는 세금의 강제적 약취에 있었음을 환기할 때, 국가가 정한
법률에 따라 정해진 만큼의 세금만 내면 된다는 사실은 백성들이
생존의 차원에서 근대 ‘국가’의 유의미함을 깨닫는 계기가 되기에
충분할 듯싶다. 그런 계기의 반복은 당연히도 ‘운명공동체’로서
국가의 이미지를 내면화하는 물적·심리적 토대가 된다.
　가령 「북촌 사는 사롬 ᄒᆞᄂᆞ이」(『미일신문』, 1898.9.20)라는 ‘론셜’
에서는 정부와 백성의 하나됨과 그를 통한 국가의 부강 원리로서
만민평등 사상(“다 갓흔 호 종자오 다 갓흔 평등권”)을 지목한다. 이런
평등권의 핵심이 법률의 공평한 적용에 있음은 두 말할 나위 없
다. 평등권을 통해 봉건적 신분제는 무력화되며 백성이 나라의
주인이라는 국민주권 의식은 강화되겠기 때문이다.

---

13)『미일신문』, 1898.6.13, ‘잡보’. 본고에서는 논의와 인용의 편의를 위해 김영민
　　외편, 『근대계몽기 단형 서사문학 자료전집』 상의 체제(제목 붙이기와 표기, 띄
　　어쓰기 등)를 따랐다.

물론 이 글이 사실을 다룬 기사가 아니라 주장을 드러내는 논설이라는 점에서, 법률을 지키는 백성의 승리와 그렇지 않은 구체제 관료들의 패배라는 설정은 그렇게 되어야 한다는 당위를 설파한 것일 수도 있다. 실제로 이 시기 '법률'에 관한 담론들은 많은 경우 법률을 지켜야 하고 공평히 시행해야 한다는 점만 반복해서 강조할 뿐, 그것을 만드는 주체의 문제랄지 법률의 내용에 대해서는 거의 이야기하지 않는다.[14]

위와 같은 백성의 저항이 일종의 상상적 욕망일 지도 모른다는 사실은 당위와 현실이 날카롭게 맞서고 있는 다음 글에서 잘 엿볼 수 있다.

> (…전략…) 우리나라 지금 형편을 가만히 보면 전국 남녀로서의 힝위가 하도 짝흔 것이 슈구라 ᄒᆞ는 사름은 반연히 됴흔 줄을 알아도 새법이라 ᄒᆞ면 힝치 아니ᄒᆞ고 기화라 ᄒᆞ는 사름은 실학은 무엇인지 모로고 머리 ᄭᅡᆨ고 양복만 ᄒᆞ면 다 된 줄노 아라 의구히 게으른 산ᄋᆞ희도 노름ᄒᆞ러 가는 길은 부지런ᄒᆞ고 어리셕은 지어미는 무당의 쟝고 쇠리에 거름이 ᄲᅡ른지라 정부 관원네들은 쳥젼 소리에 귀가 붉고 외방 원님네들은 고무릭 손이 단단ᄒᆞ니 죠졍과 빅셩과 슈구와 기화를 모도 모와 놋코 보면 다 일반이라 누구를 ᄶᆞ로히 나무라홀 것이 업슨즉 젼국이 이쳐로 지나가면 언졔나 기명이 되리오 ᄒᆞ거놀 맛춤 엇더흔 사름이 지나다가 이 말을 듯고 딕답ᄒᆞ되 그딕의 말이 혹 고이치는 아니ᄒᆞ나 오히려 싱각을 덜 흔 것이 각 읍 수령의 불션흠과 인민의 히태흠과 슈구의 굿은 것과 기화의 무실흔 것을 다 말ᄒᆞ지 말고 다만 정부 ᄒᆞ나만 발나지면 공평흔 법률과 광명흔 거울 밋히 어ᄂᆞ 관원과 엇더흔 빅셩이 감히 법을

---

14) 김동택, 앞의 글, 128면.

범호야 불션힝위와 히타셩습을 발뵈리오 호물며 근리에 우리 황샹 폐
하끠오셔 졍신을 가다듬 드스리기를 도모호샤 간호는 것 드르시기를
흐르는 것 굿치 호시니 일국의 경스요 만민의 홍복이라 우리도 얼마 아
니 되야 됴흔 셰월을 볼 터이니 그디는 부디 내 말을 밋고 눈을 씻고
기드려보라 호니 (…후략…)15)

"각 읍 수령의 불션홈과 인민의 히태홈과 슈구의 굿은 것과 기
화의 무실호 것", 즉 나라 전체가 개명하지 못하는 까닭은 나라에
서 법을 지키지 않기 때문이다. 법률의 공평한 수행이 근대국가
의 전제조건이라면, 법률의 준수는 개명된 국민의 전제조건인 셈
이다. 말하자면 법률의 준수 여부는 문명과 야만, 국민과 비국민
을 분할하고 준별하는 기준선이다. 이 당시 신문들에서 법률은
문명국의 표지였을 뿐만 아니라 문명·개화·반개화·미개(야만)
로 세계를 위계화하는 중요힌 기준 가운데 하나였다.

예컨대 『독립신문』은 '문명국'을 "그 나라의 법률 쟝뎡과 모든
다스리는 일들이 붉고 공평 호야 무식호 빅셩이 업고 사룸마다
주유권이 잇스며 나라이 기화 세계가 되어 요순 째와 다름이 업
는"16) 상태의 나라로 정의한다. 『미일신문』도 크게 다르지 않아
서 당시 문명국의 표상이던 구라파가 그렇게 된 까닭을 새로운
근대적 학문의 제도화, "화륜션과 젼긔거와 철도 광산"의 발명과
개발, 그리고 "만국공법이며 교린통상이니 호는 온갖 새법"17)의
시행에서 찾고 있다. 이런 기준에서 본다면, 있는 법률조차 제대

---

15) 『미일신문』, 1898.7.28, '론셜'.
16) 『독립신문』, 1899.2.23, '나라 등슈'.
17) 『미일신문』, 1898.12.14, '론셜'.

 신화의 저편―한국 현대시와 내셔널리즘

로 지키지 않는 조선은 문명국이 되기는커녕 야만국으로 머무를 수밖에 없다.

그런데 흥미롭게도 논평자는 조선인의 부정적인 면모에 맞장구를 치기보다는, 법률의 공평한 수행에서 '국가'의 역할을 재고하는 방식을 통해 대한제국의 장밋빛 미래상을 점치고 있다. 잘 알다시피, 그것이 자국의 현 상황에 대한 비판과 보다 나은 나라로의 갱신을 목표로 한 것일지라도, 문명에 뒤쳐진 나라들에서 자국에 대한 지나친 부정과 비하는 제국주의의 식민화 담론에 스스로를 포섭시키는 위험한 게임이다. 일제의 조선 병합과 식민통치의 논리적 근거가 조선의 정체성론과 타율성론에 있었음은 널리 알려진 사실이다. 이광수의 '민족개조론'이 대표적인 예이겠으나, 일제의 식민 담론에 조선인 스스로에 의해 발화된 부정적 자아상이 한 몫 했음을 부인하기는 어렵다.

물론 법률의 공평하게 시행하는 근대적 '국가' 장치에 대한 강조 역시 또 다른 식민지적 무의식의 발현일 수 있다. 근대적 법률체계에 편입된다는 것은 단지 법률을 시행하고 지키는 문제가 아니다. 그보다는 당시 세계를 지배하던 만국공법의 논리나 국제관계의 규범을 내면화하고 또 자신들이 속한 국가 자체를 그 규범의 틀에 적합한 것으로 새롭게 구축하는 일이었다.[18]

현재의 관점에서 이 당시의 서구문명에 대한 맹목적인 흉내와 모방, 다시 말해 뒤돌아봄 없는 자기 식민화의 어리석음을 비판하기란 어렵지 않다. 그러나 당시의 그들에게는 선택의 여지가 별로

---

18) 고모리 요이치[小森陽一], 송태욱 역, 『포스트 콜로니얼』, 삼인, 2002, 28~29면.

없었다. 문명개화, 그것은 우승열패의 세계관이 지배하던 당시의 세계체제 속에서 선택이 아니라 생존의 문제였다. 조선의 부정적 자아상의 적출에 더욱 열심이었던 『독립신문』[19]과 달리 『미일신문』은, 매우 낭만적인 발상이기는 하나, 저런 식의 긍정적인 국가상을 상상함으로써 그들이 주장한 '합심'의 목표를 이루고자 했던 것이다. 요컨대 법률의 준수라는 국민 개개인의 실천을 강조하면서도 궁극적인 국민통합의 원리로서 '국가'를 강조해마지 않는 이런 논법[20]은 국민국가를 상상하는 『미일신문』의 보편적인 시각이었다.

2) '문명'의 실천 또는 문명국—국민으로의 자기 정립

민족(국가)을 운명공동체로 여기도록 하는 자발적인 내면의식, 즉 민족의식 내지 애국심은 근대 국민국가를 상상하고 실현힘에 있어 결코 빼놓을 수 없는 중요한 요소이다. 애국심을 고취하고 강화하는 방식은 여럿 존재하나, 크게는 내·외부적 경로 둘로 나눌 수 있다. 먼저 자국어와 영토, 자문화에 대한 우월감과 자부심 같은 것은 자민족에 대한 긍지와 존숭을 불러일으킴으로써 내부의 결속에 크게 기여한다. 다음으로 이런 동일성에 기반을 둔

---

19) 이에 대해서는 정선태, 「『독립신문』과 '민족 담론'의 형성」, 『한국의 근대와 근대 경험』(이화여대 한국문화연구원 편), 2003, 149~163면 참조.

20) 엄밀히 말해 『미일신문』에서 국민 통합원리로서 가장 적극적으로 표상되는 것은 '국가' 자체라기보다는 '군주', 즉 '국왕'이다. 이런 '충군애국'의 정신은 『독립신문』, 『미일신문』 등 서구문명의 추종에 열심이었던 계몽주의자들이 근대적 입헌군주제를 새로운 국가의 정치체제로 선호했던 점과 무관치 않다. 이에 대해서는 고미숙, 『한국의 근대성, 그 기원을 찾아서』, 책세상, 2001, 28~33면.

자기 정의와는 반대로, '정체성의 타자 규정'을 통해 자민족의 동일성을 추구하고 타민족과 경계 짓기를 시도하는 방식이 있다. '정체성의 타자 규정'이란 우리의 적은 누구인가, 다시 말해 '우리'와 '적'의 영원한 이분법을 전제로 하여 민족정체성을 정의하는 방식을 말한다.[21] 전쟁이나 국가대항 스포츠가 보여주듯이, 적국에 대한 분노와 적개심, 그리고 상대국에 대한 경쟁심 따위는 별다른 노력 없이 '국민'을 하나로 묶어세울 수 있는 가장 강력한 심리적·정서적 동인이다.

근대계몽기의 매체와 서사 담론에서 민족에 대한 '정체성의 타자 규정'이 본격화된 때는 외세, 특히 일제에 의한 국권 침탈이 가시화된 1905년을 전후해서일 것이다. 개신 유학파들이 중심이 된 『대한매일신보』의 기사와 장단형의 서사물, 그리고 외세의 침략에 맞서 나라를 구한 동서양과 조선의 영웅들을 그린 역사전기소설과 위인전의 대성황은 구체적 증거라 하겠다. 이 시기에 오면 조선의 타자로서 외세는 단순한 영토의 침략자가 아니라 조선의 식민화를 목표하는 제국주의로 명확히 각인된다. 그런 만큼 매체와 각종 서사 담론에서 민족주의와 애국심의 고취가 민족의 생존과 보존을 위해 화급을 다투는 과제로 선점되는 것은 매우 자연스런 현상이었다.[22]

---

21) 김기봉, 「'정치종교'로서의 민족주의」, 『서양에서의 민족과 민족주의』(한국서양사학회 편), 까치, 1999, 206~207면.
22) 신채호의 다음 말을 보라. "이 제국주의를 저항하는 방법은 무엇인가 갈오대 민족주의(다른 민족의 간섭을 받지 아니하는 주의)를 분발할 뿐아니라 이 민족주의는 실로 민족을 보존하는 방법이라 이 민족주의가 강건하면 나파륜 같은 큰 영웅으로도 아라사 경도에서 대패하여 도망함을 겨를치 못하였으며 민족주

이런 상황에 비한다면, 거기서 7~8여 년 전의 현실일 뿐인 1890년대 말의 외세에 대한 인식은 평면적이며 단선적이다. 『미일신문』의 경우, 외세, 아니 선진문명국으로서 서구와 일본에 대한 비판은 그것의 제국주의적 본질에 대해서가 아니라 조선의 자주와 부국을 제한하는 각종 이권에의 개입과 침탈로 향한 경우가 많았다.[23] 그나마 이 문제를 다룬 '서사적논설'들은, 앞서도 보았듯이, 외세에 대한 직접적인 항의보다는 정부 관리들의 부패와 연결시켜 논하는 우회적인 논법을 구사한다.[24]

이와 같은 태도에는 외세의 이권침탈이 가져오는 여러 문제와 부작용에도 불구하고, 그들로부터 배워야 할, 그래서 따라잡아야 할 문명개화의 권능과 효용을 높이 사는 시각이 분명 작용하고 있을 터이다. 그런 점에서 본다면, 애국주의 담론이 본격적인 민족주의의 회로가 아니라 '충군애국'의 회로 속에서 작동하고 있는 이 시기에서 우리와 적을 선명히 가르는 민족 정체성의 타자 규정은 큰 의미가 없을 수도 있다.

그러나 그것이 긍정적이든 부정적이든 타자에 대한 인식은 자기 동일성의 확보와 지속에 필요한 거울 역할을 하기 마련이다. 궁극적으로 동일성이란 타자 혹은 세계와의 관계 속에서, 다시

의가 박약하면 아날비 같은 큰 호걸로도 세일론의 외로운 섬 중에서 망국의 한을 품고 죽었으니 오호―라 민족을 보전코저 하는 자 이 민족주의를 숭상치 아니하고 무엇으로 하리오.”(『대한매일신보』, 1909.5.28, '논설')

23) 외세의 이권 개입과 이에 대한 『미일신문』의 비판 양상에 대해서는 정진석, 「협성회회보·미일신문 논고」, 『한국언론사연구』, 일조각, 1988, 212~217면 참조
24) 대표적인 예로, 「근일에 돈암관화라 ᄒᆞᆫ」(1898.7.23, '론셜'), 「심산 궁곡에 나무가」(1898.7.27, '론셜'), 「누옥싱이 상두에 골한 잠이」(1898.11.29, '론셜'), 「샹목 ᄌᆞ란 사롬이」(1898.12.13, '론셜')를 들 수 있다.

 신화의 저편―한국 현대시와 내셔널리즘

말해 차이와의 대비 속에서 생산된다. 따라서 자기 내부를 제대로 들여다보기 위해서는 외부의 시각에 자신을 비추어 보는 작업이 반드시 필요하다. 이 시기 민족 정체성의 타자 규정에서 눈에 띄는 점은, 문명의 위계화와 인종 담론이 결합하는 방식으로 자기 동일성이나 국민국가의 미래상이 설정된다는 것이다.[25]

외부의 시선을 통한 국민화의 회로라 말할 수 있는 이런 시각은, 『미일신문』의 경우, 특히 황인종과 백인종의 대비적 고찰에 많은 비중을 둔다. 이 고찰이 어떤 식으로 이루어지는지에 대한 추측은 어렵지 않다. 문명개화 여부에 따른 서양과 동양의 우열 비교, 그것의 백인종과 황인종의 우승열패적 인종 담론으로의 치환, 그 결과로서 서양=백인종의 세계 지배, 당시의 조선 현실에 비춘다면 서세동점(西勢東漸)의 필연적 도래로 귀결된다. 매우 부정적인 방식으로의 식민지적 무의식의 내면화가 아닐 수 없다. 다음 예들을 보라.

①(…전략…) 너가 지금 이 압뒤 밧히 난 비치를 보니 사름 기르는 것도 이와 갓흔지라 지금 셔양 사름들의 정치와 법률은 이르도 말고 거쳐와 의복과 음식이 다 위싱ᄒᆞᄂᆞᆫ 디 맛가져 날노 인구가 번성ᄒᆞ야 가고 동양 사름들은 정치와 법률은 말ᄒᆞ지 말고 거쳐와 의복과 음식이 위싱에 아조 어두워 날노 인구가 쇠잔ᄒᆞ야 가니 셔양 사름은 밧히 잡풀도 업고 거름도 ᄒᆞ야 붓도와 쥰 져 압밧과 갓고 동양 사름은 밧히 심우기

---

25) 여기에 '위생'의 문제가 더해진다. 문명의 위계는 인종과 위생, 그리고 신체의 위계이기도 하다. 『독립신문』을 대상으로 이 문제를 다룬 글로는 정선태, 「『독립신문』과 '민족 담론'의 형성」, 『한국의 근대와 근대 경험』(이화여대 한국문화연구원 편), 2003, 149~152면.

는 하얏스나 잡풀도 미지 안이ᄒ고 거름도 안이ᄒ며 붓도도와 쥬지도 안이ᄒ야 황무죠잔ᄒ기가 져 뒤밧과 갓흔즉 이러ᄒ 것을 급히 사롬을 식혀 풀도 미고 버레도 잡으며 거름도 ᄒ야 잘 붓도도와 쥬면 나마지 비치나 셩ᄒ게 부지ᄒ야 자랄 것이오 만일 그디로 두면 니죵에 아조 죵 즈도 업셔질 터인즉 지금 동양 형셰도 급히 졍신을 찰혀 인민을 거름ᄒ 고 붓도도와 쥬지 안이ᄒ게드면 을마 안이되야 동양 황인죵은 다 업셔 지고 셔양 빅인죵만 번셩ᄒ야 온 셰계가 빅인죵의 텬디가 될 터이니 이 러ᄒ 싱각을 우리 동양 사룸들이 깁히 ᄒ여야 ᄒ겟다고 ᄒ더라[26]

② 긱이 말ᄒ야 ᄀᆞᆯᄋᆞ디 지금 동셔양 형편의 우렬쟝단은 말ᄒᆯ 것 업시 짐쟉ᄒᆯ 증거가 잇다 ᄒ거늘 내가 무러 ᄀᆞᆯᄋᆞ디 무슴 그러헐 증거가 잇ᄂ 뇨 ᄒ니 긱이 ᄀᆞᆯᄋᆞ디 져 사람은 혜두가 발가셔 만물의 리익을 극진히 취ᄒ며 긔계의 졍예ᄒ 것이 더ᄒᆯ 슈 업는 디 이르며 인민교육을 아니 밋튼 곳이 업시ᄒ여 날노 부강ᄒ고 우리는 지혜가 본리 셔인과 ᄀᆞᆺ지 못 ᄒ고 리치를 강구ᄒ지 아니ᄒ야 하늘이 식히시며 째이 싱기는 디로만 지니여 날노 침침ᄒ고 외양관지ᄒ여도 셔양 빅인죵은 강디ᄒ고 동양 황인죵은 잔약ᄒ다 ᄒ거늘 내가 악연이 낫빗을 고쳐 ᄀᆞᆯᄋᆞ디 그디의 말 ᄒ는 빈 엇지 그리 어리셕으뇨 대져 사롬이란 것이 쳐음 셰상에 나민 귀쳔 물론ᄒ고 착ᄒ며 사오나옴과 슬긔 잇스며 어리셕음과 실ᄒ며 약 ᄒ 것이 쟉뎡ᄒ 것이 업셔 그 부모가 째를 맛쵸아 가며 양육ᄒ기에 잇 고 졈졈 자라민 어진 스승이 발키 인도ᄒ여 가르치기에만 잇는 것이라 (…중략…) 쏘 그디의 빅인죵은 강디ᄒ고 황인죵은 잔약ᄒ다는 말의 밋 쳐셔는 더옥 알 슈 업는 것이 그디의 말 갓흘진디 키 큰 사롬은 지혜가 만코 키 젹으면 지혜도 젹단 말이며 힘이 만흐면 강ᄒ단 말이며 힘이 업슨즉 약ᄒ단 말이냐 지혜롭고 어리셕은 것이 사롬의 힝하고 아니 힝ᄒ는 디 잇슬 싸름이니 힝ᄒ다는 말은 각기 내 나라 법률디로 올흔 일만 ᄒ난 것

---

26) 『미일신문』, 1898.9.29, '론셜'.

이요 아니 힝호다는 말은 나라 법률을 좃지 안코 셰력되로 그른 줄을 알고도
호는 것이니 강대호고 침침호는 것은 힝호고 아니 힝호는 되 두 길 사이에
잇고 사롬의 크고 적음과 강호고 약홈과 빗갈의 희고 누른 되 잇지 아니호다
호니 긱이 머리를 슉이고 묵묵무언이더라[27] (강조는 인용자)

문명개화 여부가 인종의 위계화는 물론, 인종(종족)의 번성과 멸
종의 근거로까지 제시된다. 이런 "동셔양 형편의 우렬장단"에 대
한 인식이 사회진화론에 근거해 있음은 비교적 분명하며, 비단
조선만의 세계 이해 방법은 아니었다. 후쿠자와 유키치[福澤諭吉]
의 『문명론 개략』이 보여주듯이, 일본 또한 자신들을 '반개(半開)'
의 상태로 자리매김한 채 서구 따라잡기에 나라의 명운을 걸었다.

이와 같은 동양의 문명화=서양화에의 전력질주는 근대화를 통
해 삶의 합리성을 성취하려는 욕망에 따른 것만은 결코 아니다.
거기에는 문명의 위계화가 곧 약육강식의 제국주의 논리로 자연
스럽게 치환되고, 그것을 합리화하는 국제법 '만국공법'이 강제로
제공하는, 국가의 붕괴와 종족의 절멸에 대한 위기의식과 공포가
하나의 원인으로 자리 잡고 있다.

『미일신문』이 문명개화의 조건으로 말하는 "각기 내 나라 법률
더로 올흔 일만 ᄒ난 것"이란 논법은 자기 내부를 향해서는 유용
했을지 몰라도, 서구의 문명화된 눈으로 보자면 결코 동의할 수
없는 것이었을 테다. 왜냐하면, 『번역과 일본의 근대』의 저자들이
말했듯이, 당시의 서구에서는 "문명화된 나라는 서로 주권
(sovereignty)을 존중한다. 그러나 문명화되지 않은 나라에는 그런 것

---

27) 『미일신문』, 1899.2.8, '론설'.

이 없으므로 인정할 필요가 없다"라는 세계 이해가 보편적이었기 때문이다.28) 어쩌면 그런 연유로 그래도 비교적 서구의 사정에 밝았던 『독립신문』이나 『미일신문』의 담당자들은 다른 무엇보다 '법률'의 문제를 문명개화의 핵심으로 지목했는지도 모른다.

이처럼 이 시기의 인종 담론으로 포장된 민족 정체성의 타자 규정은 타자의 부정성보다는 긍정성을 거울삼아 주체의 부정성과 결여태를 드러내는 방식으로 이루어진다. 이런 부정적인 자기상의 구축과 폭로는 우선은 서구에 뒤쳐진 조선적 현실에 대한 객관적 인식으로 이해된다. 하지만 다른 한편으로는 위기의식의 고조와 확산을 통해 인민들을 문명개화의 장으로 끌어들이기 위한 일종의 과장과 역설의 논리로 이해되기도 한다.

이는 우리가 논하고 있는 『미일신문』에 특히 들어맞는 듯하다. 가령 『독립신문』은, 정선태의 "환멸의 시선이 그물망처럼 조선인의 성격과 풍속을 네거티브 필름에 각인한다"는 표현처럼, '서구 문명국의 잣대'로 조선인의 타고난 품성과 유구한 습속을 야만의 그것으로 손쉽게 규정하고 비판한다.29) 반복되는 말이지만, 이들의 부정적인 민족상이야말로 춘원의 '민족개조론'의 한 기원이자, 일제를 비롯한 구미 열강의 식민 담론을 정당화하는 내부토대가 아닐 수 없다.

하지만 『미일신문』의 조선·조선인상은 이와는 사뭇 다르다.

---

28) 이상의 내용은 마루야마 마사오[丸山眞男]·가토 슈이치[加藤周一], 임성모 역, 『번역과 일본의 근대』, 이산, 2000, 130~131면 참조.
29) 정선태, 「『독립신문』과 '민족 담론'의 형성」, 『한국의 근대와 근대 경험』(이화여대 한국문화연구원 편), 2003, 161면.

위의 글에서 보듯이, 조선·조선인의 현실을 인식하고 판단함에 있어 서구 문명을 잣대 삼는 것은 『독립신문』과 대동소이하다. 그러나 『미일신문』은 부정적인 조선·조선인상의 적출에 열심인 『독립신문』과 달리, 문명개화의 수용 여부를 중심으로 인물을 구획하고 해당 현실을 비판한다. 그에 따라 주어진 것으로서의 품성이나 습속에 대한 부정적 비판보다는 개화를 거부하거나 거기에 소극적인 집단들, 대표적인 예로 양반이나 구관료들의 비판이 우세를 점하게 된다.

수구와 개화로의 인민의 분할과 구획은 문명개화에 찬성인가 반대인가 하는 태도의 문제를 중심으로 한 것이기에, 문명의 선취와 지체를 생래적이며 변경 불가능한 인종적·문화적 우열의 문제로 바라보지는 않는다. 위의 글들이 보여주듯이, 『미일신문』은 교육과 법률의 시행을 통해 문명국의 위치로 도약할 수 있음을 굳게 믿고, 그 가능성을 적극 설파하는 데 전력을 기울인다. 물론 앞서도 지적했지만, 그 당시 국제적으로 통용되는 법률이나 교육의 본질에 대한 정확한 이해 없이 그것의 보편적 성격에 기대어 문명개화의 성취를 자신하는 태도는 안이한 발상일 수밖에 없다.

하지만 지나친 자기 부정과 그것을 변경 불가능한 질서로 생각하는 태도는 긍정적 자기 동일성의 생산과 구축에 커다란 장애를 초래하기 마련이다. 그 부정성을 벌충하기 위해서는 또 다른 긍정성의 창출이 필요한 법이다. 다른 서구에 비해 근대 문명의 후진국에 속했던 독일과 일본이 걸어간, 그리고 우리 역시 그러했던 문화 민족주의로의 방향 전환은 그 첨예한 예를 제공한다.[30] 자문화의 우월성에 대한 맹목적 믿음이 어떻게 타자를 억압하고 말살하는 침략적 야만주의로 전락해갔는가에 대한 논증은 여기서 더 이상 필요치 않다.

문명개화를 오로지 행하고 아니 행함, 즉 실천의 문제로 바라보는 『미일신문』의 논리를 그저 낭만적이라고 폄하하기 어려운 까닭은, 스스로의 변화 가능성에 초점을 둠으로써 절대 질서원리로서의 사회진화론에 일정한 균열을 내고 있다는 사실 때문이다. 비록 그것이 한갓 백일몽에 불과했다는 사실이 얼마 안 있어 판명되긴 했지만, 근대 국민국가의 토대로서 자주와 독립, 자강은 저런 태도 속에서 성취되어야 했음은 지금에서도 부인하기 어렵다.

3. '문명개화=국민화'를 향한 서사 충동

지금까지 우리는 『미일신문』의 '서사적논설'에 나타난 국민국가의 상상력, 보다 구체적으로는 '문명개화=국민화'의 대표적인 두 회로를 검토해 왔다. 문명개화를 향한 '계몽'의 내용을 검토해 온 셈인데, 그에 못지않게 그것을 드러내는 방식 역시 중요하다. 잘 아는 대로, 한국 근대소설 형성의 주요한 물줄기가 된, '서사적논설'을 비롯한 단편 서사물들은 신문매체가 문명개화의 가치

---

30) '문명'과 '문화'의 개념이 근대 국민국가의 형성과 맺는 관계에 대해서는 니시카와 나가오[西川長夫], 윤대석 역, 「한자문화권에서의 문화 연구」, 『국민이라는 괴물』, 소명출판, 2002, 101~114면 참조

와 필요성을 널리 알리고 백성들을 계몽하기 위해 조선시대의 논변류를 참조, 변형하거나, 거의 새로운 형식을 고안해내는 과정에서 탄생한 것이다. 어떻게 하면 문명개화란 절대선을 백성들에게 거부감을 주지 않고 효과적으로 계몽할 수 있는가의 문제는 이당시 신문들의 공통된 관심사였다.

가령 『미일신문』(1898.5.14)의 "무엇시던지 흔가지를 가지고 여러번 말흐면 듯는 이들의게 너무 지리흐야 흥상 의례 건으로 흐는 말곳치 되기도 쉽겟고"라는 대목이나, 『뎨국신문』의 발행인 이종일이 『비망록』에서 자신이 우언의 방식으로 쓴 논설을 사람들이 관심을 가지고 흥미 있게 돌려본다는 사실을 알고 용기백배했다고 고백하는 장면31)은 그런 형식에의 의지를 대변한다.

이 당시의 신문들은 엄밀히 말해 서로 밀접한 관련이 없는 다양한 소식과 읽을거리를 강제로 결합하는 신문 특유의 모자이크적 본질(비동시성의 동시성)을 완전히 구현하고 있지는 못했다. 『미일신문』을 예로 든다면, 기껏해야 사건과 사실을 기술하고 전달하는 '기사'란, 자신들의 주장을 설파하는 '논설'란, 여러 잡다한 소식을 모은 '잡보'란과 정부의 소식을 담은 '관보'란, 외국의 소식을 전하는 '외국소식'란, 그리고 '광고'란이 고작이었다. 더군다나 문명개화의 효과적 계몽을 신문의 최고 목적으로 삼고 있었기에, 개개의 난들은 분할이라는 말이 무색하게 "흔가지를 가지고 여러번 말흐"는 장면을 빈번히 연출할 수밖에 없었다.

그런 점에서 관념적 사변이 되기 쉬운 문명개화의 내용과, 동

---

31) 이종일, 『비망록』, 1898.9.31. 여기서는 구장률, 「『제국신문』의 「서사적논설」 연구」, 『현대문학의 연구』 22호(한국문학연구학회 편), 117면에서 재인용함.

어반복으로 인한 관심의 감소를 상쇄하기 위한 새로운 글쓰기의 요청은 이미 예정된 것이었다. 이른바 교훈과 흥미의 동시적 달성이 문제의 초점이 된 것인데, 이런 '서사 충동'[32]을 수행할 수 있는 곳은 여러 지면 중에서 '논설'이나 '잡보'란이 되기 쉬웠다. 후자의 경우, '잡보', 즉 온갖 소식을 모은 곳이란 명칭부터가 사실과 허구가 명확히 변별되지 않고 뒤섞일 수 있는 가능성을 열어놓고 있다. '논설'은 근대계몽기에 전통적 논변의 방법이었던 '논(論)'과 자기주장의 정당성을 입증하기 위해 가상적 사실을 꾸며낼 수 있는 있었던 '설(說)'을 결합해 탄생시킨 새로운 글쓰기 양식이었다. 이처럼 '논설' 또한 허구성과 문학적 의장의 수용 가능성을 내포하고 있는 개념이기는 마찬가지였다. '서사적논설'은 그런 형식에의 의지가 탄생시킨 새로운 서사양식의 대표적인 형태 가운데 하나였다.[33]

『미일신문』 소재 '서사적논설'을 서사의 구성 방식에 따라 분류한다면, 크게는 문답·토론식과 일화식으로 나눌 수 있다. 우선 전자는 말 그대로 대화와 문답, 토론의 형식을 통해 문명개화의

---

32) 모든 서사(narrative) 행위는 세계에 대한 인식의 욕구만이 아니라 권위와 정당성을 지닌 특정한 사회 현실의 개념을 생각할 수 있게 하는 일종의 가치적(또는 정치적이거나 이데올로기적) 충동을 드러내기 위한 것이다. 어떤 사건이나 사실을 가치화하기 위해 가미되는 허구성이나 문학성, 그리고 그것이 생산하는 리얼리티는 우리가 오직 상상할 수 있을 뿐 경험하지는 못하는 일관성과 전체성·완결성을 생산한다. L. 밍크, 윤효녕 역, 「모든 사람은 자신의 연보 기록자」, 『현대 서술 이론의 흐름』(G. 쥬네뜨 외), 솔, 1997. 논설이나 잡보 등에 서사성을 도입하려는 근대계몽기 신문매체들의 노력이 계몽을 가치화하려는 서사 충동에서 비롯된 것임은 두 말할 나위 없다.

33) 보다 자세한 내용은 김영민, 『한국근대소설사』, 솔, 1997, 79~80면 및 정선태, 『개화기 신문 논설의 서사 수용 양상』, 소명출판, 1999, 43~47면 참조.

당위성을 선전·설득하거나, 개화를 거부하는 수구파의 무지와 시대착오를 비판하는 내용이 주를 이룬다. 그런 만큼 이런 양식에서는 서술 주체의 의견과 주장이 표면에 쉽게 드러나며, 대상이 되는 화제도 일반적이며 객관적인 사실들에서 크게 벗어나지 않는다. 앞의 제2장에서 검토한 작품들이 대체로 이런 유형에 묶일 수 있다.

이미 본대로 그 작품들은 주로 문명개화의 과정에서 불거지는 현실의 모순, 이를테면 법률을 둘러싼 수구파와 개화파, 백성과 지배관료 사이의 갈등, 외세의 이권 침탈 문제를 전면화하거나, 진정한 문명개화를 이루기 위한 전제로서 주체적 실천을 강조하며 설득하는 데에 주요한 목적이 있다. 그런 만큼 이들 작품에는 허구적 상상력과 문학적 의장을 통해 계몽의 주제들을 가치화하는 서사 충동의 정도는 상당히 미약할 수밖에 없었다. 이런 류의 '서사적논설'은 본격적인 문예의식의 소산이기보다는 신문 편집자의 계몽의식을 효과적으로 전달하기 위해 고안된 것이라는 한기형의 지적은 그런 점에서 매우 타당하다.[34]

하지만 이런 제약은 『독립신문』의 그것에 비한다면 그리 절대적인 약점이 되지는 못한다. 『미일신문』의 경우, 문답·토론식 '서사적논설'은 총 32편 가운데 8편이다. 그에 비해 『독립신문』은 30편 중 19편이다. 이런 차이는, 『미일신문』 담당자들이 계몽의 효과를 극대화할 수 있는 글쓰기의 개발에 많은 관심을 지불하고 있었음을 보여주는 의미 있는 사례라 할 만하다. 실제로 『미일신

---

34) 한기형, 「신소설 형성의 양식적 기반」, 『한국 근대소설사의 시각』, 소명출판, 1999, 21면.

문』은 사실과 현안 중심의 토론과 문답을 진행하는 『독립신문』
과 달리, 우의적·비유적 질문과 비판의 방법으로 자신들의 주장
을 정당화하고 설파하는 경우가 많다.35) 이를테면 쓰러져 가는
큰 '나무를 보호ㅎ랴는 마음'을 '나라를 경제ㅎ랴는 방침'에 비유
하여 문명개화의 필요성을 논하는 「남산 아리 어느 친구를」
(1898.11.9, '론셜')과, '꿈'의 형식을 빌려 서세동점의 현실을 우려하
는 한편, 그것을 극복할 방책으로 관리들이 성군(聖君)을 중심으로
세계의 개혁에 나설 것을 촉구하는 「누옥싱이 상두에 골한 잠이」
(1898.11.29, '론셜') 등이 그렇다.

　'서사적논설'이란 양식 명칭에 걸맞은 서사 구조와 그것을 뒷
받침하는 미학적 의장을 동시에 갖춘 단형 서사들은 대개 일화체
들이다. 일화체 서사들은 근대계몽기의 현실에서 취재한 이야기
들이나 이니면 그 가치와 필요가 높은 주장들을 전혀 새로운 서
사형식의 창안보다는 전래하는 일화나 소화(笑話), 우화 등을 차용
하거나 변주하는 형식으로 담아낸다. 말하자면 새로운 술을 낡은
부대에 담는 형식을 취하고 있는 것이다. 이런 타협은 전문적 문
학담당자가 아닌 신문매체의 종사자들에게는 약점과 한계를 운
운하기 이전에 최상의 선택이었을 것이다. 궁극적인 그들의 목적
은 문학 고유의 허구적 진실성이 아니라, 기존의 사회통념이나
도덕률 따위를 정면에서 배반하지 않으면서도 백성(독자)들이 자
연스럽게 문명개화 담론을 받아들이도록 유인하는 데 있었기 때

---

35) 『미일신문』의 문답·토론식 '서사적논설'의 미학적 특질에 대한 보다 자세한
　　검토는 정선태, 『개화기 신문 논설의 서사 수용 양상』, 소명출판, 1999, 84~88
　　면 참조.

문이다.

하지만 논설에 서사가 도입됨으로써 발생하는 효과는 문명개화의 수월한 선전과 계몽에만 그치지를 않았다. 비록 새로울 것 없는 형식이기는 해도 어떤 보편적 가치와 구체적 현실성의 재고에 결정적인 기여를 하게 된다.

> (…전략…) 암기고리가 슈기고리다려 말ᄒ되 그디가 흥샹 나를 디하야 슛것인 톄 그록훈 톄 쟝한 톄ᄒ고 조곰도 굴ᄒᄂ 긔셰가 업더니 오눌날 져것을 보니 그 엇더훈뇨 즈금 이후로ᄂ 다시 그쳐로 큰 톄를 말고 녯버릇을 곳치라 훈디 슈기고리가 처음은 그러히 넉이다가 나종에ᄂ 붓그러온 것이 변ᄒ야 크게 셩내여 굴오디 그디가 눔의 큰 것만 보고 잇쳐로 거록히 넉이며 나의 긔량과 지조ᄂ 모로ᄂ도다 그 물건이 불과시 물을 마시여 내여 품ᄂ 것이라 나도 그와 ᄀᆺ치 물을 마시고 품고 홀 줄을 아노라 ᄒ거늘 암기고리가 우어 왈 그디가 잇쳐로 큰 말을 ᄒ니 청컨디 그 지조를 보자 ᄒ미 슈기고리가 말은 ᄒ야 놋코 안이 홀 수가 업서 마지 못ᄒ야 적은 입을 크게 힘것 버리고 물을 얼마치 마시여 비와 닙이 다 차미 슘이 막히여 견딜 수 업셔 긔를 써셔 훈번 닙더 품으니 본리 목굼기 적은지라 급히 품ᄂ 셰에 복부가 팅즁ᄒ야 필탁훈 소리에 비가죽이 터져 죽은지라 대뎌 사롬이라도 제 분수ᄂ 싱각지 아니ᄒ고 눔의 크고 쟝훈 것을 보고 질에 격분ᄒ야 본밧으랴고 ᄒ다가ᄂ 미양 비터지ᄂ 것을 면ᄒ기 어려울 터이니 부듸 심히 헤아려 힝ᄉᄒᄂ 것이 올을 듯 ᄒ더라36) (강조는 인용자)

이 작품은 자기보다 우월하고 큰 대상에 대한 맹목적 흉내가 초래할 수 있는 비극을 수개구리의 죽음이란 우화를 통해 표현하

---

36) 『미일신문』, 1898.8.15, '론셜'.

고 있다. '놈의 크고 장한 것'은 당연히도 근대적 서구문명일 것이다. '문명개화'는 당시의 시대정신이자 추구되어야 할 절대선이었다는 점에서 시비의 대상이 될 수는 없었다. 하지만 어떤 의미에서는 문명의 충돌로 볼 수 있는 그것의 급격한 도래는 강제는 소화능력을 넘어선 과식과 입맛에 맞지 않는 낯선 음식에 따른 소화불량과 그로 인한 만성체증을 가져올 수밖에 없었다. 따라서 자신의 능력을 고려한 후 거기에 맞게 모방과 수용의 속도와 질량을 조절하는 것이 무엇보다 중요해진다.

『미일신문』 담당자들은, 강조 부분에서 보듯이, 뒤처진 조선이 '문명개화'에 대해 취해야 할 올바른 정신과 태도를 강조함으로써 이런 우려를 최소화하고자 했던 것이다. 어쩌면 이들은, 한기형의 말을 빌린다면, "근대적 변화의 본질은 서구를 닮는 데 있는 것이 아니라 자기를 갱신하는 데 요체가 있는 것"이란 사실을 서세동점의 현실에서 어렴풋하지만 그러나 예민하게 알아차리고 있었는지도 모른다.

(…전략…) 그 싯히 쑬이 큰형과 둘지 형의 다 그 남편의게 소박 맛고 찻지 아니홈을 근심ᄒ나 엇지 홀 슈 업셔 천만 ᄉ량ᄒ여도 시험홀 방칙이 업스미 쥬야 근심ᄒ다가 ᄯ한 혼인날 밤을 당ᄒ야 문득 신랑을 터하야 붓그럼을 먹음고 소리를 나죽이 ᄒ야 가초 그 큰형과 둘지 형의 소박당한 말을 ᄒ고 지금 당ᄒ여 웃기도 어렵고 울기도 어렵다 ᄒ거늘 신랑이 우셔 골ᄋ디 그디의 말이 용혹무괴라 대져 사롬이 셰샹에 나미 신하는 님군의 명을 좃고 자식은 아비의 ᄀᄅ침을 좃고 지어미는 지아비 의를 좃는 거시 이는 만고에 밧고지 못홀 큰 범이라 ᄒ들며 부부의 도라는 거슨 바날이 가면 실이 짜르고 슈가 날면 암이 좃느니 무슴 어려

오미 잇스리요 ᄒ고 그 밤을 말업시 지내고 희로ᄒ니 그 큰형과 자근형
이 크게 ᄲᅵ다르나 셰월이 여류ᄒ여 용광이 쵸최ᄒᄂ 지경에 닐으럿스
니 ᄲᅵ드른들 무어시 유익ᄒ리오 희라 지금 완고라 ᄒ고 스스로 직희ᄂ 자
ᄂ 큰ᄯᆯ의 고집홈이요 기화의 졸업ᄒ엿다ᄂ 자ᄂ 둘지 ᄯᆯ의 과히 능홈이라
싯히 ᄯᆯ의 즁도 쓰ᄂ 거시 기화에 먼져 ᄲᅵ다른 자라 헐거시니 그러헌즉 ᄲᅢ를
ᄯᅡ라 맛당ᄒ 거슬 지으며 풍속을 좃차 변통ᄒᄂ 거시 올흘 쥴노 아노라37)
(강조는 인용자)

이 작품은 세 딸의 초야(初夜) 경험을 빌려 '문명개화'를 바라보
는 두 가지의 그릇된 태도를 비판함과 동시에 취해서 마땅한 정
도(正道)를 제시하고 있다. "신랑의 옷 벗기랴 홈을 거절ᄒ고 듯지
아니ᄒ기를 삼일 밤을 ᄒ갈갓치 ᄒ"다 소박을 맞는 큰딸은 수구
의 전형이다. 그리고 "신랑의 벗기기를 기ᄃ리지 아니ᄒ고 제 손
으로 다 벗고 자리에 남아" 있다 소박맞는 작은 딸은 개화의 본
질을 제대로 파악하지 못하거나 서구 문명을 맹신하는 얼치기 개
화파의 전형이다. 이에 반해 셋째 딸은 두 언니의 과오를 피하기
위해 어찌해야 할지를 남편과 상의함으로써 첫날밤의 고비를 지
혜롭게 넘긴다. 서술자, 곧 논평자는 이런 지혜를 문명개화의 수
용에서 반드시 필요한 덕목으로 간주하는데, 이는 "ᄲᅢ를 ᄯᅡ라 맛
당ᄒ 거슬 지으며 풍속을 좃차 변통ᄒᄂ 거시 올흘 쥴노 아노라"
라는 대목에 잘 압축되어 있다.

비록 우의의 옷을 덧입고 있지만, 그 개연성을 쉽게 이해할 수
있는 이야기의 내용과 구조, 특히 가치판단의 측면에서 비교가

---

37) 『ᄆᆡ일신문』, 1899.3.20, '론셜'.

가능한 주인공 내지 인물들의 대립적 배치는 무엇이 당위가 되어야 하며, 또한 현실성 있는 선택인가를 수월하게 설득시킨다. 이런 효과는 사실과 정보의 일방적인 전달만으로는 결코 얻어질 수 없다. 오히려 그것들은 일상에서 있을 법한 일로 재구성됨으로써 차가운 남의 소식이 아니라 눈앞에서 펼쳐지는 나의 경험으로 환기되는 것이다. 근대성의 총아로서 신문과 소설이 공유하는 핵심은 특정하고 이질적인 사건과 경험을 가로지르고 융합함으로써 그것들을 누구나 공유 가능한 일종의 공공재로 재생산한다는 점일 것이다. 사실과 정보, 그리고 허구가 미분화된 채 동거하고 있는 '서사적논설'은 어떤 면에서는 신문과 소설의 모더니티를 압축적으로 실현하고 있는 형식이라는 설명이 어느 정도 가능한 것도 이 때문이다.

4. 문명 · 국민 · 국민국가의 호출과 조선적 특수성

근대계몽기로 지칭되는 시대는 한 세기 조금 너머의 과거에 불과하다. 그러나 여러 우여곡절을 거친 끝에 당시 가장 긴요한 과제였던 '문명개화'에 안착해 있는 현재의 관점에서 보면, 가끔은 우리의 상상이 가 닿기 어려운 먼 과거에 속한다는 느낌마저 든다. 이런 느낌은 무엇보다 근대계몽기와 지금 · 여기의 현실이 서로 겹쳐 볼 수 없을 만큼 상이해서 생겨나는 것이겠다. 하지만 우리가 그 시대를 정확한 앎 없이 섣부른 속단과 오해로 보아 왔기 때문에 그런 느낌이 더욱 강화되어 왔다는 사실 또한 부인할 수 없다.

서두에서도 말했듯이, 근대 국민국가의 형성과 발전에 신문과 소설이 중요한 역할을 했다는 사실은 이미 하나의 상식이다. 최근 근대계몽기에 대한 연구가 신문과 소설이 미분화된 형태로 결합되어 있는 '서사적논설'과 같은 단편서사들에 주목하는 까닭도 저런 일반적 경로를 확인하고픈 욕망과 무관하지 않다. 그러나 그것의 보편성 못지않게 중요한 것은 그것이 조선에서 실현되는 양상, 이른바 조선적 특수성을 곰곰이 따져보는 일이다. 이 글은 그것을 특히 '문명개화=국민화'라는 코드 아래 해석해 왔다. 그 결과를 간단히 정리하면 다음과 같다.

『미일신문』의 '서사적논설'에서 '국민화'의 회로는 내부와 외부적인 경로로 나누어 볼 수 있다. 국민화를 향한 내부 결속의 논리에서는 법률의 제정과 공평한 시행, 준수가 강조되었다. 『미일신문』 담당자들은 '법률'의 제도화를 통해 조선의 근대 국민국가로의 전환과, 백성의 국민으로의 전화를 기도했다. 다음으로 『미일신문』 담당자들은 외세의 이권 개입에 대해 매우 비판적인 시선을 견지했다. 하지만 이것이 서구문명에 일반에 대한 혐오와 비판은 아니었다. 서구는 여전히 두려워하면서도 모방하지 않으면 안 될 '문명개화'의 유력한 모델이었다.

그러나 『미일신문』의 '서사적논설'은 자아의 부정적 면모에 대한 적발에 더 적극적이던 『독립신문』과 달리 '문명개화'를 제 능력에 맞는 주체적 실천을 통해 실현 가능한 것으로 사유하는 매우 유연한 태도를 보여준다. 이는 그들의 '문명개화=국민화'의 목표 가운데 하나였던 '합심'을 향한 열망이 반영된 것이다. 여기서 근대 국민국가의 핵심적 자질 가운데 하나인 '운명공동체'로서의 국가 또는 민족에 대한 의식과 이미지의 초기 형태를 엿볼 수 있다.

근대계몽기의 여느 신문처럼『믹일신문』역시 '문명개화=국민화'로의 계몽을 효과적으로 수행하기 위해 자신들의 주의주장을 담는 '논설'에 일정한 서사성을 도입한다. 이런 서사 충동은 무엇보다 관념적 사변에 그칠 수 있는 문명개화의 가치를 대중들에게 효과적으로 호소하기 위함이었다. 동시에 그것의 반복적인 선전이 가져올 수 있는 관심과 효과의 저하를 홍미의 진작을 통해 막아보려는 의도이기도 했다.

『믹일신문』은 '문답·토론식'과 '일화식'의 구성을 통해 서사 충동을 구현한다. 전자는 사실과 현안에 대한 비판적인 질문과 대답이 중심을 이루고 있다. 후자는 경험담과 우화 등을 통해 문명개화의 올바른 태도를 제시하고 설득하는 데 초점을 맞추고 있다. 물론 대부분의 '서사적논설'은 우의의 옷을 입고 있었지만, 문학적 허구가 제공하는 구체적 현실성에 힘입어 문명개화에 대한 그들의 주장에 한층 설득력을 높여 주었다.

마지막으로 강조해 두는 것은 이런 결과는 어디까지나『믹일신문』의 '서사적논설'에서 보여지는 국민국가의 상상력과 문명개화 담론, 그리고 서사 충동을 대상으로 한 것이란 점이다. 따라서 우리는『믹일신문』의 그것을 근대계몽기 전반을 아우르는 것으로 지나치게 확대 해석할 필요는 없다. 오히려 그보다는 다른 신문이나 인쇄 매체에서 그것들이 어떤 식으로 드러나는지를 살펴보는 동시에, 각 매체들 사이의 유사성과 차이성을 비교하고 종합함으로써 국민국가의 상상력과 단편 서사물(소설), 그리고 신문 매체가 맺는 관계의 실상을 추적하는 일이 중요하다. 이 연구는 거기로 가기 위한 하나의 디딤돌인 셈이다.

제2부

민족과 국토, 근대의 성소 혹은 연옥

민족과 국토의 심미화

이상화의 시를 중심으로

1. 한국 현대시와 국토의 심미화

B. 앤더슨의 '상상된 공동체'란 말이 지시하듯이, 근대 국민국가나 민족의 형성과 탄생에는 신문을 위시한 대중인쇄매체의 발달과 소설로 대표되는 민족어문학의 흥륭에 따른 '우리'라는 공동감각의 형성이 결정적인 기여를 하였다. 이에 더한다면, 최근 한·중·일의 영토분쟁이나 역사분쟁이 보여주듯이, 공동의 역사와 지리, 즉 기억과 영토에 대한 감각 역시 민족의 동일성 형성과 배양·유지에 큰 몫을 한다.

그러나 '우리'라는 민족 감정 내지 동일성 형성에 가장 효과적인 역할을 수행하는 것은 역시 문학 담론이라 할 수 있다. 가령 E. 르낭은 「민족이란 무엇인가」에서 문학적 천재들의 역할을 "민족성이라는 표제, 그것은 '민족의 영광'인 천재들이 어떠어떠한 민족 감정에 독창적 형태를 부여하고, 애정을 가지고 찬양하며 자부심을 가지는 어떤 것, 즉 민족정신의 거대한 원료를 제공하는 것이다"라고 말했다.[1]

예컨대 신채호 등이 저술한 근대계몽기의 숱한 역사·전기류의 소설이 그렇거니와, 근대 국민국가 '신대한'의 수립을 염원하며 신지식인을 계도 양성할 목적으로 발간한 최남선의 『소년』지 또한 문학·역사·지리 담론을 통해 '민족'이란 공동 감각을 고취하는 데 무엇보다 열심이었다. 최남선은 1920년대 들어 『백두산 근참기』, 『심춘순례』 등 백두산·금강산 등지를 민족의 성지로 추앙하고 성화하는 국토예찬서를 저술하는데, 이런 문화민족주의는 『소년』지 때부터의 관심의 연장이랄 수 있다. 요컨대 그의 국토 기행문은 교통·인쇄·출판 등 근대적 대중매체를 바탕 삼아 '국토'를 예찬함으로써 민족의 고유성과 미래성을 동시에 거머쥐며, 그럼으로써 사라질 위기에 처한 '민족'을 지속적으로 실체화하고 그 구성원들에게 '우리'라는 감각을 끊임없이 제공하기 위한 전략적 글쓰기였다.[2]

---

1) E. 르낭, 신행선 역, 『민족이란 무엇인가』, 책세상, 2002, 80면.
2) 이런 성격은 금강산의 심미적 이상의 발굴과 표현에 좀 더 집중하는 춘원의 『금강산유기』(1922)에서도 엿보인다. 그러나 1920년대의 이른바 동인지 출신 문학가들은 '조선혼' 또는 '조선주의'의 본향(本鄕)으로써 심미화된 국토의 상상과 글쓰기에 열심인 육당과 춘원의 기행문에 실망을 감추지 않았다. 가령 현진건은

이런 산문 문학에 비한다면, 시는 그 형식상 많은 제약을 받을 수밖에 없었다. 그러나 일찍이 최남선은 『소년』의 「쾌소년세계주유시보」나 장편 창가 『경부철도가』 등을 빌려 문명개화를 호소하고 찬양하는 일종의 국토 순례기를 짓기도 했다. 하지만 이들은 자기 민족의 우수성과 우월성을 드러냄으로써 타민족과 자민족을 배타적으로 구별 짓는 한편, 자민족의 심미화를 기도한다는 의미에서의 '국토의 심미화'와는 일정 정도 구별된다. 말하자면 근대계몽기 조선 영토의 기행과 그것의 심미화는 '신대한'이란 국민국가를 건설하는 데 필요한 민족지(知)를 획득하는 행위의 성격을 지닌다.

그러나 일제 식민지로의 전락은 '국민국가'로의 변모와 정착을 봉쇄하게 된다. 이런 상황은 자민족의 정체성과 미래에 대한 위기감을 고조시킨다. 이런 현실에 맞서 육당과 춘원 등은 민족개조론을 통해 근대로 진입하는 한편, 민족의 과거와 영토의 심미화를 통해 민족의 영속성을 보장받는 문화민족주의 기획을 활성화함으로써 그 위기를 넘어서고자 했다. 1920년대 본격화되는 국민문학론은 이런 노력을 대표한다고 여겨진다.

'국민문학' 그룹에 속한 문학인들은 대체로 민족의 생활환경

이광수의 '시'에 감동하여 자기도 '시'를 얻으려 해운대를 찾아갔다가 '너절한 산문'만 얻었다고 불평한다(「몽롱한 기억」, 『백조』, 문화사, 1922.2). 이런 불만은 춘원의 기행문이 동인지 문단에서 그토록 강조되던 주체만의 독특한 세계 체험과 인식·표현과는 거리가 먼, "사람의 정신의 미와 자연의 미"가 조화를 이루는 심미적 이상을 추구했기 때문에, 현진건의 실감과 미학적 동의를 얻는 데 실패한 탓일 것이다. 1910~20년대의 기행문학에 대한 전반적 고찰은 이동원, 「기행문학연구—1910~1920년대를 중심으로」, 연세대 석사논문, 2003 참조.

개선, 전통문화 발굴 등에 초점을 맞췄다는 점에서 개량적이며 보수적인 민족의식의 소유자들이었다고 볼 수 있다. 그런 만큼 이들의 활동은 당시 민족 현실과는 동떨어진, 이미 사멸하거나 쇠잔한 전통들의 복원과 새로운 창출을 통해 '조선적인 것'을 만들어 내고, 그것을 적극적으로 심미화하는 데에 집중되었다. 최남선과 이광수의 금강산·백두산 등 명승지 기행을 통한 조선 국토와 역사의 심미화, 단군과 조선심의 절대화 등은 민족의 전통, 다시 말해 민족의 시원적 동일성에 대한 강한 집착이 발명해낸 문학적 담론이었던 것이다. 개성과 생활을 중시하는 1920년대 동인지 문단 작가들이 자아의 성찰과 영혼의 성숙을 뒷전에 내려놓은 채 '조선주의'나 국토의 '이상적 미'의 추구에 골몰해 있는 육당과 춘원을 강하게 비판하고 거절했던 것은 어쩌면 이와 같은 '국민문학'의 허구성 때문일지도 모른다.3)

　'국토의 심미화'의 선두주자이자 가장 정력적인 문필가이던 춘원과 육당의 이런 한계를 생각한다면, 『백조』를 통해 작가의 삶을 불 지피기 시작한 이상화의 존재는 무척 소중하고 이채롭다. 이상화는 '국토'를 대상으로 여러 편 시를 쓰는데 특히, 「금강송가」와 「빼앗긴 들에도 봄은 오는가」는 한국 근대시에서 '국토의 심미화'와 민족 이데올로기의 연관성을 탐구하는 데 가장 주목할 만한 원형으로 보아 무방하다. 전자는 이광수나 최남선이 그러하

---

3) 김윤식은 육당과 춘원의 행태에 대해 '민족의 얼·혼·정신의 육화로서의 산하(山河)'로 규정되는 국토의 상실을 보상받으려는 낭만적 아이러니에 불과하다고 비판한 바 있다. 보다 자세한 내용은, 김윤식, 「역사·철학·시로서의 산하—낭만적 이로니의 문제점」, 『수필문학』, 1977.8 참조.

듯이, 금강산에서 민족혼의 실체를 발견하는 일반적 의미의 송가류에 해당한다. 후자는 근대시사에서 처음으로 '국토'를 '빼앗긴 땅', 따라서 반드시 되찾아야할 땅으로, 또 순결한 처녀지와 대지적 모성의 모습으로 이상화한다. 말하자면 '국토'에 서사시적 과거의 의미와 가치를 부여하고 있는 것이다.

그러나 잊지 말아야 할 것은 그의 모든 시가 "오늘의 조선생명을 관찰한 데서 새롭은 생활양식을 구성할 곳 실감잇는 생명의 창조가"를 목적하며 창작되었다는 점이다. 이 창조가(創造家)는 다음과 같은 성찰적 자아, 곧 "남의 세상을 모방한 양적 존재를 읊조리기보담 나의 세상을 창조한 질적 생명을 부르짖"4)는 진정한 근대인이 되어야 가능할 것이다. 춘원과 육당이 '문명'을 통과하고 건설하는 데 전력을 질주했다면, 상화는 완미한 근대의 내면화와 그에 따른 고유한 개성의 창출에 필력(筆力)을 다했던 것이다.

한편 이상화 시는 후대에 '국토'를 시화하는 방법의 주요한 관행이 되는 것으로 판단된다. 그것을 '민족' 이념의 보수적·진보적 전유와 관련지어 살필 때, 서정주와 신동엽은 그 주요한 후계자가 된다. 이후 언급할 기회가 있겠지만, 이들은 이상화와 달리 국토의 심미화를 역사의 심미화와 철저히 연관시키고 있다. 서정주는 신라와 같은 승리자의 역사를, 신동엽은 상고시대나 후고구려, 후백제 같은 지워진 역사를 대상으로 삼는다. 그런 만큼 역사의 주체와 사건에 대한 관심 역시 거의 상반되고 있다. 하지만, 이들은 '민족'이란 기원의 불가침적인 동일성을 더욱 강화하기

---

4) 이상의 인용은 이상화, 「文壇側面觀」, 『개벽』, 1925.4. 여기서는 김학동 편, 『이상화전집』, 새문사, 1987, 79~80면에서 가져옴.

위해 국토의 심미화는 물론 역사의 심미화를 편의적으로 감행했다는 비판으로부터 완전히 자유롭기는 어렵다.

이를 토대 삼아 말한다면, 이상화는 한국 현대시에서 국토의 심미화를 완미한 형식과 내용으로 보여준 첫 시인에 해당하며, 후대의 서정주와 신동엽은 그것을 보수적 민족주의와 저항적 민족주의에 맞게 각색하고 채색한 시인들에 해당한다. 따라서 한국 현대시에서 '국토의 심미화'의 계보학을 작성하는 일은 어떻게 민족(국가)이 이데올로기적으로 전유되는가를 살피는 일과 밀접히 연관된다. 이를 통해 한국 현대시의 민족 및 국가에 대한 상상력과 사유의 범위 역시 확장, 심화할 수 있겠다. 이런 작업 후에 우리는 어쩌면 민족(국가)과 그것의 물적 현현체로서 '국토'의 기원과 동일성을 절대화하는 우에서 벗어나, 민족(국가) 내에 존재하는 균열과 틈, 이질성과 타자성 등을 새롭게 보아내는 눈을 조금은 갖게 될 지도 모른다.

2. '금강산'과 '들'의 사이, 혹은 민족 심미화의 차이

이상화(1901~1943)는 1920년대 자유시 형성 과정에서 "식민지 근대의 삶과 절망하는 영혼, 그 사이에 가로놓여 있는 분열과 갈등에 형식을 부여하는 것을 자신의 운명으로 삼았던 '근대시인'"5)이었다. 그는 『백조』의 동인으로 참가하면서 『백조』 창간호(1922.1)에

「말세(末世)의 희탄(欷嘆)」을 발표함으로써, 임화의 표현을 빌린다면, '세기말의 잡다한 경향'의 집산지인 『백조』의 경향을 대변하는 시인으로 단숨에 부각된다. 일반적으로 말해, 『백조』를 비롯한 1920년대 초기 동인지의 시들은 죽음의 찬미에 경사된 감상성과 퇴폐성 과잉을 특성으로 한다. 이런 특징은 당대 시인들이 유학 등을 거친 근대성 체험의 선구자였음에도 불구하고, 거기서 얻은 낭만적 열정을 의미 있는 세속적 가치와 초월적 희망으로 전화시키지 못한 채 불안에 떠는 고립자로 머무른 데서 오고 또 강화된 것이다.[6]

그러나 여타의 시인들과 달리, 이상화는 「나의 침실(寢室)로」(『백조』, 1923.9)가 예시하듯이 궁극적으로 죽음(그것이 곧 '영원한 삶'인)의 찬미로 귀결되는 그 '낭만적 열정'을 가장 뛰어난 상상력과 근대적 형식으로 조형함으로써 「빼앗긴 들에도 봄은 오는가」(『개벽』, 1926.6)로 훌쩍 도약하는 계기를 거머쥔다. 물론 후자로의 시적 성숙과 도약은 『백조』의 해체 후 신경향파 문학에 적극 참가함으로써 얻어진 보상물, 그러니까 세계의 새로운 인식과 치열한 자기 탐구가 가져온 결과물이다.

이즈음 이상화의 시와 산문에서 가장 많이 보이는 말이나 현상을 들라면, 아마도 두 가지 의미의 '생활'일 것이다. 하나가 식민지로 전락한 조선의 비참한 생활현실이라면, 다른 하나는 민족의

---

5) 정우택, 「'世紀를 물고' '逆天'을 꿈꾸다」, 『한국근대시인의 영혼과 형식』, 깊은샘, 204면.
6) 김흥규, 「1920년대 초기시의 역사적 성격」, 『문학과 역사적 인간』, 창작과비평사, 1980, 235면.

'실감 있는 생명', 다시 말해 '조선의 새로운 생활양식'이다.7) 말하자면 그는 전자에 대한 투철한 인식과 부정을 통해 후자로 나아가고자 했던 것이다.

이를테면 「빼앗긴 들에도 …」는 이런 욕망과 태도를 시 자체로 보여주고 있다. 그는 이 시에서 "지식보다는 생활 자체의 지혜와 감정으로 존재하는 이면적 의식"8)에 주목한다. 이를 바탕으로, 자아 변혁에 대한 열정과 미학적 지향을 봄 풍경과 여성성, 여성의 몸을 복합화한 '국토'의 심미화와 자아의 긍·부정성에 고뇌하는 이중성으로 드러낸다. 1920년대 시에서 이 시만큼 '조선'과 '나', '자연'과 '내면', 생명과 죽음 등의 통합과 갈등을 보여주는 시는 거의 없을 것이다. 가령 "푸른 웃슴 푸른 우름"은 '들'(국토)의 것이기도 하지만, '나'의 것이기도 하다. 여기에 공감하는 사람들은 모두 '우리'가 되며, 우리들의 "완전한 국민성과 완전한 생명력"9)의 추구, 즉 땅의 되찾음과 보호 속에서 '조선의 새로운 생활양식'은 가능해진다. 이것이 조선의 민족현실에 토대한 '완미한 근대성'의 창조와 정착임을 알기란 어렵지 않다.

따라서 우리의 관심은 이상화의 민족과 국토의 심미화가 식민지 근대에서 가지는 의미 및 미적 주체의 성찰과 성숙을 함께 관찰할 수 있는 지대로 나아가야지, 저항적 민족주의의 한 코드로서 국토 예찬과 비애감을 앞세우는 과거의 독법에 머물러서는 안 된다.

---

7) 부정적 생활현실의 표현은 주로 시(「가장 悲痛한 祈慾」, 「도-쿄-」 등)에서, 그리고 새로운 생활양식의 요구는 「문단측면관」 같은 평론에서 이루어진다.
8) 조동일, 「현대시에 나타난, 전통적 율격의 계승」, 『한국시가의 전통과 율격』, 한길사, 1982, 162면.
9) 이상화, 「傍白」, 『개벽』, 1925.11.

1) 금강산 : 나—금강—조선의 생명이 묵계된 원초적 공간

이상화 시에서 이런 점을 검토할 때 「금강송가」(1925)를 먼저
주목할 수 있다. 우선 「금강송가」는 이광수와 최남선의 예에서
보듯이 이 시기를 풍미한 국토 예찬과 겹친다. 물론 산문과 시 장
르를 직접 비교 대조할 수는 없지만, 자연 대상을 대하는 태도와
심미화의 목적 등을 보면 그 동일성과 차이가 비교적 선명해질
것이다. 한편 이런 결과물들은 '실감 있는 생명'을 강조하는 때의
국토 예찬 또는 심미화를 전경화하는 효과도 가져올 것이다.

金剛! 아, 朝鮮이란이름과얼마나融和된네이름이냐. 이表現의背景意
識은 오직 마음의 눈으로만 읽을수있도다. 모—든 것이 어둠에窒息되
었다가 웃으며놀라깨는曙色의榮華와 麗日의新粹를描寫함에서 — 계서
비로소 熱情과美의 源泉인靑春 — 光明과智慧의慈母인自由 — 生命과
永遠의故鄕인 默動을 볼수있느니 朝鮮이란指奧義가여기숨었고 金剛
이란너는이奧義의集中統覺에서 象徵化한存在이여라

(…중략…)

金剛! 오늘의歷史가보인바와같이 朝鮮이죽었고釋迦가죽었고 地藏
彌勒모든菩薩이죽었다. 그러나 宇宙生成의路程을밟노라 — 때로變化
되는 이過渡現象을보고 묵은그時節의 朝鮮얼굴을찾을 수 없어 朝鮮
이란그生成全體가 죽고말았다 — 어리석은말은못하리라. 없어진것이란
다맛 묵은朝鮮이 죽었고 묵은朝鮮의사람이죽었고 묵은네목숨에서 겻
방사리하던印度의모든神像이 죽었을 다름이다. 恒久한靑春 — 無限의
自由 — 朝鮮의生命이綜合된너의存在는 永遠한自然과 未來의 朝鮮과
함께기리누릴 것이다.

(…중략…)

金剛! 너는 頑迷한物도 虛幻의 精도아닌 —物과精의渾融体그것이
며, 허수아비의 靜도미쳐다니는動도 아닌 —靜과動의和諧氣그것이다.
너의自身이야말로 千變萬化의靈慧가득찬 啓示이어라. 億代兆劫의圓
覺덩어리인 詩篇이어라. 萬物相이 너의渾融에서난 叡智가 아니냐. 萬
瀑洞이 너의和諧에서난 旅律이아니냐. 하늘을어루만질수있는 毘盧 —
彌勒이 네生命의昇昻을보이며 바다밑까지귀뚫은 八潭, 九龍이 네 生
命의深滲을 말하도다.

(…중략…)

金剛! 이나라가 너를뫼신자랑 — 네가朝鮮에있는자랑 — 自然이너를노
흔자랑 — 이모든자랑을속깊이깨치고 그를깨친때의驚異속에서 집을얽매
고노래를부를보배로운 한精靈이未來의朝鮮에서 나오리라, 나오리라.

金剛! 이제 내게는 너를읊조릴말씨가적어졌고 너를기려줄가락이거치
러져 다맛내가슴속에있는눈으로 내마음의발자욱소리를 내귀가헤아려
듣지못할것처럼 — 나는고요롭은恍惚속에서 — 할아버지의무릎우에앉
은손자와같이 禮節과自重을못차릴네웃음의 恍惚속에서 나의生命 너
의生命 朝鮮의生命이 서로默契되었음을 보았노라 노래를부르며 가비
압으나마이로서사례를 알뢰노라. 아 自然의 聖殿이여! 朝鮮의靈臺여!
—「金剛頌歌」(『黎明』2호, 1925.6) 부분10)

이상화가 『여명』 2호에 쓴 부기에 따른다면, 이 시는 1924년

---

10) 이 글은 김학동 편저, 『이상화전집』(새문사, 1987)을 논의와 인용의 저본으로
삼는다.

어느 신문에 발표되었다가 다시 발표된 것이다. 1925년은 그가 KAPF에 가담한 해이며, 식민지 근대에 대한 비판과 국토의 심미화를 중점적으로 표현하던 해였다. 가령 같은 잡지에 산문시 「청량세계(淸凉世界)」도 함께 발표되는데, 여기서 찬양되는 것은 ‘뉘우친 생명’을 굽이치게 시일(時日)을 주는 ‘자연’이다. 이 시는 자연이 곧잘 민족과 자아에 대한 지혜나 깨달음의 자극물이 된다는 점에서 「금강송가」와 닮아 있다. 그러나 한자어에 의지해 금강산의 아름다움을 관념적으로 찬양하는 데 바쁜 「금강송가」와 달리, 「청량세계」는 비교적 한글을 중심으로, 그리고 하루 시간대의 풍경 변화를 매개로 “자연의 계시에 충동이 되어서 인생의 의식을 실현한 적이 있는 조선의 기억”을 더듬고 추구하는 일에 보다 충실하다. 말하자면 「청량세계」는 ‘실감 있는 생명’=‘조선의 새로운 생활양식’이란 근대성의 추구를 자아의 일상과 자연 풍경을 매개로 드러낸 것이다. 이런 사실은 「금강송가」가 새로운 생활(생명)의 구체적 창조, 혹은 서정적 동일화보다는 국토나 자연의 예찬과 절대화에 훨씬 기울어져 있을 때의 산물임을 시사한다.

　이런 이해들을 토대로 「금강송가」에서의 국토의 심미화와 민족의 상관성을 몇 가지 분석하여 그 본질과 성격을 드러내 보기로 한다. ‘송가’라는 말이 시사하듯이, ‘금강산’은 겉으로 드러난 조선의 육(肉)이 아니라, “마음의 눈으로만 읽을 수 있는” ‘조선혼’의 상징이다. 그렇기에 그것은 “항구한 청춘—무한의 자유—조선의 생명이 종합된” 존재로서 “조선의 영대(靈臺)”인 것이다. 이런 장엄하고 숭고한 ‘국토’에 대한 감각은 ‘민족’에 대한 그것으로 환치됨으로써 민족의 절대성과 무오류성을 강화하는 계기가 된다.

그런 만큼 금강산의 심미화 과정에 실제 조선 현실이 들어설 여지가 없으며, 따라서 여기에 그려지는 민족은 추상적이며 관념적이다. 「금강송가」가 당대 현실에 대한 구체적 반영 없이, 금강산에 대한 주관적인 영탄이 끊임없이 표출되며 궁극적으로 '새로운 생명'("나의 생명 너의 생명 조선의 생명이 서로 묵계되었음을 보았노라")의 영원한 장(場)으로 순탄하게 표상되는 것도 이 때문이다.

물론 그의 예찬이 이미 '죽은 조선'의 반성과 금강산의 진면목을 미처 헤아리지 못한 자아에 대한 성찰을 배제하고 있지는 않다. 그가 금강산에서 본 나와 너, 조선의 생명의 묵계는, 역으로 말해 국토에 대한 사랑과 예찬 못지않게, 조선 현실과 시대적 문제, 그것을 대하는 주체의 자세에 대한 항상적인 파지가 있을 때 가능하다. 그러나 「금강송가」는 조선 현실이나 자연풍경과의 매개를 통해 '실감 있는 생명'을 얻어내기보다는, 금강산의 '정위(淨偉)롭은 가슴'과 '관미(寬美)로운 미소'를 통해 미적 주체가 개아(個我)적·민족적 자아의 자각에 이르는 과정을 추상적으로 표현하는11) 것에 중심을 두고 있다.

이런 한계는 비록 '송가'일지라도 다음과 같은 1920년대 근대 자유시 형성 과정이 갖는 의미와 한계로부터 멀지 않다. 1920년대 근대시는 중세적 규범으로부터의 자유, 경험의 개별성과 정(情)의 긍정, 개아의 욕구 및 일상적 삶 자체의 가치 추구 등의 심화와 함께, 그것들을 유기적으로 통합한 삶과 세계로 나아가야 할 역사적 국면에 놓여 있었다.12) 그러나 퇴폐적·감상적 낭만주의

---

11) 김학동, 「이상화연구」, 『이상화전집』(김학동 편), 185면.
12) 김흥규, 「부서진 세계 안의 자유와 절망」, 『전환기의 동아시아 문학』(임형

로 대변되는 부정적 꼬리말처럼, 당대 시인들에게는 '부서진 세계' 안에서의 절망만이 그들에게 주어진, 아니 그들이 선택한 유일한 자유였다. 물론 「금강송가」는 패배와 절망으로 점철된 감정 과잉의 시편과는 여러모로 다르다. 특히 미적 주체의 자기 인식과 가치 판단이 세계를 인식하고 판단하는 기준으로 확고히 개입하고 있다는 점이 그렇다. 하지만 삶과 세계의 전체적 통합을 통한 '생명'의 제시라는 점에서는 여타의 국토의 심미화 시편에 미치지 못한다. 이것은 자신 고유의 의지와 심미안으로 '나'와 '금강', '조선'의 동일성과 타자성을 이해하고 전유하는 대신, 금강산에 압도당한 채 그것의 찬양에 시를 바쳤기 때문이다.

어쩌면 우리는 이 때문에 「금강송가」에서 겉으로 보이는 국토 예찬과 그를 통한 간접적 저항 외에, 이광수와 최남선이 그러했듯이, '국토'를 단순한 땅이나 거주지가 아닌 민족의 동일성과 역사성·미래성을 보장하는 신령스런 존재, 즉 불멸의 영혼으로 물신화하는 태도를 어느 정도 읽어내는지도 모른다. 물론 이런 태도는 여타의 국토의 심미화 시편에서는 거의 드러나지 않는다는 점에서 매우 깊숙이 내면화된 것은 아니다.

가령 최남선은 조선주의의 실천, 다시 말해 신화적 민족사를 읽어내고 구축하기 위해서, 그리고 이광수는 국토를 미적 이상을 구현한 심미적 존재로 전유함과 동시에 그것을 자아의 내적 성찰에 활용하기 위해 금강산(과 다른 국토) 기행과 그 경험의 감각화에 열중했다. 이런 작업은 결과적으로 민족적 명소로서 금강산을 새

택·최원식 편), 창작과비평사, 1985, 205~206면 참조.

롭게 발견하고 재구성하는 작업이자 그것의 숭고함을 내면화하는 과정이라는 점에서 민족주의, 엄밀히 말해 문화민족주의의 동기를 띤다.13)

그러나 지금까지 논했듯이, 이들이 금강산을 비롯한 국토 기행에서 추구하는 것은 현재의 조선 현실도 아니요 미래형으로서 '조선의 실감 있는 생명'도 아니다. 그보다는 당대 현실과 거의 무연한 민족의 원초적 심미화를 통해 민족의 기원적 동일성을 강화함으로써 민족의 자명성과 운명적 공동성의 신화를 발명, 강화, 유포시켜 나가는 일이 중요했다.14)

그에 반해 이상화는 '국토'의 심미화를 민족의 서사시적 과거로 치환하기보다는 식민화된 현실과 거기서 해방된 미래를 복합적으로 이해하고 추구하는 방법으로 삼았다. 「금강송가」가 이상화의 다른 시들에 비해 시 자체의 심미성과 영혼의 울림에서 여러모로 부족함에도, 1920년대 문학에서 말해지는 '민족' 이념과 내용 등의 다양함, 거기서 보이는 균열과 틈을 새롭게 들여다보게 하는 창이 될 수 있다면, 아마도 이 때문일 것이다.

---

13) 보다 자세한 논의는, 김현주, 「국토 기행문의 계보학」, 『한국 근대산문의 계보학』, 소명출판, 2004 및 서영채, 「최남선과 이광수의 금강산 기행문에 대하여」, 『민족문학사연구』 24호(민족문학사학회 편), 2004 참조

14) 이런 점에서 현실이 결락된 이광수와 최남선의 국토의 심미화·절대화를 통한 조선주의와 조선혼의 발굴과 제창은 일종의 창조된 전통이다. 그러나 이것은 일본이 서양 근대에 맞서 일본적인 것을 창안 전파하기 위한 방법으로 취해진 일본주의의 발명을 빌려 조선에 투영한 것이었다. 이런 방법적 동일성은 이후 일제 말기에 이르면 대동아공영권의 구호 아래서 일본과 조선의 동조동근론과 황국신민화 정책을 위한 허구적 담론으로 전환하는 계기로 작용한다.

2) 빼앗긴 들 : 자연과 생활의 복합성 및 식민지 현실의 감각화

이상화 시에서 이런 창의 역할을 제대로 수행하는 시는 「빼앗긴 들에도…」(1926)이라 할 수 있는데, 과연 어떤 점에서 그러한가. 이 시기는 그가 KAPF에 참여하던 때이자, 가장 열정적으로 조선의 식민지 근대성을 비판하는 한편, 일상적 삶과 통합된 자연의 표현에 빠져들었던 때이다. 이런 상황들은 저항적 민족주의나 계급주의의 틀로만 이 시들을 해석할 수 없음을 뜻한다. 이상화는 생활의 진정성을 비껴가는 '주의자'이기에 앞서, 근대의 모순과 혼돈의 충동 등을 냉철하게 응시하고 그것을 시적 창조의 에너지로 전화하는 데 주력한 근대시인이었다.[15] 그는 식민지 조선 현실에 대한 비판과 국토의 심미화에 그 에너지를 집중시켰는데, 그것은 '조선 현실'의 극복을 통한 '실감 있는 생명'의 획득이란 자기 시론의 시적 총화였다 하겠다.

이 시기 국토의 심미화 또는 국토예찬에 해당하는 시들로는 「청량세계」, 「비갠 아츰」, 「반딧불이」 등이 있다. 제목들이 암시하듯이, 이 시들은 빛, 다시 말해 맑음과 밝음의 세계에 대한 서정적 동일화를 수행하는 한편, 그것들의 소중함과 보호의 필요성을 강조하는 성격을 띠고 있다. 가령 「빼앗긴 들에도…」와 함께 실린 「비갠아츰」에는 "이짱은 사랑뭉텅이 갓구나 / 아 오늘의우리목숨은 복스러워도 보인다"와 같은 흥에 겨워하는 구절이 보인다. 이 시는 적확한 생활현실의 이해보다는 '국토'와 '민족'에 대한 찬양과 기대에 주안점을 두고 있다. 그래서인지 생활과 자연 풍경의 복

---

15) 정우택, 「'세기를 물고' '역천'을 꿈꾸다」, 앞의 책, 219면.

잡한 얽힘을 통해 민족 현실과 해방된 미래에의 기대감을 동시에 표현하는 「빼앗긴 들에도…」보다 훨씬 낭만화되어 있다. 「빼앗긴 들에도…」가 '국토의 심미화'의 절정에 올라 있는 시이자 '민족'의 상관성 고찰에 있어 가장 모범적이며 소중한 시로 이해될 수 있는 까닭이 여기에 있다.

지금은 남의땅—빼앗긴들에도 봄은오는가?

나는 온몸에 해살을 밧고
푸른한울 푸른들이 맞부튼 곳으로
가름아가튼 논길을짜라 꿈속을가듯 거러만 간다.

입슐을 다문 한울아 들아
내맘에는 내혼자온것 갓지를 안쿠나
네가 끌엇느냐 누가부르드냐 답답워라 말을해다오

(…중략…)

내손에 호미를 쥐여다오
살찐 젓가슴과가튼 부드러운 이흙을
발목이 시도록 밟아도보고 조흔쌈조차 흘리고십다.

강가에 나온 아해와가티
쌈도모르고 싯도업시 닷는 내혼아
무엇을찾느냐 어데로가느냐 웃어웁다 답을하려무나.

나는 온몸에 풋내를 씌고,
푸른웃슴 푸른설음이 어우러진사이로
다리를절며 하로를 것는다 아마도 봄신령이 접혓나보다.
그러나 지금은—들을빼앗겨 봄조차 빼앗기것네
　　　—「빼앗긴 들에도 봄은 오는가」(『개벽』70호, 1926.6) 부분

이상화는 「금강송가」에서 "벌거버슨 조선—물이 마른 조선에
도 자연의 은총이 별달리 잇슴"을 알게 되었음을 고백하는데, 금
강산은 그 은총을 대표한다. 이때 '벌거버슨 조선'이 과거와 현재
의 조선의 죽음을 상징한다면, '자연의 은총', 즉 청춘과 자유와
조선의 생명이 종합된 존재로서 금강산은 "영원한 자연과 미래의
조선과 함께" '생성전체'를 기리 누리는 영생의 존재이다. 생명과
죽음, 자연과 생활, 꿈과 현실 등의 대립은 「빼앗긴 들에도…」에
도 뚜렷한데, 특히 첫 행 "지금은 남의땅—빼앗긴들에도 봄은오
는가?"가 그렇다.

'남의땅'과 '빼앗긴들'은 같으면서도 다른 '국토'이다. 이것들은
식민화된 조선 현실을 이미지화한다는 점에서 동일하다. 그러나
어느 논자의 말처럼, '땅'은 한갓 객체로서의 일제 식민지를, '들'
은 공동체적 삶이 실현되는 낙토를 먼저 표상한다.16) 첫 행을 제
외하고는 '땅'이 다시 등장하지 않는다는 점과, 역시 '들'만 등장
하는 제목과 마지막 행도 이런 연상을 가능케 한다. 어쩌면 이런
이유로 이 시 어디에도 아직 봄을 맞지 않은 삭막하고 황폐한 겨

---

16) 윤영천, 「근대 서정시의 확립과 낭만주의」, 『민족문학사 강좌』 하(민족문학사
　　연구소 편), 1995, 82면.

울 현실을 일체 넣지 않는 것인지도 모른다.

이 시는 봄을 맞은 '빼앗긴 들'을 건강한 여성성에 의탁해 표현하는 일과, 때로는 그 들과 동일화되고 때로는 이질화되는 자아의 내면을 그리는 데 집중하고 있다. 「나의 침실로」도 한 예이겠지만, 1920년대 시에서 이상화만큼 자기가 목적하는 시적 창조에 요구되는 여성성을 포착, 표현한 경우는 거의 없다. 이 시에서 봄을 맞은 들판은 현실과 무관하게 원초적인 풍요로움을 자랑하는데, 전통적 여성은 이를 대체하고 연결하는 제일의 매개체가 된다.

여기서의 여성은 비록 육체성을 강하게 드러내고 있지만, 「나의 침실로」의 관능적 애인과는 다르게 포용력과 사랑으로 '빼앗긴 들'이나 '나'를 감싸 안는 대지적 모성의 역할을 담당한다. 봄 치장을 한 '빼앗긴 들'이 환기하는 고난 받되 아름다운 어머니(누이)[17]라는 이미지야말로 '국토'와 거기 사는 '우리'(민족)의 역사와 현실·미래를 차분히 성찰하도록 유인하기에 충분한 기제인 것이다. 이런 이중성은 자아가 봄을 맞은 '들'과 흠뻑 융화되었다가도, 끝내는 '봄은 오는가'를 끊임없이 회의하면서 구체적 지향점도 없이 "다리를 절며" 하루를 걷게 되는 주요한 까닭일 것이다. 자신의 복합적 정서일 '푸른웃슴 푸른설음'이 자연에 투사되는 것도 이와 같은 자아의 희망과 절망의 반복 교차 때문이다.[18]

---

17) 어머니 또는 누이의 모습으로 형상화되는 수탈당하는 '들(국토)'의 이미지는 이후 제국주의의 침략과 간섭아래 지속적으로 놓이게 되는 한반도 현실을 은유하는 일종의 클리셰가 된다. 특히 신동엽을 필두로 한 1960년대 이후 민족문학 진영의 '국토의 심미화'는 이 범주를 크게 벗어나지 않는다 해도 과언은 아니다.

18) 이런 점에서 정지용의 「향수」는 좋은 비교 대상이 된다. 정지용의 「향수」는

이상화 시에서 두드러지는 이런 태도는 어쩌면 다음과 같은 문학관을 내면화하고 있기 때문인지도 모른다. 그는 식민화된 조선의 현실을 제대로 포착, 표현하지 못하는 '절름발이 작가'를 이렇게 비판한다. "그(민족—인용자)울음과 그부르지즘을 어더듯지못하고 그울음과 그부르지즘을 그대로나마 記錄하래도못하는사람이 그나라의生命을表現하는作者가 되었다면 글쓸사람의意識을 못 가진죄가얼마나클것이며 作者自身의 빼앗긴허물은엇지나 될것인가."[19] 이상화에게 조선 현실의 관찰과 그것의 조선어로의 표현은 그가 갈망하는 민족의 '새로운 생활양식', 곧 '실감있는 생명' 창조의 전제조건이다. 요컨대 그는 식민화된 '민족'과 '국토'의 현실에 대한 충실한 이해 속에서, 자신과 여타의 작가를 유토피아 충동을 시화(詩化)하는 창조가로서 요구했던 것이다.

「빼앗긴 들에도…」의 성취로 흔히 지적되는 요소들, 이를테면

「빼앗긴 들에도 ……」보다 불과 7개월 뒤인 1927년 3월 『조선지광』에 발표되었다. 이때는 문화민족주의의 열풍 아래 '조선적인 것'에 대한 관심이 한창 고조되던 때였다. 이에 따라 농촌은 전통의 보고이자 조선다움이 형성되고 결정되는 원천으로 인식되기 시작했고, 그 결과 계몽되어야 할 야만적 농촌, 즉 현실과는 전혀 다른 이상화된, 그래서 그리움의 대상이자 보존되어야 할 대상, 나아가 회복되어야 할 가치를 지닌 심미적 대상으로서의 '향토'로 포착되기 시작했다. 정지용의 「향수」에는 분명 가난의 문화사가 배어 있지만 그것을 바라보는 시선은 그로인한 고통과 분노의 시선과는 거리가 먼 매우 심미화된 근대적인 시선이다. 말하자면, 정지용의 「향수」에 나오는 '향토'의 모습은 직접적으로 문화민족주의의 산물은 아니었어도 대상을 객관적으로 거리화시켜 바라보는 근대적 원근법이 발견한 심미화된 '향토'라는 것이다. 보다 자세한 내용은 오성호, 「「향수」와 「고향」, 그리고 향토의 발견」, 『정지용의 이해』(김종태 편), 태학사, 2002 참조. 이에 비한다면, 「빼앗긴 들에도…」는 자연의 아름다움에 대한 찬탄과 식민지 현실의 고통과 분노가 복합적으로 어우러진 '국토'의 발견에 해당한다.

19) 이상화, 「문단측면관」(『개벽』, 1925.4), 『이상화전집』(김학동 편), 80면.

전통의 자유분방한 가락을 근대 자유시의 율격으로 자연스럽게 전환시킨 점, 당대 식민지 현실과 그로부터의 해방 욕구를 자아와 봄 풍경의 적실한 통합과 이화(異化)를 통해 드러낸 점 등은 그와 같은 끊임없고 견결한 자아성찰의 몫일 터이다. 다만 가장 커다란 아쉬움이 있다면, 1927년 의열단 사건에 연루되어 고초를 겪은 후 작품 활동보다는 비탄과 폭음을 가까이 하는 생활을 하게 됨에 따라 「빼앗긴 들에도…」를 뛰어넘는 작품의 소출을 볼 수 없게 되었다는 사실이다.

지금까지 보아왔듯이, 「금강송가」와 「빼앗긴 들에도…」는 이상화 시에 내장된 민족의식과 국토의 연관성을 비추어 주는 거울 역할을 한다. 두 시는 조선 현실에 대한 탐구 속에서 실감 있는 생활을 발굴하려 한다는 점에서 공통적이다. 하지만 전자는 숭고한 대상에 대한 추상적 예찬에 기울어 그것이 어떻게 근대와 제대로 접합된 '조선적인 것'의 발견을 이루고 있는가를 못 보여 주고 있다. 「빼앗긴 들에도…」는 바로 이런 목표를 탁월하게 형상화함으로써 당시뿐만 아니라 궁핍한 시대에는 언제나 통용되는 동시대성을 확보했던 것이다.

3. 과거의 신비화와 국토 심미화의 상관성

그렇다면 우리가 앞에서 이상화 시의 민족과 국토의 심미화에 비추어 해석할 수 있는 후배 시인으로 지목했던 서정주와 신동엽의 경우는 어떨까. 그들은 봄은 봄이되 봄이 아닌 조선의 들을 거닐면서 느끼는 즐겁고 서글픈 정서의 복합성에 사로잡혀 있던 이상화의 현실과는 다른 시공간을 살았고 또 작품 활동을 했다. 그러나 이것은 어디나 후대의 역사화된 시선이 파악한 현실이라는 점에서 그들의 삶과 시 모두를 해명해주지는 못한다. 서론에서 이야기했듯이, 한국전쟁 후 서정주와 신동엽은 국토의 심미화를 과거의 신비화와 통합함으로써 각각 보수적 민족주의와 저항적 민족주의를 대표하는 시인이 된다. 과연 그들은 어떤 점에서 민족과 국토의 심미화라는 주제 탐구에서 이상화를 정점으로 하는 삼각형의 밑변이 될 수 있는가. 이 주제와 밀접히 관련된 서정주와 신동엽에 대한 논의는 이미 다른 글에서 어느 정도 이루어졌으므로, 여기서는 그 핵심과 계보를 개략적으로 제시하기로 한다.

1) 과거의 신비화와 보수적 순응주의—서정주의 '국토'

먼저 서정주의 경우이다. 서정주에게서 '국토의 심미화'와 민족의 상관 관계를 발견할 수 있는 것은 이미 「수대동시」(1938)에서이다. 이 시기는 당시 조선을 휩쓸던 전통론의 영향 아래 서정주가 서양과 근대적인 것과의 결별을 선언하면서 동양적 영원성으로 막 귀향을 선언하던 때이다. 서정주는 그 심정을 "흰 무명옷 가라입고 난 마음"이라고 하면서 "고구려에 사는 듯 아스럼 눈감었든 내넋의 시골 별 생겨나듯 도라오는 사투리"라고 적었고, 한편 그것을 그의 고향—'수대동'에 대한 재발견으로 시화해냈다.

이런 '고향'의 심미화 혹은 재발견은 고향, 나아가 민족과 동양 등 당시 일본이나 서양 등에 의해 저급성과 단순성·야만성 따위의 표지로 지시되던 것들을 오히려 소박성과 원초성·완전성으로 재해석하여 자아의 고유성과 특수성을 보장하는 기원적 동일성의 근거지가 된다.20) 물론 1930년대 후반 당시 일본의 대동아공영의 논리는 미당의 소박한 동양주의를 서양과 근대에 대한 배타적 배격과 극복을 의도하는 근대초극 논리로 포섭해감으로써 그의 시적 파탄을 일거에 유인했다. 그의 평생 업보였던 친일문학이 탄생한 지점인 것이다21)

이런 점을 고려하여, 서정주 시에서 진정 의미 있는 국토의 심미화와 민족 이념의 상관성을 따진다면, 그것은 아무래도 『신라초』(1960)와 『질마재 신화』(1975)에서일 것이다. 공통적으로 두 시집은 역사와 과거의 심미화가 '국토의 심미화'를 대치 수행한다는 특징을 보인다. 말하자면, 두 시집에서 '신라'나 '질마재'란 특수한 공간 자체가 심미화되는 것은 아니다. 그보다는, 공히 '풍류도'라는 삶의 원리에 따라 생활을 꾸려가는 심미적 인간형의 탐색을 통해 '신라'와 '질마재'는 성(聖)과 속(俗)이 교통하고 하나로 어우러지는 '영원성'의 세계로 제시되는 것이다. 이와 더불어 그는 한국전쟁의 두려움과 끔찍함을 「상리과원」(『서정주시선』, 1956)

---

20) H. 야우스, 장영태 역, 『도전으로서의 문학사』, 문학과지성사, 1983, 49~50면 참조.
21) 보다 자세한 설명은, 최현식, 「민족, 전통, 그리고 미―서정주의 중기 문학」(『말 속의 침묵』, 문학과지성사, 2002)의 제2장 '해방기 '민족문학론'의 향방과 서정주' 및 최현식, 『서정주 시의 근대와 반근대』, 소명출판, 1993, 119~139면 참조.

등과 같은 지극히 사적이며 심미화된 세계의 창조를 통해 초극했던 터라, 굳이 국토의 심미화에 전력할 까닭이 없었다.

그러나 두 시집에서 다루어지는 심미적 인간형의 유형과 대상을 심미화하는 태도는 사뭇 다르다. 『신라초』에서는 주로 선덕여왕·백결선생·사소부인 등 귀족계급이며 『삼국사기』나 『삼국유사』 등에 나타난 그들의 행적을 시적 담론으로 재창조하는 형식을 띤다. 이것은 마치 서정주와 김동리에게 많은 영향을 끼친 범부 김정설이 『화랑외사』를 쓰면서 '풍류도'를 단순히 '한국적인 것이 아니라, 국민을 훈육하고 규율하는 원리, 곧 국민도덕의 전통적 근거'로 삼았던 것을 떠오르게 한다. 즉 서정주의 『신라초』는 한국전쟁으로 초토화된 현실을, 그리고 새로운 국민국가의 건설을 '신라', 좁혀 말해 그 당시의 본받을 만한 인물의 절대화와 심미화를 통해 널리 계도하고자 했던 의욕적 시도의 일부로 이해될 수 있다.[22]

그에 반해 『질마재 신화』의 주인공들은 상두꾼·과부·통간자 등등 마을에서 소외받고 손가락질 받기 쉬운 변두리삶인 경우가 많다. 그러나 이들은 특유의 예인(藝人)적 기질을 바탕으로 마을 사람들로부터 그럭저럭 인정받으며 살아간다. 말하자면, '질마재'는 도덕보다는 자연법이, 윤리보다는 예가 앞서는 마을인 것이다. 서정주는 오히려 이들의 삶에서 진정한 풍류도의 계승과 개화를 보는 것이다. 이런 모습에서 어떤 논자는 현실주의의 역설적인 승리를 본다. 그러나 여기에는 능청과 해학은 있어도, 현실을 전

---

22) 보다 자세한 설명은, 최현식, 『서정주 시의 근대와 반근대』, 1부 「서정주와 영원성의 시학」의 제5장 ''영원성'의 기원 호출과 절대화, 그리고 일상화' 참조

복하고 변혁하는 바흐찐적 의미의 '웃음'의 미학23)은 없다.24)

『신라초』와 『질마재 신화』가 소재와 분위기가 먼 것 같아도 결국은 하나로 관통되는 것이 있다면, 현실을 회피한 보수적 순응주의의 미학이다. 거기에는 상상된, 미학화된 민족의 과거와 역사는 존재하지만, 현실로서의 민족은 어디에도 등장하지 않는다. 그런 점에서 이 시집들에 등장하는 민족 현실의 이미지들은 초기의 「자화상」(1939)의 그것에서도 후퇴한 것인지도 모른다.

2) 실패한 역사의 기억과 '국토'의 원초화─신동엽의 '국토'

다음으로 신동엽의 경우이다. 서정주와 마찬가지로 신동엽도 국토의 심미화는 역사의 심미화와 매우 밀접한 관련을 지닌다. 아니 오히려 지향되어야 할 역사를 매우 심미화된 자연 내지 풍속 속에서 다룬다는 점에서 서정주보다 국토의 심미화에 훨씬 밀착되어 있다. 다만 결정적인 차이가 있다면, 지워진 역사와 피지배자를 심미화의 대상과 주체로 내세우고 있다는 사실이다. 이런 태도가 신동엽 시를 일관되게 지배했음은 「향아」(1959)와 10여 년 뒤의 유작(遺作) 「만지(蠻地)의 음악(音樂)」(1970)을 비교해 봐도 뚜렷이 드러난다. 두 시는 10여 년의 세월이 무색하리만큼 내용과 형식에서 거의 변화가 없다. 이런 연속성은 신동엽의 역사의식과 심미화의 방법 등을 풍부하게 시사한다는 점에서 주목할 만하다.

---

23) M. 바흐찐, 이덕형 외역, 『프랑수아 라블레의 작품과 중세 및 르네상스의 민중문화』, 아카넷, 2001, 136~138면 참조.
24) 『질마재 신화』에 대한 자세한 논의는, 최현식, 『서정주 시의 근대와 반근대』 1부 「서정주와 영원성의 시학」의 제6장 '신화 속의 '질마재', '질마재' 속의 신화' 참조.

이 시들은 우리 민족의 "오래지 않은 옛날"(「향아」)의 한 단면을 눈앞의 현실인양 즉물적이고 감각적인 이미지로 그려내고 있다. 질박한 인정과 평화가 넘쳐흘렀던 그곳에 실감나는 현장성을 부여하려는 미적 장치인 것이다. 그리고 더욱 중요하게는 그 세계를 아무도 부정하거나 파괴할 수 없는 '시초와 절정의 세계'에 속하도록 규범화하는 시간의 잠금 장치이기도 하다.

민족의 풍성한 '옛날'은 "전설같은 풍속", "미개지", "꽃 핀 전설", "만지의 음악"과 같은 추상적인 시·공간 속에서 현상된다. '전설'·'미개지'·'만지'는 말의 이미지만으로도 그곳이 현실적인 측정과 감촉이 전혀 불가능한 전인미답의 세계, 곧 절대과거임을 충분히 환기시킨다. 말하자면 실제 시간 '옛날'은 이들 세계로의 지속적인 치환을 통해 절대과거로 고양되는 것이다. 물론 이때 '옛날'이란 말의 의미도 "하나의 사실, 하나의 개념, 하나의 가치로서 이미 완성되고 완결된 불변의 것"25)으로 가치가 증여된다. 이를 통해 '옛날'은 영원히 기억해야 할 '민족'의 전통으로 확정되며, 현재와 미래를 기획하는 전범 혹은 기준점이 된다 하겠다.

그런데 흥미롭게도 신동엽 시에서 민족의 시초와 절정을 이루는 '옛날'은 삼국통일 이전의 상고시대 혹은 후삼국시대 등으로만 제한되어 있다. 통일신라·고려·조선 등 하나의 나라, 하나의 지배계급이 모든 패권을 행사했던 사회는 의도적으로 배제되고 있는 것이다. 잘 아는 대로, 우리 역사에서 신동엽이 '옛날'의 범주에 집어넣고 있는 세계들은 특히 기록의 측면에서 일종의 공백

---

25) M. 바흐찐, 전승희 외역, 『장편소설과 민중언어』, 창작과비평사, 1988, 34면.

지대를 이루고 있다. 정치적 패배에 의해 그 존재 자체가 지워지
거나 왜곡되고 있는 것이다. 그러나 시인은 진보적 역사의식과
현실주의적 상상력을 적극 결합시켜 그것을 평등하고 조화로웠
던 '생활의 세계'의 한 풍경으로 새롭게 증폭시켜 낸다. 그럼으로
써 그 '옛날'들이 역사적 실재라는 인상을 강화한다.26)

그런데 신동엽 시에서 '옛날'들은 대개 시대적 순서에 따라 배
열되어 있다. 이것은 자주적이고 평등한 '옛날'들의 면면한 지속
과, 외세를 등에 업은 반민족적인 집단에 의한 그것들의 반복적
파괴를 함께 아우름으로써 역사의 타락을 선명히 부각시킨다. 이
와 같은 선과 악의 전도는 패배한 '옛날'들을 오히려 기억할 만한
민족의 진정한 과거로, 더 나아가서는 되찾지 않으면 안 될 숭고
한 역사와 전통으로 상상하게끔 한다.

이렇게 재구성된 '민족'으로서 새로운 '우리'가 거주하는 '국
토'는 신동엽 시에서 흔히 평등주의와 평화주의가 핵을 이루는
'생활의 세계'로 불린다.27) 말하자면, 과거로부터 차용한 일종의
상상된 유토피아인 것이다. 그러나 김수영이 적절히 갈파했듯이,
이처럼 심미화된 민족 이미지는 그 저항성을 충분히 감안한다 하
더라도 지나치게 추상적이며 낭만적이다.28) 서정주에게 변두리
삶이 예인이라면, 신동엽에게는 무결점의, 그러나 언제나 지배자

---

26) 보다 자세한 논의는, 최현식, 「민족과 전통의 발견술─신동엽 시를 읽는 하나
의 관점」, 『말 속의 침묵』, 문학과지성사, 2002, 346~348면 참조.
27) "반도는 / 평화한 두레와 평등한 분배의 / 무정부 마을"(「금강」, 『증보판 신동
엽 전집』, 창작과비평사, 1975, 137~138면)과 같은 구절은 '생활 세계'의 이미
지를 핵심적으로 요약한다.
28) 김수영, 「참여시의 정리」, 『창작과비평』, 1967년 겨울, 636면.

와 권력자의 탄압에 노출된 전경인(全耕人)이다. 이런 도식적인 현실 및 민족 이해는 그의 시가 가진 리얼리즘의 폭과 깊이를 상당히 좁히는 결과를 초래하게 된다.

지금까지 보아 왔듯이, 국토의 심미화와 민족 이념은 시인 고유의 역사의식과 현실인식 태도에 따라 매우 유사한 듯하지만 차이가 심한 계보를 형성하고 있다. 특히 서정주와 신동엽은 이후 각각 보수적 민족문학과 진보적 민족문학의 국토 혹은 민족의 심미화에 대한 역할 모델을 하게 된다는 점에 각별한 중요성이 있다.29) 따라서 이들의 민족 이데올로기를 검토하고 성찰하는 일은 단순히 문학사의 계보를 그리는 일에 그치지 않고, 조금 과장한다면 이른바 보수와 진보 문학 진영의 그것을 검토하고 성찰하는 작업이 된다고 할 수 있다.

4. 국토의 심미화와 그 전이의 역사

한국 근대문학에서 민족과 국토의 심미화를 논할 수 있는 시(시조 포함)를 찾아본다면 적지 않을 것이다. 물론 시인이 민족의 이념과 지향을 민중의 평등과 자유의 쟁취에 두느냐, 아니면 혈연, 지연, 언어 등 추상적인 요소들을 보다 중시하여 민족의 단결과

---

29) 이런 관점 아래 작성된 글이 이 책 말미에 실린 「민족과 국토, 그리고 미—조태일의 『국토』의 경우」이다.

융화에 두느냐에 따라 그것이 표현되는 행방은 많이 달랐다. 이와 같은 차이는 마치 서로 다른 민족과 국토의 심미화 양상이 계급과 사상의 차이에서 기원한 듯한 인상을 준다. 이를 아주 부인할 수는 없지만, 그러나 그 시초와 심화 양상에는 근대 국민국가의 질적 경험 여부 역시 주요한 기제가 된다.

근대계몽기의 다양한 문명화 기획은 국민국가의 건설을 목표로 삼았다. 이를 위해 신문과 잡지 같은 대중매체가 제공한 세계지(知)와 민족지(知)는 근대성에 뒤떨어지지 않는 '국민'을 육성하기 위한 것이었다. 그러나 일제 식민지로의 급속한 전락은 '국민국가'로의 재편을 가로막는 한편, 조선(인)의 존재 자체를 부인하는 위험한 현실이 되었다. 최남선과 이광수가 중심이 되었던 1920년대의 문화민족주의 기획과 실천, 다시 말해 국토 기행과 그것의 심미화는 민족적 동일성과 초월성의 심화와 확산을 통해 '우리 민족'라는 의식을 강화하기 위한 것이었다. 물론 이는 '우리'가 중심을 이루는 국민국가에 대한 소망을 대체하는 측면이 있지만, 조선 현실과 미래화에 대한 고민이 빠져 있다는 점에서 제한적이다.

그러나 동일한 식민지인이었던 이상화는 심미화의 목적을 조선 현실의 반성과 '실감 있는 생명'의 창조에 두었다. 그럼으로써 현실과 별 연관이 없는 '민족'의 절대과거를 발명하기보다는, 비록 우수와 회의를 완전히 벗지는 못했지만 「빼앗긴 들에도…」와 같은 '생명'을 탄생시켰던 것이다.

다시 강조하건대, 이것은 그가 근대 세계의 일방적 폭력에 대해 맞서기 보다는 수세적으로 그 질서를 승인하고 퇴행하는 주체와 민족의 모습을 끊임없이 비판했기 때문에 가능했다. 그러나 식민지 조선의 지속과 그에 대한 절망은 그에게 더 이상의 화사한 봄을 허용하지 않는바, 이는 그에게 '민족'이 초월성의 논리보다는 여전히 '실감있는 생명=생활'로 내면화되어 있었기 때문일 것이다. 가령 "살찐 젓가슴과 가튼 부드러운 이흙을 / 발목이 시도록 밟아도보고 조흔쌈조차 흘리고십다" 같은 구절을 보라. 이런 점에서 '우리 땅'에 토대한 근대 국민국가의 부존재는 이상화에게는 몹시도 아쉬운 요소였다 하겠다.

이에 비한다면, 서정주와 신동엽은 근대 국민국가 아래 민족과 국토의 심미화를 수행했다는 점에서 행운이랄 수도 있다. 그러나 낙후된 근대국가의 현실은 이상화처럼 당대 현실을 시의 시공간으로 설정하기보다는 과거의 신비화와 역사의 심미화를 부추기는 요소가 된다. 그들은 이를 위해 국토의 심미화를 적절한 시적 방법으로 동원하는바, 이것은 서정주에게는 현실초월의 논리로, 신동엽에게는 현실에 대한 저항의 무기로 작동한다. 이런 점에서 이들 역시 잘 정비되고 제도화된 국민국가의 수혜자들은 아니었다. 특히 독재의 그늘에 누구보다 몸 시려하며 해방과 삶의 정치를 욕망하던 신동엽에게는 더욱 그러했을 것이다.

이처럼 자기 삶의 토대를 규정하는 근대 국민국가의 유무, 그것의 체험 여부는 민족과 국토의 심미화 방법과 내용에서 다양한 무늬들과 영혼을 드러낸다. 특기할 만한 점은 이들이 현실의 민족 혹은 국민국가에 대해서는 부정적 태도를 취한다는 사실이다. 그만큼 국민국가의 긍정성에 대한 체험의 밀도가 낮다는 이야기이다. 하지만 이것은 역으로 민족의 우월성과 절대성을 목적으로 민족을 서사시의 세계로 밀어 넣는 원동력이 된다. 이런 현상이 군사정권이 존재하던 1980년대까지 지속된 현상임은 주지의 사실이다.

그렇다면 사회주의의 몰락과 탈민족주의의 대두, 디지털 세계가 본격화되는 1990년대 이후 시세계의 주류를 이루는 생명/생태 시학은 어떨까. 자연과 생명 현상에의 몰입과 찬양에 몰두해 있는 그것은 과연 민족과 국토의 심미화, 국민국가와 어떤 관계에 놓여 있을까. 과연 그것은 민족과 국가, 그것의 물리적 토대로서 국토를 탈영토화하고 있는가, 아니면 좀 더 내밀한 방법으로 재영토화하고 있는가. 이 작업까지 마무리된다면, 1920년대 이후의 이런 문제들에 대한 주요한 검토는 일단락되는 셈인데, 현재로서는 차후의 과제로 남겨둘 수밖에 없다. 그것을 객관적으로 검토할 거리의 확보가 아직도 필요한 시점이기 때문이다.

타락한 역사의 구원과 '질마재'

서정주의 『질마재 신화(神話)』론

1. 『질마재 신화(神話)』가 놓인 자리

『화사집』(1941) 이후 미당 서정주의 시를 이끈 가장 큰 힘은 '영
원성'의 관념이었다. 이 '영원성'은 "살아있는 육신안에 있는 것
만이 전부가 아니고, 육신을 이미 떠난 대집단(말하자면 귀신들)이
어제 보고 오늘은 안뵈는 大河와 같이 우리에게 연결되어 있어
그것이 현재의 우리의 사색과 언어와 행동의 원류"[1]가 된다는 말

---

1) 서정주, 「역사의식의 자각」, 『현대문학』, 1964.9, 38면.

에서 보듯이, 순환적 시간론과 삶의 지속에 대한 감각의 요청에 밑받침되어 있다. 그렇다면 '영원성'이 우리 시대의 통념과는 또 다른 일종의 '역사의식'으로 각인되어 있는 그에게 실제 역사는 어떻게 의미화 되었을까.

이 문제를 여기서 거론하는 이유는 과거의 사실로서의 역사에 대한 미당의 해석과 가치평가 자체에 대한 관심 때문이 아니다. 그보다는 미당의 평가 기준이 '지금·여기'의 세계를 해석하고 의미화하는 최종심급으로 작동하고 있다는 판단 때문인데, 1950년대 중반에 씌어진 「한국성사략(韓國星史略)」은 그 적절한 예이다. 미당은 이 시에서 '별'과 인간 사이의 거리감의 점차적 이격(離隔) 과정을 통해 진정한 역사의 타락 과정을 인상 깊게 그려내고 있다. 그것을 간단히 도해하면 다음과 같다. 신라시대; "金剛山에 오르는 젊은이들을 위해, / 별은, 그 발밑에 내려와서 길을 쓸고 있"었음→'송학(宋學; 성리학—인용자)'의 도입 후; "다시 올라가서 추켜 든 손보다 더 높은 데 자리"함→ 일제(근대) 이후; "開化 日本人들이 와서 이 손과 별 사이를 虛無로 盜癖해 놓았다".

미당은 우리 역사를 '신라'라는 '절대과거' 혹은 '완결된 세계'로부터 일탈하거나 타락해 온 역사에 지나지 않는 것으로 파악하고 있다. 이런 판단의 밑바닥에는 무엇보다 '송학'과 '일제'로 상징되는, 외래적인 것의 전통적인 것에 대한 침탈과 그에 따른 후자의 파탄 및 무력화에 대한 위기감이 자리 잡고 있다.[2] 이때 그

---

2) 그에게 이 위기의식을 극단적으로 심화시키는 한편 거기서 헤어날 의지를 적극적으로 모색하게 한 사건이 식민지적 모더니티의 추악한 파탄인 한국전쟁임은 잘 알려져 있다. 이에 대해서는 서정주, 「천지유정」, 『서정주문학전집』3, 일

에게 '전통' 파괴의 최고 기준이 되는 것은, '송학(유학)'과 '일제(근대)'가 동격으로 인식되는 데서 알 수 있듯이, 삶의 지속적 감각을 유지하기 위해서 반드시 필요한 순환적 시간관과 일원론적 사유의 강제적 퇴거 여부이다.

이런 사실은 그가 산문 곳곳에서 보여주는 성리학과 근대적 시간관(혹은 물리적 시간관)에 대한 냉혹한 비판에서 보다 명확히 드러난다. 가령 성리학은 "하늘과 사람 사이에 울타리를 쌓고 차등을 만들어서" "욕망이나 정서의 푼수가 반영되는 친교적 하늘"[3] 과의 소통을 막아버렸다는 이유로 비판된다. 그리고 근대의 계량적 시간관은 "제한된 초, 분, 시의 추상형식"을 강요함으로써 "한 순간의 시간도 영원을 집약한 것으로"(151면) 느끼는 심미적 충일감의 경험을 불가능하게 만들었다는 이유에서 거절의 대상이 된다. 우리는 이로부터 미당의 역사 인식 혹은 '영원성'의 시간의식이 제일 좋은 것들은 오직 과거에만 일어나며, 그런 절대과거는 또한 후대에 일어나는 좋은 것들의 유일한 근원이자 시초가 된다는, 즉 서사시적 세계를 지배하는 '가치론적(valorized) 시간범주'[4]에 맞닿아 있다는 것을 알게 된다.

이런 점에 비추어 본다면, 늘 '순간'에서 '영원'을 꿈꾸되 이미 영원(완결된 세계)을 보아버린 미당에게 역사의 진정한 회복과 구원은 '절대과거'의 영원한 현재화, 「한국성사략」의 표현대로라면,

---

지사, 1972, 296~327면 참조.
3) 서정주, 「문치헌 밀어」, 『미당산문』, 민음사, 1993, 137~138면. 앞으로 이 산문집에서 인용하는 글은 인용 부분 옆에 면수를 병기하는 것으로 대신한다.
4) M. 바흐찐, 전승희 외역, 『장편소설과 민중언어』, 창작과비평사, 1988, 32면.

"내 體內의 鑛脈"에서 별이 일탈하지 않도록 끊어진 "腸을 또 꿰매는 일" 이외에 그 무엇도 아니게 된다. 『신라초』(1961) 이후 미당의 모든 작업은 이것에 맞추어져 있다 해도 과언은 아니다. 특히 이 글에서 다룰 『질마재 신화』(1975)는 '끊어진 장(腸)'이 완전히 이어져 '별'이 자신의 체내를 자유자재로 드나들게 되었다는 사실에 대한 자기 확인이자 세간에의 드러냄이었다.

『질마재 신화』는 대개 뜬소문, 동네 전설, 마을의 해괴한 사건, 기인담(奇人談) 등을 시적 소재로 동원하고 있다. 이것은 '질마재'가 여전히 마법 또는 주술의 힘, 그러니까 전근대적인 삶의 방식에 의해 지배되는 공간임을 나타내는 징표이다. 하지만 이 주술의 공간은 미당에게는 인간의 "욕망이나 정서의 푼수가 반영되는 친교적 하늘"과의 자유로운 소통이 가능한 곳이기 때문에 결코 부정될 수 없는 대상이다. 아니 그곳은 현대라는 야만적 문명을 치유하기 위해 의식적으로 되찾아야만 하는 '지향된 가치체계'인 것이다.

이런 의미에서 『질마재 신화』는 미당이 고향 질마재에서 보낸 유년시절을 감상적으로 회억(回憶)하거나 아니면 맹목적인 찬양을 통해 질마재에 신화(神話)의 아우라(aura)를 부여하기 위해 쓰였다고 보기는 어렵다. 그보다는 1970년대 들어 더욱 심각해지기 시작한 산업화시대의 여러 모순들에 대한 미학적 응전으로, 그러니까 "신화적 상상력을 일상적으로 끌어들여 일상화"5)함으로써 근대를 넘어서려는 그 나름의 유토피아 의식에서 씌어진 것으로 이

---

5) 강경화, 「미당의 시정신과 근대문학 해명의 한 단서」, 반교어문학회 편, 『반교어문연구』, 1996, 322면.

해할 수 있겠다.

좀 길어진 감이 있지만, 나는 미당의 시정신과 역사의식의 핵심인 '영원성'과 그것을 현재화하려는 의지의 본질을 먼저 이야기했다. 이런 접근은 최근 미당시에 대한 연구경향을 비판적으로 검토함과 아울러 『질마재 신화』를 바라보는 관점을 밝히는 데 유용한 참조점을 효과적으로 제공한다. 최근 미당시는 우리 문학의 '모더니티'란 무엇인가 하는 질문에 대한 해명의 한 단서로 자주 다루어지고 있다. 물론 그 핵심에는 '절대과거'적 시간범주에 기반을 둔 '영원성'의 본질과 그것이 근대적 삶과 맺는 관계에 대한 성찰이 자리하는 경우가 많다.

대개의 논자들은 미당의 '영원성'의 추구 과정을 근대의 기획(특히 직선적 시간관에 근거한 역사의 진보에 대한 맹목적 믿음)에 대한 부정과 비판 속에서 '근대적 자기 정체성'을 확립해 가는 역설적인 행보로 평가한다.[6] 이런 입론은 '영원성'의 본질과 그에 근거한 미당시의 반근대 지향을 염두에 둔다면 충분히 가능한 것이긴 하다. 하지만, 이 글들에는 '영원성'이 '근대'와의 길항 및 교섭 속에서 어떻게 자기 내용과 역할을 확충해 갔는가에 대한 세밀한 고찰이 미약한 편이다. 그런 만큼 '영원성'을 "모든 사람들에 의해 똑같은 식으로 가치평가 되고 그에 대한 경건한 태도를 요구하는 신성불가침의 전통"[7]으로 파악하는, 미당의 단성적인 역사

---

6) 대표적으로 이광호의 「영원의 시간, 봉인된 시간」(조연현 외, 『미당연구』, 민음사, 1995)과 송기한의 『한국 전후시의 시간의식』(태학사, 1996), 그리고 강경화의 위의 글을 들 수 있다.

7) M. 바흐찐, 『장편소설과 민중언어』, 33면.

의식의 한계에 대한 문제제기 역시 소략한 편이다.

이 젊은 연구자들과 비교할 때, 미당의 시와 그 변모 과정에 꾸준한 관심을 기울여온 김윤식의 관점과 평가는 여러모로 주목할 만하다. 그는 1960년대 이래로 줄곧 미당시에는 방향성으로서의 '모더니티'가 결여되어 있고, 그에 따라 현실감각이 실종되어 있는 것으로 본다.[8] 이를테면 "미당은 유산으로서의 고전(古典)을 유산으로서의 역사로 극복한(곧 '역사의 예술화'—인용자) 희유한 문학사의 예"(1963)라거나, 『질마재 신화』에서 미당의 전통예술의 파악은 "정확한 생명의식의 포착이지만 그것은 어디까지나 맹목적이고 생리적인 차원의 것"(1973)이며, "신라란 과거의 역사의 한 단편이기에 현대의 방향성에 작동하기에는 너무 아득한 것이어서 모더니티 축에 들기 어렵다"(1993) 등의 평가가 그것이다. 여기서 김윤식이 말하는 '모더니티'는, 그간의 작업을 참조하건대, 삶의 합리화 과정을 염두에 둔 '제도로서의 근대' 개념에 가까운 듯하다.

그런데 우리는 이런 관점에서 '모더니티'를 파악하게 될 때, 다음과 같은 문제점이 생겨난다는 사실을 염두에 둘 필요가 있다. 말하자면, '제도'를 부정하거나 비판할지라도 '전근대적인 삶의 방법'에 근거하는 한, 그런 작업은 현대적 삶의 범주에서 제외됨(그는 서정주, 김동리, 조연현 등을 "주체성을 생리적 차원에서 파악·고수"한다는 점에서 '비('반'이 아닌!)근대주의자'로 명명한다)은 물론 우리 삶의 새로운 방향성 역시 전혀 지시하지 못 한다는 생각으로 귀착

---

8) 김윤식, 「역사의 예술화—신라정신이란 괴물을 폭로한다」, 『현대문학』, 1963. 10; 「문학에 있어 전통계승의 문제」, 『세대』, 1973.8; 「문협 정통파의 정신사적 소묘—서정주를 중심으로」, 『펜문학』, 1993년 가을.

될 우려가 있다는 사실이다.

우리는 이런 우려를 조금이라도 걷어 내기 위해 '모더니티'를 단지 일종의 제도나 응고된 이념형으로 간주하는 대신, 한 주체가 동시대의 현실과 관련해 어떻게 사유하고 느끼며 또한 스스로가 어디에 속해 있는지를 지시하는 '태도'로 보자는 미셸 푸코의 제안을 경청해 볼 필요가 있다. 물론 여기서 '절대과거'를 복원하려는 미당의 시학이 과연 '모더니티'의 일반적 개념, 그러니까 '전근대적 전통에 대한 단절'이나 '덧없는 순간에서 영원성의 흔적을 찾아내려는 것'이란 규정과 어떻게 관련될 수 있을까 라는 질문이 당연히 떠오른다.

하지만 이 '현대성'의 개념은, 시대적 구분 단위로서의 '근대'뿐만 아니라, 절대적이고 보편적인 삶의 규범이 붕괴되었을 때 그것을 대체할 만한 새로운 정신을 찾는 '일종의 태도, 삶의 양식'과도 밀접하게 관련되어 있다. 이렇게 본다면 미당의 '영원성' 시학 역시 전통의 재해석 또는 재구성을 통해 파탄난 근대에 맞서고자 하는 그 나름의 미학적 대응이란 사실이 뚜렷하게 드러난다. 물론 그의 역사 감각은 매우 보수적이지만, 도저한 반근대 지향으로서의 '영원성'은 일종의 전통(근대적 삶)에 반하는 새로운 전통의 수립 의지라는 미래적 비전으로 재해석될 여지를 충분히 지니고 있는 셈이다.

이 글의 관심은 그러나 미당의 시학이 '반근대'냐 '비근대'냐 혹은 '영원성'이 미래로 열린 새로운 전망이냐 아니냐를 판정하는 데에 있지는 않다. 그보다는 미당시학에 게재된 그런 의식들이 어떤 수준에서 어떤 방식으로 현실과 관계 맺는가를 주로 살펴보게 될 것이다. 이를 위해 『질마재 신화』의 가장 두드러진 주제의식인 '영원성'의 시간의식과 '심미적 삶'의 결합에 대한 관심이 어떻게 드러나고 있으며, 그것이 우리 시사에서 갖는 의미와 한계를 살피는 데 중점을 둘 생각이다.

2. '영원성'의 빛과 그늘

미당이 생애 최대의 풍경으로 기억하는 '질마재'의 특징을 한 마디로 요약한다면, 성(聖)과 속(俗), 죽음과 삶, 인간과 자연, 정신과 물질 등이 반목하거나 분열되지 않은 채 하나의 전체로서 혼융되는 공간이라 할 수 있다. 이런 '절대과거'적 세계의 지속이 가능했던 까닭은, 거듭 말하건대, '질마재'에 터 잡고 사는 대개의 구성원들이 인간의 "욕망이나 정서의 푼수가 반영되는 친교적 하늘"의 존재를 믿고, 그 하늘의 운영원리에 따라 자신들의 삶을 영위해 왔기 때문이다.

바닷물이 넘쳐서 개울을 타고 올라와서 삼대 울타리 틈으로 새어 옥수수밭 속을 지나서 마당에 흥건히 고이는 날이 우리 외할머니네 집에는 있었읍니다. 이런 날 나는 망둥이 새우 새끼를 거기서 찾느라고 이빨 속까지 너무나 기쁜 종달새 새끼 소리가 다 되어 알발로 낄낄거리며 쫓아다녔읍니다만, 항시 누에가 실을 뽑듯이 나만 보면 옛날이야기만

무진장 하시던 외할머니는, 이때에는 웬일인지 한 마디도 말을 않고 벌써 많이 늙은 얼굴이 엷게 노을빛처럼 불그레해져 바다쪽만 멍하니 넘어다보고 서 있었읍니다.

그때에는 왜 그러시는지 나는 아직 미처 몰랐읍니다만, 그분이 돌아가신 인제는 그 이유를 간신히 알긴 알 것 같습니다. 우리 외할아버지는 배를 타고 먼 바다로 고기잡이 다니시던 漁夫로, 내가 생겨나기 전 어느 해 겨울의 모진 바람에 어느 바다에선지 휘말려 빠져 버리곤 영영 돌아오지 못한 채로 있는 것이라 하니, 아마 외할머니는 그 남편의 바닷물이 자기집 마당에 몰려 들어오는 것을 보고 그렇게 말도 못하고 얼굴만 붉어져 있었던 것이겠지요.

—「海溢」 전문

『질마재 신화』 수록 시편들이 대개 그렇지만, 미당시에서 「해일」만큼 '사적 비전에의 편향성'[9]을 드러내는 작품도 없을 것이다. 외할아버지의 죽음과 관련된 '해일' 모티프는 1930년대 후반의 「자화상」(1939), 한국의 새로운 정형률을 고구할 목적에서 쏘네트를 흉내 내어 썼다는 「외할머니네 마당에 올라온 해일(海溢)」[10] (『동천』), 자서전인 「내 마음의 편력」에 반복되어 등장하고 있다. 그러니까 미당은 반복에 따른 상투화의 위험을 무릅쓰면서까지 이 모티프에 집착하고 있는 셈이다. 이것은 그만큼 '해일'이 그의

---

9) 김윤식, 「서정주의 『질마재 神話』考─거울화의 두 양상」, 『현대문학』, 1976.3, 251면. 이 작품은 다른 논자들에 의해서도 운문 형식에 충실한 「외할머니네 마당에 올라온 해일」과의 비교 속에서 사적 비전의 무매개적 변용으로 비판의 대상이 되곤 했다. 대표적인 예로 황동규, 「탈의 완성과 해체」, 『미당연구』(조연현 외), 146면.
10) 서정주, 「우리 현대시의 정형화에 대하여」, 『문학춘추』, 1964.9, 262~263면 참조

원체험과 시의식의 형성에 결정적인 영향을 미쳤다는 것을 의미한다.

과연 어떤 점에서 그러할까. 미당이 유년에 경험한 '해일'은 달의 인력이 가장 거세지는 사리 때 발생하는 종류의 것이었다. 유년의 눈에 이 '해일'은 강렬한 기억을 형성시킬 만큼 신기하고도 무서운 자연현상이었을 것이다. 하지만 정작 미당에게 이 '해일'이 지울 수 없는 원체험으로 의미화된 계기는 따로 있었다. 마지막 단락 "외할머니는 그 남편의 바닷물이 (…중략…) 얼굴만 붉어져 있었던 것이겠지요"에 담겨 있는, '영원성'의 핵심내용인 '혼교(魂交)' 혹은 '영통(靈通)' 의식이 그것이다.

서두에서 본 '영원성'의 내용이 암시하듯이, '혼교' 의식은 존재의 기원 탐색과 아울러 존재의 계속에 대한 지극한 열망을 담고 있다.11) 사실 미당에게 '혼교' 의식은 지식을 통해 습득된 관념이 아니라 생리(生理)의 차원에 속하는 어떤 것이라 볼 수 있다. 왜냐하면 초기의 「부활」·「꽃」 등의 시편이나 한국전쟁 시 발병했던 지독한 정신착란에 대한 고백에서 보듯이, 실존의 한계상황인 '죽음'에 맞부딪혀 생에 대한 질긴 의지로 걸러낸 '삶의 이슬'이기 때문이다.

이런 점을 염두에 두면서, 미당시에서 '혼교'가 어떻게 구체화

---

11) 되풀이 인용 같지만, "사람은 자기 당대만을 위해서 살아서는 안 된다. 자손을 포함한 다음 세대들의 영원을 위해서 살아야 한다. 자기 당대에 못다 할 일이 많으면 많을수록 이 영원한 유대 속에 있는, 우리 눈으론 못본 선대의 마음과 또 후대의 마음 그것들을 우리가 우리 살아있는 마음으로 접하는 것—그것을 혼교라고 하기도 하고 영통(靈通)이라고도 한다"(119면)라는 말 역시 이를 잘 보여준다.

되고 있으며, 그 의미는 무엇인가를 「해일」을 중심에 놓고 간단히 살펴보기로 한다. 이미 여러 평자가 주목한 것이지만, '혼교'는 항상 구체적인 물질의 형태로 제시되고 있다.[12] 그 단적인 예가 마당에 몰려 들어오는 '바닷물', 그러니까 '해일'인데, 이것은 죽은 외할아버지의 영혼이 변형된 것이다. 이런 사실을 믿는 외할머니는 그래서 '해일'과의 순간적 교감에 빠져들게 되며, "많이 늙은 얼굴"을 "엷은 노을빛처럼" 붉히게까지 되는 것이다.

'혼교의 물질화'는『질마재 신화』시편들의 일반적인 양상이기도 하다. 예컨대 선대와 후대 사이의 유대감 형성을 다루고 있는 「외할머니의 뒤안 툇마루」의 '거울화된 툇마루', 「침향(沈香)」의 '침향 내음새', 「추사(沈香)와 백파(白坡)와 석전(石顚)」의 '〈돌이마(石顚)〉란 아호(雅號)' 등은 말할 것도 없고, 하늘(자연)과 친교하는 심미적 인간(삶)을 그리고 있는 「상가수(上歌手)의 노랫소리」와 「소망(똥깐)」에 등장하는 '거울화된 똥오줌 항아리', 「석녀(石女) 한물댁(宅)의 한숨」의 '솔바람 소리' 등도 모두 이에 속한다. 이런 의미에서 혼교의 물질화는『질마재 신화』의 주요 구성 원리이자 주제 표출 방법이라 할 수 있다.[13] 따라서 혼교의 물질화의 의미도 이런 맥락 속에서 탐구될 때야 제대로 이해될 수 있겠다.

이를 위해서는 먼저 윤회전생설('죽은 외할아버지' → '바닷물')과 혼교 의식을 두 축으로 하는 '영원성'의 본질을 시간현상학의 측

---

12) 이를테면 김윤식은 이것을 '인연설의 물질화'라 부른다.
13) '질마재'가 심미화·영원화되는 과정 및 방법을 '웃음'과 '이야기꾼' 화자를 중심으로 해명한 글로는, 최현식,『서정주 시의 근대와 반근대』(소명출판, 1993) 1부 「서정주와 영원성의 시학」의 제6장 '신화 속의 '질마재', '질마재' 속의 신화' 참조.

면에서 살펴볼 필요가 있다. 마이어호프에 의하면 '영원'이란, "무한한 시간이 아닌, 무시간성, 즉 물리적 시간을 초월하고, 이 시간(연대기적 시간 질서—인용자) 밖에 있는 경험의 한 성질"을 의미한다. 여기서 핵심적인 역할을 하는 것이 기억된 것의 재경험인 '회상'이다. 특정한 사건들은 '회상'의 작용을 거침으로써, 물리적 시공간의 경과와 파괴 작용에 영향 받지 않은 채 원래 상태로 보존되어 '영원한 현재'라는 지위를 획득하게 된다. 그러나 다른 한편으로 '영원은 시공을 초월한 경험의 한 성질'이란 말이 시사하듯이, '영원'은 생활일반에서 직접 감각할 수 있는 가시적인 실체가 아니라, 일종의 추상화된 관념이기도 하다. 인간들은 이런 한계를 감각적 이미지에 기대서 질적 풍부성과 구체적 현실성을 부여함으로써 뛰어넘는바, 이것이 곧 예술이다.[14]

이런 점을 참조한다면, 추상적인 관념인 혼교의 물질화는 무엇보다도 그것을 가시적인 이미지의 형태로 변화시키려는 의도에서 비롯된 것으로 볼 수 있다. 그러니까 우리는 '바닷물'이나 '거울화된 툇마루' 등의 구체적 이미지 덕분에 '혼교'와 '영원성'을 하나의 실체로 경험하게 되는 것이다.

그리고 또 하나, 혼교의 물질화는 시간을 공간화하여 경험하는 것을 가능하게 한다. 구체적인 물질의 형태로 제시되는 '바닷물', '거울화된 툇마루, '똥항아리', '침향' 등은 전대와 후대, 죽음(과거)과 삶(현재) 등의 이질적 시간은 물론 하늘(성)과 땅(속), 인간과 자

---

14) H. 마이어호프, 김준오 역, 『문학과 시간현상학』, 1987, 삼영사, 80~84면. 그는 인간경험이 띠고 있는 무시간성을 포착하여 표현하는 대표적 장르로 시를 지목하고 있다.

연 등의 이질적 공간을 동시에 체험하는 것을 가능하게 한다. 어쩌면 물리적 시공간을 초월하는 체험의 동시성이야말로 '영원성'의 시간의식을 보장하는 핵심인지도 모른다. 가령 이미 그 안에 인간과 자연의 혼융을 담고 있는 '바닷물'은, 과거를 현재와, 죽은 자를 산 자와, 영혼을 육체와, 자연을 인간과 매개하는 관계의 고리에 해당한다.[15] 따지고 보면, '우주적 무한과 시간적 영원'을 지향하는 미당의 영원성이 형해화되지 않고 그 경험 내포를 풍요롭게 할 수 있었던 까닭도 이처럼 한 사물의 구체적 이미지 속에 무수한 관계의 고리를 종합할 수 있었기 때문이리라.

그런데 그 경험이 전달하는 질감의 풍요로움과 달리, 「해일」은 물론이고 『질마재 신화』 전체에 대해 현실감각과 방향성이 실종되었다는 비판이 무엇 때문에 집중적으로 제기되었을까. 이것 역시 혼교의 물질화 과정에서 생기는 것은 아닐까. 이에 답하기 위해서는 『질마재 신화』 수록 시편의 구조에 세심한 주의를 기울일 필요가 있다. 『질마재 신화』의 시들은 대체로 이야기에 대한 이야기의 구조를 취하는데, 뒤의 이야기는 대개 앞의 이야기에 대한 주석 내지 의미부여의 기능을 담당한다.

「해일」을 예로 든다면, 전반부에서 시적 자아는 어린 시절의

---

15) 이런 양상은 우리가 순수 추상으로서의 시간, 혹은 과학적·공리적 시간을 자아의 전개에 의해 창조된 주관적·경험적 시간으로 변용하여 경험하게 됨을 뜻한다.(이광호, 「영원의 시간, 봉인된 시간」, 367면) 칼리니스쿠에 의하면, 상품으로 간주되는 자본주의적 시간에 맞선 이런 사적 시간의 출현이야말로 모더니티의 가장 전형적 산물이다.(M. 칼리니스쿠, 이영욱 외역, 『모더니티의 다섯 얼굴』, 시각과언어, 1993, iii~iv면 참조) 우리는 비록 과거 지향적이긴 하되 미당의 '영원성' 역시 전자에 대한 부정과 비판에서 출발한 것임을 이미 보았다.

경험을 회상하는 형식, 그것도 회상의 순간에 떠오른 서정적 순간을 드러내기보다는 산문적으로 그것을 진술하는 형식을 취할 뿐이다. 그 경험은, 후반부가 증거하듯이, 이미 어떤 확고한 시각으로 무장한 이야기꾼으로서의 시적 자아에 의해서 의미화된다. 요컨대 '바닷물'은 그 자체가 순간적 교감의 대상이 되기보다는, '영원성은 있다'는 신념을 내면화하고 있는 자아에 의해 '혼교'의 실체로 재해석되고 있는 것이다.

사실 이 과정은 무의미한 하나의 사건이 특정한 눈을 가진 주체에 의해 어떻게 '진정한 경험'으로 거듭나는가를 명쾌하게 보여준다. 그러나 한편으로는 이미 고정된 시각을 지닌 시적 자아의 직접적인 전언은 일방적인 정보전달의 위험을 야기하게 되며, 시가 표현하고 있는 세계에 대한 독자 나름의 재경험을 축소시켜 버리기 십상이다. 이런 점이야말로 가끔은 『질마재 신화』를 하나의 일방적 교설(敎說)로, 혹은 미당 자서전의 시적 번안으로 읽고 싶게끔 만드는 결정적 약점이 아닐까 한다.

그런데 미당은 처음부터 그런 위험성을 알면서도, 어떠한 이유가 있어 혼교의 물질화를 고집한 것인지도 모른다. 앞서도 얘기했지만, 미당에게 우리 역사는 '완결된 세계', 다시 말해 신성한 '절대과거'인 '신라'가 타락해 온 과정에 지나지 않는다. 특히 근대의 "시, 분, 초라는 순수 추상 시간"은 "우리 생활과 관계있는 공간 속의 좋은 시각적 영상들을 담은"(147면) 시간 경험, 다시 말해 주관적·경험적 시간 체험을 완전히 추방하는 것으로 인식된다. 이런 인식은 오로지 진보의 관점으로 시간에 서열을 매기고, 정확한 계량(시계시간)을 통해 시간을 끊임없는 생산과 이윤추구의 수단으로 취하며, 나아가 동일한 방법으로 인간마저도 하나의 상품으로 전락시킨 근대적 시간의 본질에 대한 비교적 정확한 통찰이라 할 수 있다.

그러나 이런 인식은 현대의 폭력적 본질에 대한 세심한 관찰에서 얻어진 것이라기보다는, '절대과거'로서의 신라에 비추어 획득된 것이라는 데에 일정한 한계가 있다. 이런 사유 속에서 현실은 항상 가치 절하되어 경험되기 마련이며, 또한 타락한 현실의 구원은 '신성불가침의 전통'인 '절대과거'로 되돌아갈 때에만 가능하다고 여겨지게 된다.16)

다음 발언은 그에 대한 생생한 예증이라 할 수 있다. "무엇보다도 첫째 현대 기계문명이 빚는 그 갖가지 음향과 와사(가스-인용자)분출(瓦斯噴出)의 공해는 이젠 저 신라의 혜현의 출발점을 향수점으로 해야 할 형편만을 빚게 된 것이다"(153면). 이 말에 보이는 '신라의 혜현의 출발점'이 '영원성'임은 물론이다. 어쩌면 『질마재 신화』는 잃어버린 세계 '신라'를 자신의 유년 체험과 기억을 매개로 '질마재'에 복원시킨 것인지도 모른다. 이것은 『질마재 신화』에서 현실의 속악한 측면은 모두 배제되고, '혼교'와 '심미적 삶'을 이야기할 만한 소재만이 선택되고 있는 데에서 충분히

---

16) 이런 피상적인 '전통' 이해가 미당을 현실과의 교섭을 배제한 복고주의적인 과거회귀 욕망으로 몰아간 주요한 원인임은 분명해 보인다. 이에 반해 진정한 전통의 수립이 "현재가 과거에 의해서 영향을 받는 것과 마찬가지로 과거가 현재에 의해서 변화를 받"는 상호교섭을 통해서야 가능한 것으로 보았던 엘리어트가 거둔 시적 성취와 그 영향력은 미당의 시적 행보와 관련하여 시사하는 바 크다. 엘리어트의 전통론은 T. S. 엘리어트, 최종수 역, 「전통과 개인적 재능」, 『문예비평론』, 박영사, 1987, 13~14면 참조

확인된다. 따라서 영원성의 세계를 실체화함으로써 현실의 궁핍을 폭로하고, 또한 거기로 사람들의 눈을 돌리게 하겠다는 계몽적 열정 앞에서 고전적인 시형식의 유지라는 문제는 부차적이었을 가능성이 크다.

하지만 '질마재'가 생생한 체험에 근거하여 건설된 공간이라고 해도, 다시 말해 실생활의 일부였던 것을 복원한 것이라 해도, 신비주의적 관점을 밑바탕에 깔고 있는 것만은 틀림없어 보인다. 보통 신비주의는 가장 사적이며 주관적인 경험 속에만 보이는 어떤 특질조차도 구체화시키고 객관화시켜, 일반적으로 감각 가능한 세계나 과학적 지식의 세계보다도 더욱 진실한 세계가 존재한다는 신념의 증거로 삼는다.[17] 과연 '질마재'에서 일상적인 삶의 현실로 제시되는 '혼교'가 이런 지적을 얼마나 피해갈 수 있을까.

아마도 이 때문에 미당에게는 '혼교'를 구체적으로 증명할 어떤 매개가 필요했을 테고, 그것이 혼교의 물질화로 나타났을 것이다. 물론 이런 해석은 혼교의 물질화가 구체적 이미지를 통해 정서와 사상을 종합시켜 전달하는 시 장르 특유의 표현 방식에서 나온 것을 완전히 무시하고서 하는 말은 결코 아니다. 그것을 충분히 인정한다 해도, '혼교'가 왜 몇몇 사물로만 제한되어 반복적으로 제시되는가 하는 의문은 여전히 남는다. 이 때문에 우리는 그 선택적 사물들이 어쩌면 혼교의 가시화를 위해 조직적으로 동원되었을 가능성도 있겠다는 의심마저 가져보는 것이다.

이런 관점에 설 때, 시적 자아가 일반 서정시에 보이는 절대주

---

17) H. 마이어호프, 『문학과 시간현상학』, 89면.

관의 성격을 띠지 않고 이야기꾼의 형태를 띠게 되는 까닭 역시 자연스럽게 이해된다. 그러니까 그는 이야기꾼을 가장함으로써 그 경험을 객관적인 것으로 제시함은 물론, 거기서 독자가 어떤 지혜를 배워야 되는가를 효과적으로 전달하고 싶었는지도 모른 다.[18] 여러 글을 참조하건대, 그 지혜란 "영원 속에서 밀려나지 않을 생명에 대한 자각"(166면)을 뜻하는 '예지'인 것으로 보인다. 하지만 이 '예지' 역시 현실의 철저한 관찰과 개입을 통해서가 아 니라, 현실에 대한 느긋한 관조와 이념형으로서의 '신라'를 내면 화함으로써 얻어진 것이었다. 따라서 '영원성'만이 모든 생의 가 치의 정점을 이룬다는 신념 아래 그려진 『질마재 신화』에 '지 금·여기'의 현실을 되비추는 '툇마루'와 '똥오줌 항아리'가 들어 설 여지는 거의 없었다 해도 크게 틀리지 않는다.

---

18) 벤야민은 이야기꾼이 자기가 경험한 것들을 튼튼하고 유용하며 독특한 방법
으로 가공하여 제공함으로써 많은 사람들에게 도움을 주는 현자 내지 교사의
역할을 했다고 본다.(W. 벤야민, 반성완 역, 「얘기꾼과 소설가」, 『발터 벤야민의
문예이론』, 민음사, 1983, 194면 참조)

3. 심미적 삶의 요청과 그 의미

『질마재 신화』에서 미당은 '영원성'의 의식과 더불어 심미적 삶과 관련된 예술적 인간형의 탐구에 익애(溺愛)라 할 정도의 관심을 보이고 있다. 이런 관심은 이들이 원체험과 자아의 형성기인 유년의 풍경의 일부를 이루고 있기 때문에 시인됨의 근원 탐색에서 빠트릴 수 없다는 생각에서 비롯되었을 것이다. 가령 그는 '질마재' 사람들을 '유자(儒者)' '자연파' '심미파' 세 부류로 나누면서, 그중 '자연파'와 '심미파'가 그의 원체험 형성에 가장 크게 관여한 것으로 「내 마음의 편력」에 기록하고 있다.[19]

그런데 재미있는 것은 삶의 전범으로 추앙해마지 않는 신라의 풍류적 삶을 어느 정도 계승한 인간형으로 기술했던 '자연파(신선파)'보다는 멋만 낼 줄 알았지 점잖지는 못한 '심미파'를 '질마재' 인물 탐구의 주류로 삼고 있다는 사실이다. 물론 '자연파'의 삶의 원형, 그러니까 풍류정신을 구현한 인물 유형이 『삼국유사』 소재 설화를 시화(詩化)한 「풍변(風便)의 소식」에서 보이기는 한다. 그래도 심미파에 대한 편향은 미당의 시의식의 어떤 측면과 관련해 시사하는 바가 적지 않은 듯하다.

앞서 『질마재 신화』를 하나의 '지향된 가치체계'로 정의한 바 있다. 나는 '지향된 가치'의 중심에 심미적 삶에 대한 욕구가 크게 자리 잡고 있다고 생각한다. 이 욕구는, '신라적 삶'에 대한 향

---

19) 서정주, 「내 마음의 편력」, 『서정주문학전집』 2, 일지사, 1972, 26~31면 참조.

수 및 복원 욕망이 한국전쟁 이후 본격화되는 것에서도 보듯이, 타락한 근대에 대한 혐오와 염증에서 비롯된 것이다.

우리는 이 사실을 좀 더 쉽게 이해하기 위해 간략하게나마 심미적 삶에 대한 충동이 근대에 이르러 왜 보편적인 현상으로 자리 잡게 되었나를 짚어 볼 필요가 있다. 근대화, 그러니까 산업화 과정은 일종의 소외화 과정이라 할 수 있는바, 자연과 삶의 일체성의 파괴가 그렇고, 상품의 물신화에 따른 인간의 도구화가 그렇다. 이런 현상은 풍요롭고 조화로운 삶에 대한 내적 욕구가 외부환경에 의해 더 이상 가능하지 않게 되었으며, 또한 자기 동일성과 삶의 연속성에 대한 감각이 심각하게 훼손될 위기에 처했음을 여실히 보여주는 징표이다. 이런 사태가 특히 자아와 세계의 동일성을 추구하는 시인에게 돌이킬 수 없는 재앙으로 경험될 것임은 정한 이치이다.

심미적 삶의 요청은 바로 이런 위기감의 소산이랄 수 있다. 현대시인들 대다수는 주로 "자연이나 상상의 편에서, 혹은 상상의 허구적 순수나 본원과의 접촉이라는 순수성"[20]의 추구 속에서 그것을 넘어서려는 노력을 보인다. 미당의 시세계 역시 이 언저리에 놓여 있다. 이것은 『질마재 신화』가 본격적인 산업사회로 진입하던, 그런 만큼 상품-시간이 일상생활에 대한 침탈을 점차 가속시켜 가던 1970년대 전반기에 놓여있다는 점,[21] 그리고 산문에

---

20) H. 르페브르, 박정자 역, 『현대세계의 일상성』, 세계일보, 1990, 69면.
21) 이와 더불어 우리는, 그 이념적 지향과는 별도로, 이 시기에 전통의 유지 혹은 재창조에 관련된 변두리 삶과 예술 형식에 대한 관심이 크게 대두되었다는 점을 상기할 필요가 있다. 가령 판소리의 패러디를 통해 저항의 성채를 구축했던 김지하와 민요의 채집과 변용을 현대시의 갱신과 현실 개입의 방법으로 적

서도 산업사회의 계량적 시간에 대한 노골적 비판이 그 어느 때
보다 열렬히 행해지고 있다는 점에서도 충분히 짐작된다.

　이런 사실들을 고려하면서, 미당의 예술적 인간형들이 어떠한
방식으로 '심미적 삶'을 추구하는지, 그리고 그 의미는 무엇인지
를 꼼꼼히 따져보기로 한다. 물론 이 작업은 미당이 지향하는 심
미적 삶의 본질을 확인하는 것과 결코 다르지 않다.

　　질마재 上歌手의 노랫소리는 답답하면 열두 발 상무를 젓고, 따분하
　면 어깨에 고깔 쓴 중을 세우고, 또 喪興머리에 뙤약볕 같은 놋쇠 요령
　흔들며, 이승과 저승에 뻗쳤읍니다.

　　그렇지만, 그 소리를 안 하는 어느 아침에 보니까 上歌手는 뒤깐 똥
　오줌 항아리에서 똥오줌 거름을 옮겨 내고 있었는데요. 왜, 거, 있지 않
　아, 하늘과 별과 달도 언제나 잘 비치는 우리네 똥오줌 항아리, 비가 오
　나 눈이 오나 지붕도 앗세 작파해 버린 우리네 그 참 재미있는 똥오줌
　항아리, 거길 明鏡으로 해 망건 밑에 염발질을 열심히 하고 서 있었읍
　니다. 망건 밑으로 흘러내린 머리털들을 망건 속으로 보기좋게 밀어넣
　어 올리는 쇠뿔 염발질을 점잔하게 하고 있어요.

　　明鏡도 이만큼은 특별나고 기름져서 이승 저승에 두루 무성하던 그
　노랫소리는 나온 것 아닐까요?

—「上歌手의 소리」 전문

　「내 마음의 편력」에 따르면 '상가수'는 "힘으로 홍청거리고 잘
놀고 노래하고 춤추는" 데에 뛰어난 재능을 가진 심미파를 대표
하는 인물이다. '상가수'의 심미적 삶의 본질을 캐기 위해 특히

극 활용했던 신경림의 작업을 떠올려 보라.

주목해야 할 요소는 '명경화된 똥오줌 항아리'이다. 왜냐하면 이것이야말로 예인(藝人)으로서 상가수의 삶의 본질과 그 노랫소리의 가치를 결정짓는 근원이기 때문이다.

먼저 "우리 가진 마지막껏 ― 똥하고 오줌을 누어 두는"(「소망(똥깐)」) '똥항아리'가 생활도구에 그치지 않고 거울이 될 수 있었던 까닭은 무엇일까. 그 이유는 무엇보다 '똥항아리'가 "지붕도 앗세 작파해 버"린 똥깐에 놓여 있어 "하늘과 별과 달도 언제나 잘 비"치게 했기 때문이다. 그러니까 그것은 하늘과 땅이 연결되는 지점에 놓여서 '더러운 것―마지막 것―이승―속'과 '순결한 것―근원적인 것―저승―성'을 연결하여 하나로 혼융하는 역할을 떠맡고 있는 것이다.

이와 같은 전(全)우주―완결된 세계로서의 '똥항아리'의 모습은, 한편으로는 이승과 저승을 연결하는 만가(輓歌)꾼으로서 '상가수'와, 순간적이고 추한 것 속에서 영원의 미를 빚어내는 예술가를, 다른 한편으로는 그들에게서 생산된 만가와 최상의 예술품을 동시에 떠올리게끔 한다. 하지만 후자는 어디까지나 전자의 매개체에 불과하다는 점에서 불완전한 것이다. 이는 이승과 저승에 두루 뻗치는 '노랫소리'가 '상가수'로부터가 아니라 거울화된 똥항아리에서 나온다는 표현이 증명한다. 그러므로 '상가수'는 소리를 안 하는 날에는 언제나 똥항아리에 제 얼굴을 비추는 자기성찰을 지속적으로 수행해야 했으며, 그러고 나서야 비로소 완전한 노랫소리를 얻게 된 것이다. 시인이 삶의 예술화, 그러니까 일상적 삶이 어떻게 고스란히 예술로 승화될 수 있는가를 실천해 보인 인물로 '상가수'를 지목하게 된 것도 그의 노랫소리가 자기도약을 끊

임없이 추구하는 실존적 기투(企投)의 산물인 까닭일 것이다.22)

한편 우리는 이 작품에 「자화상」의 편린이 뚜렷이 배어 있다는 사실을 어렵잖게 읽을 수 있다. 미당은 「자화상」에서 죄인의식과 천치의식 그 무엇도 "뉘우치진" 않겠다고 하면서, 오로지 몇 방울의 피가 섞인 "시의 이슬"을 위해 영원한 방랑의 삶을 살겠다고 말한 바 있다. 이는 살아가는 가운데 '시의 이슬', 곧 진정한 예(藝)를 보기 위해서라면 진리나 도덕·윤리, 현실원리 등 그 어떤 것에도 얽매이지 않겠다는 독기(毒氣)의 다른 표현이었다. 송욱은 이렇듯 도저한 예술지상주의적 면모를 두고 "지성과 윤리의 미학의 결핍"23)이라고 일렀거니와, 이 점 「상가수의 노랫소리」에도 그대로 적용될 수 있다는 것이 나의 생각이다.

왜냐하면 여기서 '예'는 하나의 맹목이기 때문이다. 미당의 자서전에 따르면 '상가수'가 속해 있는 심미파는 "유자(儒者)들보다 눈에 썩 곱게 그립고 다정한 것을 가지면서도, 자연파와 같이 남꺼릴 것 없이 의젓하지를 못하고, 늘 무얼 숨기는 양, 딴 데 남몰래 눈 맞춘 사람을 두고 사는 것 같"은 사람들이었다. 이 말은 미당이 그들의 삶에서 도덕과 윤리의식의 결여를 읽었다는 것을 뜻한다.

그러나 '상가수'에게는 이런 면모가 싹 가셔 있는 것처럼, 아니 의도적으로 배제되어 있는 것처럼 느껴진다. 물론 「상가수의 소리」

---

22) 이런 점에서 일찍이 '똥항아리의 거울화'를 '삶의 촉각으로서의 〈예(藝)〉'에 해당한다고 했던 김윤식의 지적은 매우 적확한 것이라 하겠다.(김윤식, 「서정주의 『질마재 神話』考—거울화의 두 양상」, 255~256면 참조)
23) 송욱, 「서정주론」, 『미당연구』(조연현 외), 민음사, 1995, 20면.

를 자서전에 직접 대입하여 읽는 독법은 그렇게 바람직하지만은 않을 것이다. 그래도 이 시는 미당에게 '예(藝)'의 논리가 '세계를 보는 눈', 혹은 삶의 가치를 결정하는 최종심급이라는 사실을 뚜렷이 확인시켜 준다. '상가수' 및 그의 '노랫소리'가 '시의 이슬'이 이미 "두개골"에 "그윽히 솟아올라"(「雄鷄(下)」) 있던 이즈음의 미당 및 그의 시와 꼭 겹쳐 보이는 것도 어쩌면 그 때문일 터이다.

그런 의미에서 다음 시는 세계관화한 '예'의 논리를 가장 첨예하게 보여주는 사례에 해당한다.

알뫼라는 마을에서 시집 와서 아무것도 없는 홀어미가 되어 버린 알뫼댁은 보름사리 그뜩한 바닷물 우에 보름달이 뜰 무렵이면 행실이 궂어져서 서방질 한다는 소문이 퍼져, 마을 사람들은 그네에게서 외면을 하고 지냈읍니다만, 하늘에 달이 없는 그믐께에는 사정은 그와 아주 딴 판이되었읍니다.

陰 스무날 무렵부터 다음 달 열흘까지 그네가 만든 개피떡 광주리를 안고 마을을 돌며 팔러 다닐 때에는 「떡맛하고 떡 맵시사 역시 알뫼집 네를 당할 사람이 없지」 모두 다 흡족해서, 기름기로 번즈레한 그네 눈 망울과 머리털과 손 끝을 보며 찬양하였읍니다. 손가락을 식칼로 잘라 흐르는 피로 죽어가는 남편의 목을 추기었다는 이 마을 제일의 烈女 할머니도 그건 그랬었읍니다.

달 좋은 보름 동안은 外面당했다가도 달 안 좋은 보름 동안은 또 그렇게 理解되는 것이었지요.

앞니가 한 개 빠져서까지 그네는 달 안 좋은 보름 동안을 떡장사를 다녔는데, 그 동안엔 어떻게나 이빨을 희게 잘 닦는 것인지, 앞니 한 개 없는 것도 아무 상관없이 달 좋은 보름 동안의 戀愛 소문은 여전히 마을에 파다하였읍니다.

방 한 개 부엌 한 개의 그네 집을 마을 사람들은 속속들이 다 잘 알
지만, 별다른 연장도 없었던 것인데, 무슨 딴손이 있어서 그 개피떡은
누구 눈에나 들도록 그리도 이뿌게 만든 것인지, 빠진 이빨 사이를 사
내들이 못 볼 정도로 그 이빨들은 그렇게도 이뿌게 했던 것인지, 머리
털이나 눈은 또 어떻게 늘 그렇게 깨끗하게 번즈레하게 이뿌게 해낸 것
인지 참 묘한 일이었습니다.

—「알묏집 개피떡」 전문

이 시는 과부 '알묏댁'의 통음(通淫)이 그녀의 떡 솜씨로 인해
'질마재' 사람들에게 그럭저럭 용인되었음을 말하고 있다. 그런데
우리는 여기서 알묏댁이 제 마음대로 욕망을 충족하는 그런 음부
(淫婦)가 아니란 사실을 눈여겨볼 필요가 있다. 알묏댁은 인체의
리듬과 자연(달)의 리듬에 맞추어 사는 그런 인물형이다. 그녀는
달이 차는 즈음에는 서방질을 하지만 달이 기우는 즈음에는 솜씨
좋은 떡을 만들어 마을사람들의 입('떡맛')과 눈('떡맵시')을 동시에
충족시킨다.

이런 사정은 보름사리 무렵의 '신명난 성의 과잉'이 그믐 무렵
의 솜씨 좋은 개피떡의 풍요로운 생산으로 자연스레 옮아가고 있
음을 보여준다.24) 요컨대 그녀는 풍요를 상징하는 대지모(大地母)
의 형상을 띠고 있는 것이다. 그러기에 마을 사람들은, 심지어 열
녀 할머니조차도 그녀를 손가락질하면서도 이해하게 되는 것이
다. 이를 통해서 '질마재'가 인간법보다는 자연법에 의해, 진리나
도덕적 가치보다는 예의 감각에 의해 지배되는 사회라는 사실이

---

24) 김옥순, 「서정주 시에 나타난 우주적 신비체험」, 『이화어문논집』(이화여대 한
  국문학연구소 편), 1992, 253면.

저절로 드러난다.

그러나 이런 점들은 시적 자아에게는 부차적인 것에 지나지 않는다. 물론 그런 이해도 얼마간 전제되어 있겠지만, 자아의 궁극적 관심은 다섯째 단락에 나와 있는 내용, 즉 그녀의 예술화된 삶에 대한 경이와 찬탄에 있다는 게 보다 진실에 가까울 터이다. 이것은 그녀의 부정한 행실이 가치판단 대상에서 전혀 제외되고 있음을 뜻한다. 미당에게 '심미적 삶'이 진리나 도덕에 관련된 그어떤 인간행위도 무화시킬 수 있는 '절대가치'로 의미화되어 있다고 말할 수 있는 것도 바로 이 때문이다.

우리는 이와 같은 미당의 시각에서 세계를 사회적·윤리적 시각으로 읽는 것이 아니라 예술적·심미적인 시각으로 읽는 예술지상주의의 편린을 자연스럽게 보게 된다. 예술지상주의는 긍정적인 의미에서 보자면, 모든 것이 분화되어 가고 파편화되어 가는 자본주의적 삶의 불모성을 예술적 삶의 형상화를 통해 비판적으로 성찰하고, 또한 그를 통해 해방된 '다른 세계'를 추구하는 정신이다. 지금까지 여기저기서 살펴본 대로 미당시 역시 이런 테두리 안에 놓여 있음은 비교적 분명해 보인다.

그러나 이런 긍정성은 예술을 상대적 자율성의 관점에서 파악할 때, 다시 말해 예술을 사회와 실제에 의해서 제약된 하나의 기능을 수행하는 어떤 제도로 볼 때에만 발휘된다. 만약 여기서 벗어나 예술이 생활이나 모든 작품외적 현실과 단절된 자족적인 존재라는 관점에 서서, 현실과 예술을 분리시키고 현실의 자리에 예술을 대치시키는 순간, 극단적으로 말해, 그것은 주어진 현실에 대한 보상물 내지 대체물로 급격히 퇴행하게 된다. 미당의 심미적 삶에 대한 관심이 이런 범주에서 그다지 벗어나지 못했다는 사실은 아래 글을 참고하는 것으로 족하다.

시인은 꼭 시장의 종종걸음꾼들 모양으로 현실을 종종걸음만 치고 살 필요는 없다. 어떤 혼란하고 저가(低價)한 과도기는(이건 史的 안목이 서면 알 수 있는 것이다.) 쉬엄쉬엄 황새걸음으로 껑충껑충 뛰어 넘어가버려도 좋은 것이다. (…중략…) 그 대신에 시인의 현실은 영원 바로 그것이라야 하고, (…중략…) 시인은 한 시대의 성인(成人)된 인류가 경향(傾向)되어 하는 짓 전부를 거부하고 젖먹이들만을 사귀고 가며, 또는 수천년전 옛 사범(師範) 하나나 둘만을 본보기로 하고 살면서 미래를 가설정(假設定)하다가 가도 좋다.25)

현실에서 일체 눈을 거둔 채 어린 아이의 친구가 되어 '절대과거'를 손짓하며 살자는 이 태도가 미당 특유의 '현실 대긍정'의 삶을 밑받침하고 있음은 물론이다. 그에게 '심미적 삶'은 이런 '현실 대긍정'의 삶을 지속시킬 뿐만 아니라 거기에 풍요롭고도 활달한 윤기와 여유를 부여하기 위한 삶의 구체적 방법으로 요청된 것일 터이다.

그러나 우리는 저 말에서 '타락한 역사'의 정점인 '지금·여기'가 도무지 개선될 수 없다는 역사적 허무주의 혹은 패배주의를 어쩔 수 없이 읽고야 만다. 어쩌면 미당은 이런 정신의 그늘이 가져올 삶과 시의 오한(惡寒)을 피하거나 혹은 견디기 위해 "한 시대의 성인된 인류가 경향되어 하는 짓 전부를 거부하"자는 도저한 현실부정 혹은 반근대의 포즈를 취한 것인지도 모른다. 그러면서

____

25) 서정주, 「시인의 책무」, 『서정주문학전집』 2, 282~283면.

 신화의 저편―한국 현대시와 내셔널리즘

그는 '타락한 역사' 대신 '영원성'과 '심미적 삶'이 조화롭게 기거하는 '질마재'라는 언어(상상)의 성채를 이룩함으로써 그 자신만의 '진정한 역사'의 구원에 이르게 된 것은 아닐까.

4. 다시, 미당시학을 향하여

유종호의 지적처럼, 미당 서정주에게 '〈질마재〉는 시발점이자 종점'이다.[26] 시발점으로서의 '질마재'에는 도저한 관능적 생명력의 분출과 그것의 좌절로 인한 '탈향' 의지가 고통스럽게 웅크리고 있다면, 종점으로서의 '질마재'에는 영원성을 완전히 체화한 자의 심미적 삶에 대한 경이와 찬탄이 여유롭게 흐르고 있다. 이런 미당시의 전회는 한국의 파행적인 식민지 모더니티에 대한 반발과 부정, 그리고 그것의 대항체계로 동원한 절대과거 '신라'를 재탈환하려는 의지의 산물이다.

하지만 그의 '신라'에 대한 절대화·신비화는 일종의 과거와의 보수적 교류에 해당하는 것이다. 이 교류는 비록 과거가 현재와 연관은 맺지만, 그것에 객관적인 이론적 토대를 부여하는 현재에 대한 분석이 결여되어 있다. 이런 상황에서는 현재에 대한 모호한 희망 속에서 과거를 관찰하고 그것을 재구성하기 때문에 과거

---

26) 유종호, 「산문지향과 소리지향」, 『미당연구』(조연현 외), 350면.

의 상(像)이 왜곡되어 드러나게 된다.27) 사실 종점 '질마재'는 실제의 '질마재'라기보다는 유년체험에 대한 기억과 이미 생(生)의 정점을 이루는 가치로 내면화한 '신라'가 미당의 상상력 속에서 조합되고 재구성되어 만들어진 일종의 미적 가상이다.

비록 『질마재 신화』가 근대에서 주변화된 변두리 삶을 복원함으로써 '타락한 근대'에 대한 비판적 성찰의 계기를 얼마간은 마련했다고는 하나, '질마재'에 실려 있는 위와 같은 사정들은 그 '반근대'를 맹목적 비판에 가까운 것으로 단선화시킨다. 더 나아가 '영원성'과 '심미적 삶'을 물신(物神)화시키는 데에까지 이르게 한다. 이를테면 미당은 '영원성'을 실체화하기 위해서 이야기꾼 화자를 통해 '혼교'의 의미를 산문적 진술로 실어 나르며, '심미적 삶'에 고도의 가치를 부여하기 위해서 '사실'로서의 역사에 담긴 삶의 추악한 국면을 슬며시 제거함은 물론 도덕적·윤리적 가치판단마저 유보하곤 한다.

물론 시는 역사의 심판자나 엄숙한 도덕주의자가 될 필요도 없고, 또한 되어서도 안 된다. 다만 문제는 '예'가 일정한 반성이 결여된 상태에서 절대화될 때, 미당의 시가 현실의 삶을 고양시키고 풍요롭게 하는 대신 현실과의 교섭을 기각하는 자족과 위안의 형식으로 급속히 물러앉게 된다는 것이다. 그럴수록 '반근대' 의식도 그 특유의 '역사의식'과 시의식을 정당화하고 합리화하는 일종의 허구의식으로 변질되는 경향을 보이게 된다. 아마도 거기서 나오게 되는 것이 『떠돌이의 시』(1976) 이후 전면화되는 '구부

---

27) P. 뷔르거, 김경연 역, 『미학이론과 문예학방법론』, 문학과지성사, 1987, 200~
201면.

러짐의 시학', 그러니까 "곧장 가자하면 갈 수 없는 벼랑길도 / 굽어서 돌아가기면 갈 수 있는 이치"(「曲」)를 시와 삶의 원리로 전면 수용하는 현실 달관의 포즈일 터이다.

그렇다 하더라도 분명히 해둘 것은, 끊임없는 자기갱신을 통해 우리말의 기념비적 왕국을 건설해낸 미당시의 위대한 성취는 그 자체로 존중되어 마땅하다는 사실이다. 그리고 그 성취는 지금까지 보아온 대로 한국문학의 근대성 혹은 자기정체성에 대한 질문과 동떨어진 채 이루어진 것이 결코 아니라는 사실 역시 충실히 기억되어야 한다. 그렇기에 앞으로 미당시는 어쩌면 모더니티 담론에 접근하는 다양한 시각들만큼이나 풍부한 해석과 의미부여의 기회를 갖게 될 것이다. 이것은 곧 미당시에 대한 해석은 물론 한국문학의 모더니티 담론이 더욱 정치해지고 풍요로워지는 것을 뜻한다.

민족과 국토 그리고 미

조태일의 『국토』의 경우

1. 한국 현대시에서 '국토'의 의미

2005년 3월 일본 시마네(島根)현 의회가 독도, 다시 말해 다케시마(竹島)의 날 조례안을 일본 중앙정부의 묵인아래 통과시켰다. 그때 나라 안에서는 정부 차원의 공식적 항의를 필두로 다양한 차원의 반일 시위가 일어났다. 그간 되풀이되어 온 일본의 보수우익 성향 정치인과 각료들의 각종 망언들이나 역사 교과서 파동 등은 이런 한국의 항의와 국민들의 시위 풍경을 일정하게 유형화하는 밑자리이기도 했다. 민간 차원에서 보자면, 그것은 일본 대사관이나 문화원 앞에서의 집회와 망언 당사자에 대한 화형식으로 이어지는 비분강개의 토로, 그리고 그를 통한 민족의식의 고취를 수순으로 삼았다. 정부는 국민들의 반응을 보아 가며, 하지만 근린 관계를 훼손하지 않는 수준으로 유감 표명과 비판 사이를 오고 갔던 것이다.

그러나 이번에는 무언가가 달랐다. 우리는 그것을 다음 두 가지에서 뚜렷이 확인한다. 하나는 시마네현에 맞서 마산시 의회가 고토(古土)의 회복이란 주장 아래 '대마도(對馬島)의 날' 조례안을 제정한 일이다. 다른 하나는 정부가 독도를 대한민국의 영토임을 재차 확증하기 위해 민간인, 다시 말해, 일반 '국민'들에게 독도를 개방한 일이다. 거기에 이 땅의 문학인들이 대거 참여했음은 물론인데, 고은 시인은 "독도의 바위를 깨면 한국인의 피가 흐른다"며 소리 높여 절규했다 한다.

여타의 경우와는 다른 이런 대응은 '독도'가 갖는 '우리 땅=국토'로서의 특별한 상징성 때문이다. 가령 이미 그 지리적 위치와 역사 등이 자세히 소개된 「독도는 우리 땅」이란 노래가 국민가요로 보급된 지 20여 년이 흘렀다. 이 노래를 부르면서 국민들은 '독도'는 "그 누가 제 아무리 자기네 땅이라 우겨도" '우리 땅'이어야 하고, '우리 땅'일 수밖에 없는 그런 영토로 뼈 속 깊이 각인했다. 이런 과정을 거쳐 독도는 국가의 영토라는 좁은 의미의 '국토' 개념을 초월하는 어떤 신성성과 초역사성을 거느리면서, '민족'을 대체 또는 상징하는 민족동일성의 기원처이자 현현체로 숭고화되었던 것이다.(고은의 "한국인의 피가 흐른다"는 말은 이와 관계될 것이다.) 따라서 '독도'에 대한 침탈 내지 영유권 주장은 단순히

'지금 여기'의 물리적 현실이 아니라 민족사 전체와 민족적 영혼에 대한 침입으로 확장되어 인식될 수밖에 없다.

그렇다면, 독도의 경우처럼, 특정한 '국토'가 "하나의 영혼이며 정신적 원리"[1]이자 개별 구성원의 운명공동체로서 '민족(nation)' 또는 '국가'를 표상하고 상징하는 중요한 요소가 된 것은 언제부터일까. 잘 아는 대로, 그것은 봉건제가 몰락하고 자본주의에 기반한 제국주의 체제가 출현하는 근대 이후의 일이다. 물론 근대 이후 민족 또는 국민국가의 발전 경로는, 거칠게 말한다면, 두 가지 양상을 보인다. 하나가 인종·언어·지리·문화 등의 천부적·환경적 요인을 중심으로 형성되는 국민국가라면, 둘은 그것들을 부수적 요건으로 하면서 오히려 특정한 국가 이념 아래 결속된 정치적·정신적 공동체를 지향하는 국민국가이다. 영국·프랑스 같은 선진 자본주의 국가가 대표적이다. 전자의 양상은 독일·일본과 같은 후발 자본주의 국가나 우리와 같이 식민지 근대를 통과한 민족에게서 흔히 발견된다. 이들은 근대문명을 상대화시키는 문화민족주의의 길을 개척하고 확대시킴으로써 구성원들에게 민족정체성을 보존 유지하고 민족의식을 고취하는 한편, 자민족의 우월성을 특권화하였다.

그런 만큼 이들은 문명, 곧 물질의 진보보다는 문화, 곧 정신의 진보에 더 많은 가치를 두었으며, 자민족의 우월성을 증명할 수 있는 다양한 기제의 발굴과 고안·계발에 국가적 노력과 투자를 집중하였다.[2] 이런 민족적 사업에 가장 적극적으로 참여하는 '국

---

1) E. 르낭, 신행선 역, 『민족이란 무엇인가』, 책세상, 2002, 80면.
2) 서구에서 문명과 문화의 개념 분화, 번역어로서 문명과 문화의 이입과 성립

민’을 꼽는다면 그 누구보다도 먼저 문학예술인들을 들어야 할 것이다. 르낭은 ‘민족성’ 창출에 대한 그들의 기여를 다음과 같이 말했다. “민족성이라는 표제, 그것은 ‘민족의 영광’인 천재들이 어떠어떠한 민족 감정에 독창적 형태를 부여하고, 애정을 가지고 찬양하며 자부심을 가지는 어떤 것, 즉 민족정신의 거대한 원료를 제공하는 것이다.”3)

‘민족감정’과 ‘민족정신’, 곧 ‘우리’라는 공동감각과 동일성, 그리고 자긍심을 배양하고 앙양하는 데 있어 토대가 되는 요소는 문학과 민족어, 역사, 지리이다. 가령 이것들은 최남선이 주재한 최초의 근대잡지 『소년』이 민족지(知)의 핵심으로 다룬 주요 담론이었으며, 지금도 여전히 초중등 국정교과서의 주요과목들을 이루고 있다. 그 중에서도 문학은 사실로서의 역사와 지리를 허구적 상상력을 통해 새롭게 가치화하거나 심미화함으로써 그것들을 ‘민족정신’의 거대한 원료로 전유하는 것이다.4)

이런 사실은 멀리 갈 것도 없이, 한국 현대시사에서 ‘국토’의 심미화와 민족 이념의 상관성을 몇몇 시인의 예를 통해 일별해 보아도 쉽게 드러난다. 우선 이상화이다. 그는, 마치 이광수와 최남선이 그랬던 것처럼, 「금강송가」(『여명』, 1925.6)에서 금강산을 “마음의 눈으로만 읽을 수 있는” “조선의 영대(靈臺)”, 다시 말해 민족혼의 기원과 터전으로 신성화·심미화한다. 한편 그의 대표

과정 등에 대해서는, 니시가와 나가오[西川長夫], 윤대석 역, 『국민이라는 괴물』, 소명출판, 2002 여기저기 참조.
3) E. 르낭, 『민족이란 무엇인가』, 28면.
4) 『소년』의 이런 심미적 기획을 시(가)를 중심으로 해명한 글로는, 이 책에 실린 「‘신대한’과 ‘대조선’의 사이―『소년』지 시(가)의 근대성(1)~(2)」 참조.

작 「빼앗긴 들에도 봄은 오는가」(『개벽』, 1926.6)는 우리가 일제에 병탄된 '국토' 이미지를 '빼앗긴 들', 다시 말해 '수난 받는 국토'로 각인하는 데 결정적 기여를 한 시편으로 보아 무방하다. 이것이 후대 민중시편의 주요 이미지, 곧 외세와 권력에 의해 '빼앗기고 짓밟힌 땅'으로 연결됨은 물론이다.

그러나 눈여겨볼 점은, 「빼앗긴 들에도 봄은 오는가」에는 제목 말고는 어디에도 '수난 받는 국토'의 이미지는 보이지 않는다는 사실이다. 오히려 조선 들판의 처녀 같은 건강성과 아름다움, 그것에 신명이 들린 남성 자아의 들뜬 기분이 집중적으로 표현되고 있다. 물론 이것은 역설이다. 말하자면 자연(들)의 풍요로움이 식민지 현실의 강퍅함을 한층 부각시킴과 동시에, 해방에 대한 열망 역시 더욱 두드러지게 하는 것이다.5) 이는 시의 서두와 말미에 두 번 쓰이는 "지금은 남의 땅"이란 구절이 증명한다.

다음으로 서정주와 신동엽의 경우이다. 이들의 국토의 심미화와 민족 이념의 상관성은 그 이념의 지향성과 미래성에서 보수 대 진보, 친체제 대 반체제의 양상을 보인다. 하지만, 역사(과거)의 심미화를 주요한 방법으로 동원한다는 점, 전통의 발굴과 창안에 집중하는 반근대주의적 민족주의의 양상을 보인다는 점에서 서로 닮아 있다.

가령 서정주는 풍류도를 기축으로 백결, 선덕여왕과 같은 신라의 심미적 인간형을 현재로 호출함으로써 한국전쟁 이후 황폐화된 이 땅에 새로운 국민국가를 수립하는 데 적극적으로 호응한다.

---

5) 이상화 시의 민족과 국토 의식에 대한 보다 자세한 논의는, 이 책에 실린 「민족과 국토의 심미화—이상화의 시를 중심으로」 참조

이와 반대로, 신동엽은 이른바 그가 '생활의 세계'로 지칭하는 유
토피아적 공동체, 이를테면 역사적 기록의 공백으로 남아 있는
원삼국이나 후삼국 등에 대한 상상적 기억과 복원을 통해 근대
문명의 폐해를 고발하는 한편 새로운 미래를 꿈꾼다. 이처럼 두
시인에게 '국토'는 민족의 기원적 동일성을 역사화하고 미래화하
는 근본 토대인 것이다.6)

'국토'는 말하자면 이들의 심미적 기억과 비전이 구체적으로
펼쳐지고 실현되는 장인 셈이다. 그것 없이는 어떤 기억과 비전
도 추상성과 관념성을 면치 못한다. 이것은 거꾸로 말해 '국토'를
대상으로 한 시편들이 그만큼 상투화될 위험도 높다는 이야기도
된다. 그런 점에서 '국토'를 개성적으로 시화할 수 있는 능력의
유무는 한 시인의 능력을 평가하는 주요한 척도가 될 수 있을지
도 모른다.

이 글은 이런 관심의 연장선에서 조태일(1941~1999)의 평판작 『국
토』(1975)7)를 다룬다. 잘 알려진 대로 그는 의도적으로 유신체제
하의 엄중한 상황 아래서 '국토' 연작을 기획·제작했다. 이런 점
때문에 『국토』는 민중시와 저항시로서의 의미만을 주목받는 경
우가 많다. 그러나 이제는 일련의 연작 속에서 '국토'가 심미화되
는 양상과 방법, 민족과 민중의 전유 방식 등에 대한 정밀한 이해

---

6) 서정주와 신동엽 시에 나타난 민족과 역사의 심미화에 대한 자세한 논의는,
최현식, 『서정주 시의 근대와 반근대』(소명출판, 2003)의 1부 제5장~6장 및 「민
족, 전통, 그리고 미—서정주의 중기문학」, 『말 속의 침묵』, 문학과지성사, 2002,
그리고 「민족과 전통의 발견술—신동엽 시를 읽는 하나의 관점」, 같은 책 참조
7) 텍스트는 1975년 창작과비평사에서 간행된 『국토』를 사용하며, 이 글에 인용
되는 『식칼론』(1970) 소재의 시들 역시 『국토』에서 취한다.

가 필요한 시점이다. 이 작업은 발간된 지 벌써 30주년을 맞게 된
『국토』의 현재적 의의와 가치를 밝히는 데만 소용되지 않는다.
궁극적으로, 한국 현대시사에서 국토의 심미화와 민족 이념의 상
관성에서 조태일의 『국토』가 차지하는 위상을 점검하는 일인 동
시에, 1970년대 이후 한국시에서 그 상관성의 계보학을 작성하는
일의 출발점이 된다.

2. 자연의 은유와 '국토'의 다성화

조태일은 1964년 「아침선박」이 당선되어 등단한 후 1965년 첫
시집 『아침선박』을, 1970년 제2시집 『식칼론』을 낼만큼 왕성한
창작력과 뛰어난 시적 재능을 발휘하며 문단의 기대주로 급부상
한다. 물론 그의 개성적 음역은 "60년대 '난해시'의 상투적 수사
법에" 깊이 침윤되어 있다고 평가8)되는 『아침선박』보다는, 시의
정신과 실천에 있어 "힘과 격렬함" "대담한 열정과 원초적 고집"
이 관류하고 있다고 얘기되는9) 『식칼론』으로부터 본격적으로 확
보된다.

---

8) 염무웅, 「자유정신으로 이슬로 벼려진 칼빛 언어―조태일의 시를 읽다」, 『창
　작과비평』, 1999년 겨울, 212면.
9) 김화영, 「식칼과 눈물의 시학」, 『고여 있는 시와 움직이는 시』(조태일), 전예
　원, 1980, 262면.

『식칼론』을 대표하는 시편들로는 역시 「나의 처녀막」 연작과 「식칼론」 연작이 꼽힌다. 1960년대 들어 한국 사회는 4·19혁명의 실패와 5·16 군사독재의 등장, 위로부터의 근대화/산업화가 강제한 계급 모순의 본격적 심화 등에 따라, 민주주의의 기본 원리이자 권리로서 자유와 평등에 대한 각성 및 요구가 한층 고조되었다. 조태일은 특히 정치적 부자유의 문제를 '처녀막'의 파열 또는 상실로, 그리고 그에 대한 저항과 극복, 회복 의지를 '식칼'의 울음과 빛 등으로 강렬하게 은유화한다.

그러나 그의 은유는 언어적 세련성을 지향하는 것과는 거의 무관하다. 그보다는 부당한 권력에 대한 저항과 극복 의지를 직절적으로 드러내기 위한 주관적 관념의 분비물이라는 게 옳을 것이다.

> 아직까지도 처녀막이 파열됐다고 여기지 않는 자들은 다리를 벌리고
> 한강 다리 위에 서서 수면에 비춰볼 일이요,
> 파열됐다고 여기는 자들은, 그리하여
> 한줌의 울분이라도 있다면
> 파열된 처녀막을 가지고 광화문 네거리 한 복판에
> 바리게이트를 바리게이트를 칠 일이다.
> 자유의 철새 한 마리 명랑한 철새 한 마리
> 날아와 울어주지 않는 여기는 누구의 땅인가.
> 내가 서 있는 땅
> 이 망국의 분위기 속에서
> 나는 결코 피로하지 않다.
>
> —「나의 處女膜 ③」 부분

이 시는 '1966년 신춘시'라는 창작 시점에 대한 부기(附記)와 '광화문 네거리' '바리게이트' '자유' '망국의 분위기' 등의 시어를 고려할 때 4·19혁명과 깊이 연관된다.[10] 우선 '파열된 처녀막'은 당대 현실에서 4·19정신의 순결성이 군사독재("검은 부정의 불의의 빗줄기")에 의해 훼손·망실되어 감을 표상한다. 그러나 시적 자아는 그런 불구의 몸을 무기 삼으면서 4·19정신으로 되돌아가 군사독재에 맞서는("무서운 예언처럼 무겁게 / 바리게이트를 바리게이트를 치자") 현실에의 부정과 저항을 역설한다.

이처럼 『식칼론』 시기 조태일의 비유는 대부분 객관 현실의 풍부한 이해와 표현보다는 부정적 현실에 대한 주체의 열정적 저항을 조직하기 위해 동원된다. 그런 만큼 그가 보여주는 현실의 표정은 매우 단조로우며, 이는 우리의 관심사인 '국토'의 이미지에서도 마찬가지이다. '자유가 통용되지 않는 남의 땅', 이 말로 조태일의 이 당시 '수난받는 국토'("피흘리며 흩날리는 四季", 「나의 처녀막(處女膜) ②」)에 대한 이미지를 압축할 수 있을 것이다. 이를테면,

어렸을 적 내 이웃에 살던 영감마님의 얼굴처럼
늙은 내 조국, 몇 놈 때문에 보기 싫은 조국이 보이네
—「나의 處女膜 ②」

메마른 땅 위에 누운 나와 너희들의 國家 위에서
—「식칼論 ④」

---

10) 「나의 處女膜」 연작은 모두 4편으로 구성되어 있는데, ①~③은 4·19혁명을, ④는 한국전쟁 중 벌어진 동족끼리의 양민학살을 소재로 삼고 있다.

같은 구절도 "자유의 철새 한 마리 명랑한 철새 한 마리 / 날아와 울어주지 않는 여기는 누구의 땅인가"와 동일한 의미 맥락을 공유한다.

이런 '국토'의 단성적 이미지는 그가 주요하게 사숙한 선배시인들로 보이는 신동엽이나 김수영의 국토 이미지가 지닌 새로움 및 현실 환기력과 비교할 때 여러 모로 부족하다. 김수영은 가장 보잘 것 없는 것들의 진정성에 눈뜸으로써 전통(역사)의 '거대한 뿌리'를 자기화하며, 드디어는 「사랑의 변주곡」에 보이는 자유와 해방으로 충만한 미래의 '국토'를 저절로 예견하기에 이른다. 신동엽 역시 주관적 역사의 심미화의 덫을 완전히 피하지는 못했지만 "낡게만 보이던 과거의 서정을 치밀한 기법과 섬세한 감각으로 현실에 잘 용해시켜 새로운 의미"11)를 부여함으로써 '국토'를 단순한 민족주의적 저항의 장으로 그치지 않고 "향그러운 흙가슴만 남고 / 그, 모오든 쇠붙이는 가"(「껍데기는 가라」)는 미래의 유토피아로 전화시킨다.

『식칼론』 시기의 대상과 객관을 압도하는 주체의 '대담한 열정과 원초적 고집'은 대개의 연구자들이 동의하는 대로 『국토』 연작을 기획·창작하는 1970년대에 이르면, 한결 원숙한 사실적 구체성과 경험적 진실성을 획득하게 된다. 이와 같은 시적 진전은 다음과 같은 두 가지의 원인이 개입되어 있는 것으로 보인다.

우선 '유신독재'로 대변되는 1970년대의 정치상황이다. 유신정권에 의한 민주주의의 후퇴와 자본주의 모순의 심화는 1960년대

---

11) 조태일, 「신동엽론」, 『연가』, 나남, 1985, 356면.

와는 질적으로 다른 민족민주운동의 저항과 성장을 이끌었으나,
또 긴급조치, 계엄령 등 그에 상응하는 각종 탄압을 상시화하는
계기가 되기도 했다. 이것은 문학에도 예외가 아니어서, 문학인들
은 문인 간첩단 사건을 필두로 하여 여러 형태의 필화 사건에 휘
말려 들었다.

이런 상황은 이른바 1970년대의 참여시로 하여금, 당대 현실에
대한 즉자적 분노와 비판의 표출, 현실을 도외시한 관념적 저항
과 미래(혁명)의 주장 같은 사회학적 상상력을 억제하고 유보하는
조건으로 작용했다. 오히려 이것이 조태일, 신경림, 이성부 등의
젊은 참여시인들이 당대 현실을 "하나의 객관적 인식이면서 주관
적 표현이 되고, 나의 느낌의 표현이면서 동시에 그것이 외부 사
물에 대한 새로운 발견이 되는 상태"12)의 언어로 표현코자 하는
리얼리즘 충동으로 시의 정신과 육체를 견인해 가는 호기(好機)가
되었음은 물론이다.

다음으로는 『식칼론』 시기에는 비교적 옅게 드러났던 유년기
의 자연에 대한 원초적 경험의 전면화와 관련된다. 『식칼론』 시
기의 그것은 다분히 주체의 '대담한 열정과 원초적 고집'을 증거
하고 전경화하기 위한 주관적 경험의 일부로 채용되는 경우가 많
다. 그러나 『국토』에 이르면, 자연과 그 원초적 체험은 구체적 현
실을 향한 리얼리즘 충동을 구현하기 위한 주요한 원리가 된다.
이것은 당시의 시대적 조건 및 그의 시의식의 성장이 『국토』에서
정치와 자연의 결합을 자연스럽게 유인했음을 의미한다. 그리고

---

12) 김우창, 「조태일의 현실적 낭만주의」, 『연가』(조태일), 나남, 1985, 419면.

정치와 자연을 매개하는 은유는 궁극적으로 생에의 의지나 생명력의 확장을 이끌어내는 원리로 작용한다.[13] 그런 만큼, '국토'역시 단순히 '수난받는 땅'의 이미지에서 벗어나 '원초적 대지'나 '건강한 민중' 등으로 다성화되고 심미화된다.

따라서 이 시기 조태일의 '국토'의 심미화와, 그것에 게재된 민족·민중 이념과의 상관성은 이런 사실의 의미와 가치에 대한 검토를 중심으로 이루어질 필요가 있다. 이를 통해 우리는 선배 세대와 조태일이 수행한 국토의 심미화의 같고 다름은 물론, 거기에 민족 이데올로기가 습합되는 방법의 같고 다름에 대한 계보학역시 그려볼 수 있을 것이다.

물과 물은 소리없이 만나서
흔적없이 섞인다
차가운 대로 혹은 뜨거운 대로 섞인다

바람과 바람도 소리없이 만나서
흔적없이 섞인다.
세찬대로 혹은 보드라운대로 섞인다.

빛과 빛도 소리없이 만나서

---

13) 구모룡은 조태일 시학의 핵심을 의지와 행위의 온몸의 시학이라고 보며, 그것을 실현하는 방법적 핵심으로 반(反)의 상상력과 역설 그리고 은유의 수사학에 둔다. 그 가운데 특히 은유를 강조하는데, 은유로써 의지와 행위가 지향하는 의미의 동일성을 견지할 수 있다고 보기 때문이다. 보다 자세한 내용은, 구모룡, 「생명의지와 행위의 은유―조태일론」, 『4월혁명과 한국문학』(최원식 외 편), 창작과비평사, 2002, 172~176면 참조

흔적없이 섞인다.
쏜살같이 혹은 느릿느릿 섞인다.

한핏줄끼리는 그렇게 만나고 섞이는데
한핏줄의 땅을 딛고서도

사람은 사람을 만날 수가 없구나
사람이면서 나는 사람을 만날 수가 없구나.
—「물·바람·빛—국토·11」 전문

물과 바람, 빛은 가장 심상한, 따라서 가장 원초적 자연을 대표하는 동시에, '국토'를 형성하는 최소 단위이자 그것의 자족성과 충만함을 드러내는 매개체이다. 그것들의 원초성과 충만함은 '소리없이' 만나서 '흔적없이' 섞이는 융합력과 확장력, 다시 말해, 인위(人爲)와 무관한 '스스로 그러한(自然)' 생명력에서 확인된다.

이 가운데서 '눈물'과 '바람'은 주관의 측면에서도 주목할 만하다. 그것들이 품고 있는 또 다른 이미지, 이를테면 울음과 슬픔 따위로 표상되는 현실의 제약을 초극하고 반전시키는 역설의 매개체로도 기능하기 때문이다. 가령 "끝내 입을 여는 침묵이었다가/ 끝내 소리치는 말이었다가// 나의 가장 소중한 생명으로 돌아오는/너의 가장 소중한 생명으로 돌아가는"(「눈물—국토·44」)이나 "우리들의 숨결이 그러하듯이/ 바람은 상냥함을 자랑하지만/ 난폭함을 자랑하기도 한다"(「바람—국토·5」)가 그렇다.

사실 이런 '자연'에 대한 두 층위의 은유, 그러니까 원초적 생명력의 표상과 주체의 의지와 행위의 강화를 목적하는 비유는 자

칫 전자는 신비주의의 유혹에, 후자는 관념주의와 감상주의의 과
잉에 빠져들 위험성이 많다. 그러나 그의 잘된 시들은 김우창의
지적처럼 그런 약점을 가져오기 십상인 비유의 자기탐닉에 떨어
지지 않고 현실로 다시 되돌아오게끔 종용되는 편이 많다.14) 이
는 무엇보다 현실부정의 대담한 열정 뒤에 냉철한 성찰의 눈을
숨겨 놓기 때문이다.

예컨대 「물·바람·빛—국토·11」은 자연의 원초성으로 충만
한 '국토'에 슬며시 분단현실의 '국토'를 잇대어 배치함으로써
'국토'가 갖는 복합성과 거기서 우리가 느끼는 경험의 구체를 실
감 있게 환기하는 것이다. "사람이면서 나는 사람을 만날 수가 없
구나"가 단순히 분단 조국을 향한 비탄의 언어가 아니라, 그것을
뛰어넘는, 통일을 향한 희망의 원리인 까닭이 여기에 있다.

그러나 『국토』에서 자연의 은유가 감각적 복합성을 온전히 구
현하는 것만은 아니다. 어떤 경우에는 여전히 억압과 수난 받는
국토, 그러니까 민족과 민중을 표상하는 알레고리의 차원에 머물
기도 한다. 다음 시들은 1970년대 이후 이른바 민족민중문학에서
'빼앗긴 들(땅)'의 고통과 부자유를 표현함에 있어 일종의 규격품
역할을 했을만한 시라 말해도 과언은 아닐 것이다.

> ① 목청을 돋구어 제 命대로 울지 못하는
>   저 안타까운 풀잎들이며
>   성한 팔다리로써 제대로 울지 못하는
>   저 무수한 돌멩이들은

---

14) 김우창, 「조태일의 현실적 낭만주의」, 432면.

뙤약볕만이 들끓어 타오르는
허허벌판의 불바다에서
그림자를 거느릴 자유마저 잃은 채
자빠지고, 자빠지고, 자빠지고 있다
—「풀잎·돌멩이—국토·3」 부분

②바람 자고 소리 끊겨 고요하기는 해도
끝간 데 없는 푸른 하늘은 저리 답답하단다.
푸른 풀들이 흔들리긴 해도
하늘 밑에 깔린 황토들은 저리 답답하단다.
—「푸른 하늘과 붉은 황토—국토·34」 부분

두 시는 김수영의 어떤 시를 연상시키는데, ①은 「풀」을, ②는 「풀」과 「푸른 하늘을」 동시에 떠올리게 한다. 그러나 김수영의 '풀'과 '푸른 하늘'이 품은 원초적 자유와 자재의 이미지와 이 시의 그것들은 정반대에 놓여 있다. 물론 이런 '자연'의 고통스런 현실은 또 다른 외부 현실에 의해 초래된 것이라기보다는 주체의 내면이 반영된, 다시 말해 외화된 것이다. 당대의 부자유한 객관 현실과 거기서 주체가 경험하는 제약과 좌절이 자연의 경험에도 그대로 투사되고 있다는 뜻이다. 시인의 이런 동일시는 ①의 "두 줄기의 눈물기둥 세우며 / 일어나라, 일어나라 소리치다가 / 내 목청도 별수 없이 타고 마는가"와 ②의 "자유다 평등이다 인권이다 민주다 의무다 국민이다 / 어쩌고 하는 한국적 표준말로부터도 떠나자"에서 뚜렷이 확인된다.

이처럼 『국토』에서 '국토'의 심미화는 자연과 당대 현실의 결합에 의해 매개된다. 그러나 그 심미화를 수행하는 '자연'에 대한 동일화의 원리는 단일하지 않다. 「물·바람·빛—국토·11」 등에서 보았듯이, 원초적 자연 속에 객관 현실을 내포시켜 '국토'의 복합성을 드러낼 때, 그 의미는 보다 다성적이 되며 확장된다. 반면, 주관의 개입이 과잉될 때 자연 사물은 주체의 대리물 역할에 머물고 만다. 「풀잎·돌멩이—국토·3」 등에서 국토의 심미화에 대한 의미 있는 진전보다는 선배 세대의 그림자와 상투성의 혐의를 동시에 느끼게 되는 것은 이 때문이다.

3. 탈식민 의지와 '국토'의 낭만화

1970년대의 '국토', 다시 말해 민족과 민중의 수난과 고통이 분단 모순과 함께, 위로부터의 근대화가 야기한 계급 모순의 격화에 의해 더욱 심화되었음은 주지의 사실이다. 이런 이유로 어떤 논자는 1970년대 민족문학은 '분단 자본주의적 근대'를 비판의 핵심으로 삼았다고 주장하는 한편, 대안적 근대를 향한 다양한 문학적 모색을 벌였다고 그 의의를 설명한다.15) '대안적 근대'란 분단 극복의 근대와 비자본주의적 발전을 지향하는 근대를 의미한다. 하지만 지금까지의 민족운동을 되짚어 본다 해도 그 구체

---

15) 하정일, 『분단 자본주의시대의 민족문학사론』, 소명출판, 2002, 240~265면 참조

상을 짚어내기가 쉽지 않은 게 사실이다.

그럼에도 이런 노력에서 눈여겨볼 것은 그 과정에서 수행되는 분단 극복과 주체적 근대화를 위한 '탈식민'의 노력이다. 상론할 필요도 없이, 분단 체제와 산업화는 식민지 체제의 뿌리 깊은 유산이자 세계체제로의 또 다른 편입에 지나지 않는 것이기 때문이다. 궁극적으로 탈식민의 노력은 현실에 대한 부정적 상상력을 바탕으로 미래를 선취하려는 해방의 기획, 곧 유토피아 충동에 의해 추동되기 마련이다. 물론 이때 중요한 것은 그것이 얼마나 구체적 현실과 단단히 결합되어 있는가, 다시 말해 현실에 굳건히 토대한 '낭만정신'(임화)인가 하는 점이다.

『국토』에는 그러나 급속한 산업화에 따른 계급 모순과 인간소외의 심화 등에 대한 비판과 저항보다는 분단 현실과 정치적 억압에 의한 부자유 문제에 보다 방점이 찍혀 있는 게 사실이다. 이런 제한은 당연히 탈식민을 향한 시적 실천과 비전의 제시에도 일정 부분 제약을 가져올 수밖에 없다. 하지만 '분단 자본주의적 근대' 전체와 씨름해야만 정당한 탈식민의 실천이 되는 것은 아니다. 오히려 중요한 것은 『국토』에서의 분단 체제에 대한 탈식민적 저항의 질량을 꼼꼼히 따져보는 한편, 그것이 어떤 방식으로 현상하는가를 검토하는 일이다.

이미 앞 절에서 본대로, 『국토』에는 수난 받거나 빼앗긴 땅—민족(민중)의 현실을 그린 시가 다수 존재한다. 이런 시들이 근대 자본주의 체제에 편입된 이래 제국주의의 지배와 영향으로부터 한시도 자유롭지 못했던 한반도에 대한 자화상임은 별 다른 이견이 있을 수 없다. 하지만 『국토』에서 식민의 상태에 놓여 있는 것

은 국토나 각성되지 못한 민중(「모래・별・바람―국토・39」)[16]만이
아니다. 객관 현실을 냉철하게 인식하고 있는 시인 역시 무언가
를 빼앗기고 있는데, 그것이 시인의 영혼을 표출하는 '목소리'라
는 점에서 일반 민중보다 한층 심각한 위기에 처해 있다.

> 잃어버린 목소리를
> 어디 가면 만날 수 있을까,
> 잃어버린 목소리를
> 어디 가면 되찾을 수 있을까,
>
> 바람들도 만나면 문풍지를 울리고
> 갈대들도 만나면 몸을 비벼 서걱거리고
> 돌멩이들도 부딪히면 소리를 지르는데
> 참말로 이상한 일이다.
> 우리들은 늘 만나도 소리를 못내니
> 참말로 이상한 일이다.
> (…중략…)
> 내 五官을 뒤집고 보아도
> 폼만 보이고 껍데기만 보이고,
> 목소리를 만날 수가 없구나.
>
> ―「목소리―국토・23」 부분

'목소리의 잃어버림'은 진정한 말의 상실 혹은 억압만을 단순

---

16) 민중을 은유하는 모래와 별・바람은 다음과 같이 표상된다. "아직은 모래고
별이고 바람일 뿐! / 헤어져 돌아올 줄 모른다 / 돌아앉아 눈감을 줄 모른다. / 돌
아와 폭풍이 될 줄 모른다."

히 의미하지 않는다. "우리들은 늘 만나도 소리를 못내니"나 "폼만 보이고 껍데기만 보이고"에서 보듯이, 그것은 주체의 의지와 행위의 동시적 상실을 뜻한다고 보아야 옳다. 실천되지 않는, 다시 말해 행동되지 않는 의지와 말은 가상에 지나지 않는다. 그런 가상에 물든 자기 삶을 냉철하게 꾸짖는 조태일의 성찰적 언어는 그러나 '잃어버린 목소리'를 찾기 위한 역설의 몸짓이다. 인용부의 앞 부분이 이미 그것을 말하고 있다.

탈식민적 실천의 첫 걸음은 무엇보다 자신이 처해 있는 식민 현실에 대한 객관적 인식에서 출발한다. 이것은 민족 단위든 그 개별 구성원들에게서든 마찬가지이다. 근대 이후 대개의 민족주의 서사들은 축복의 상태에서 소외라는 특히 현대적인 상황으로 자민족이 추락해 가는 이야기를 다루는[17] 한편, 자기 민족의 찬란했던 과거를 복원하거나 상상적으로 고안함으로써 민족적 동일성을 보존, 유지하려는 기획을 시도하는 경향이 많다. 즉 추락의 서사에 대한 솔직한 고백과 냉엄한 성찰은 이미 그 안에 회복의 서사를 전제하고 있다는 뜻인데, 그 경우 민족의 미래 모델은 대개 서사시적 과거에서 구해진다. 우리는 한국 현대시사에서 이런 전형적인 예를 두 시인에게서 보는데, 서론에서 민족과 국토, 그리고 역사의 심미화에서 동일성과 차이성 모두를 적잖게 공유한 시인들로 제시한 바 있는 서정주와 신동엽이 그들이다.

하지만 조태일의 회복의 서사는 이들 선배 시인과는 다르다. 물론 '국토의 심미화'를 상수로 하고 있다는 점에서는 동일하지

---

17) Seamus Deane, "Introduction", Terry Eagleton etc, *NATIONALISM, COLONIALISM, AND LITERATURE*, University of Minnesota Press, 1990, pp.8~9.

만, 그들이 역사의 심미화를 통해 탈식민 또는 반근대를 실천하
는 데 비해 조태일은 한결같이 자연에의 비유를 통해 그렇게 한
다. 그런 점에서 이 지점은 조태일의 고유한 음역으로 자리매김
할 수 있는 주요한 대목에 해당한다.

> 내가 뱉는 숨결이 네 몸에 닿으면
> 네 몸은 그냥 갈기갈기 찢기는 폭풍이 되고
>
> 내가 뿌리는 눈물이 네 몸에 닿으면
> 네 몸은 그냥 내리꽂는 폭포가 되고
>
> 내가 기른 머리털이 네 몸에 닿으면
> 네 몸은 원없이 나부끼는 깃발이 되더라
>
> 깃발이 되더라.
> 깃발을 올라타고 가물거리는 사랑은
> 사랑을 올라타고 또 떠나는 행동은.
> ─「깃발이 되더라─국토·14」 부분

이 시는 주체가 '잃어버린 목소리'를 되찾는 방법과 그것이 궁
극적으로 의미하는 바를 뚜렷이 드러내고 있다는 점에서 『국토』
에서 시인의 탈식민 의지와 실천을 요약·대변하는 시라 할만하
다. 이 시가 김수영과는 또 다른 의미의 '온몸의 시학'을 구현하
고 있음은 분명해 보인다. 그것을 가능케 하는 원리는 '나'가 '너'
로, 또 너가 '그'(자연 사물)로 자연스럽게 확장, 전이되는 변신은유
이다. 이때 중요한 것은 '나'의 연약한, 그래서 아직은 불확실한

의지는 '너의 몸'과 결합함으로써 그 자체가 '온몸', 다시 말해 의지와 행위의 온전한 결합체인 '폭풍'·'폭포'·'깃발'로 거듭난다는 사실이다. 특히 시인은 온몸으로 나부끼는 '깃발'을 강조하고 있는데, 이것은 일반적으로도 자유와 저항의 상징으로 널리 쓰인다. 그것의 좀 더 세련된 표현이 "깃발을 올라타고 가물거리는 사랑은/사랑을 올라타고 또 떠나는 행동은"일 테다.

이처럼 조태일에게 온몸의 시학은 부정적 현실에 대한 저항의 감각을 구성할 뿐만 아니라, 더 나은 미래를 향한 유토피아 충동으로 작동한다. 따라서 온몸의 시학은 탈식민을 향한 주체의 새로운 지도 그리기에 해당한다 하겠다. 물론 「깃발이 되더라—국토·14」의 경우, 주체의 의지가 타자, 다시 말해 자연 사물에게 강하게 투사되어 있음을 부인하기는 어렵다. 그 때문에 이 시 역시 대상에 대한 "핍진한 묘사보다는 시인의 정열에 의해 떠받쳐져 있는 세계"라는 『국토』의 일반적 한계[18]로부터 자유롭지 못하다는 느낌을 주는 것이다.

그러나 또 다른 의미의 '온몸의 시학'을 구현하고 있는 「옹기점 풍경」은 이와는 다른 탈식민의 감각을 보여준다는 점에서 각별히 주목된다. 미리 말해, 그것은 자연을 매개로 한 '온몸'의 구현이 주체가 아닌 국토 차원의 사건으로 주어지기 때문에 가능한 것이다.

　　　韓半島의 모든 바람은 물론

---

18) 유성호, 「조태일 시 연구—저항성과 천진성의 시학」, 『청람어문교육』 29호(청람어문교육학회 편), 2004, 71면.

세계의 모든 바람들도 함께 섞여
멋모르는 마음들은 마음 놓고
밤낮 없이 여기 와서 논다.

어떤 놈은 풀피리, 버들피리를 불고
어떤 놈은 피리, 퉁소를 불고
어떤 놈은 장구, 북을 치면서 논다.
하, 어떤 놈은
하모니카, 트럼펫, 색소폰을 분다.

한반도의 모든 빛은 물론
세계의 모든 빛들도 함께 섞여
멋모르는 마음들은 마음 놓고
밤낮 없이 여기 와서 논다.

어떤 놈은 느릿느릿 양산도 춤을 추고
어떤 놈은 깝죽깝죽 보릿대춤을 추고
어떤 놈은 허리 끊어져라 트위스트를 추고
하, 어떤 놈은
고고춤을 원없이 춘다.

서러운 우리들은 밤낮 없이
默默不答인채 아무데나 놓이고
밤낮 없이 저러는 풍경은
日沒이 와도 걷히지 않고
日出이 와도 걷히지 않는가.

―「옹기점 풍경─국토·8」 전문

이 시는 소재와 표현에서 「물·바람·빛—국토·11」과 매우 유사하다. 하지만 그것에 비해 자연의 은유, 즉 '국토'의 심미화의 목적이 분명한 형태로 드러나 있다. 바람과 빛으로 대표되는 한반도와 세계의 자연 사물, 그리고 자유롭고 해방된 영혼을 표상하는 '멋모르는 마음들'을 하나로 잇고 융합하는 것은, 백자도 청자도 놋그릇도 아닌 흙으로 빚은 값싼 '옹기(甕器)'들이다.

비록 동일한 성질의 것은 아니지만, 우리는 1960년대 이후 탈식민과 해방의 표상으로, 혹은 민중적 전통의 표상으로 기능하는 인상 깊은 '흙'의 표상 두 가지를 기억한다. 신동엽의 「껍데기는 가라」의 "모오든 쇠붙이"와 대비되는" "향그러운 흙가슴"이 전자라면, 후자는 서정주의 「상가수 소리」와 「소망(똥간)」(『질마재 신화』)에 등장하는 "하늘의 별과 달도 언제나 잘 비치는" '똥오줌 항아리'이다. 조태일의 '옹기'는 우연찮게도 질료와 내용상으로는 신동엽의 것을, 형식상으로는 서정주의 것을 자기 몸의 존재방식으로 취하고 있다.

이런 말은 물론 두 선배시인의 영향을 과장하기 위함이 아니다. 그런 동일성보다 오히려 중요한 것은 지금까지 강조해 온 바 자연의 원초성을 매개로 한 현실 환기력과 유토피아 충동이다. '자연'의 자유 자재함이 구현되는 옹기점 풍경은 실제 현실인 동시에 일종의 상상된 풍경이다. 현실과 상상 여부는 물론 옹기점에서 "마음놓고 밤낮 없이" 노는 주체가 자연과 그들(마음들)인가 나인가에 따라 분별된다. 주체의 입장에서 전자들에게 그것은 현실로 인정되지만, 자아에게는 여전히 '아직 아닌' 세계("서러운 우리들은 밤낮 없이 / 默默不答인채 아무데나 놓이고")이다.

그런 점에서 '자연'이 노는 '옹기점'은 주체가 새롭게 그리고 되찾아야 할 '국토'와 '역사'의 견본에 해당한다. 이 견본은 당연히도 제국주의의 유무형의 지배에 의해 왜곡된 민족정체성을 바로잡는 동시에, 그 빈틈들을 다시 채워 넣을 수 있는 새로운 땅을 찾아내고, 지도에 그려 넣는 데 밑거름 역할을 한다. 어쩌면 이것이야말로 조태일의 『국토』가 1970년대 민족문학에서 국토의 심미화는 물론 탈식민의 실천에서 성취한 가장 큰 몫 가운데 하나일 지도 모른다.

하지만 조태일이 그려낸 견본이 단조롭다는 사실은 많은 아쉬움을 남긴다. 그 견본 역시 열도 높은 윤리성과 정신주의가 밑받침된 민족주의의 산물일 테지만, 그것을 본뜬 '국토'의 심미화와 낭만화는 다른 한편으로는 현실의 복합성을 사상(捨象)함으로써 세계를 단순화하게 된다. 물론 그 안에 담긴 저항과 해방의 비전은 부정적 현실에 맞서 새로운 역사를 쓰려는 주체들을 통합하고 전진시키는 근원적 동력으로 작용한다. 그러나 그 비전이 성찰의 계기 없이 절대화될 때, 그것은 '나'와 '너'를 가르고 우리로부터 타자를 배제하는 또 다른 폭력이 될 수 있다.[19]

『국토』에서 표면화되지는 않았지만, 이런 우려는 1980년대 민중문학에서 상당 부분 현실화되었다. 하지만 조태일은 『가거도』(1983) 등 이후 시집들에서 "전국토의 사물들과 어울리다 마침내 고향으로 돌아오리라는 신념"[20]을 실천하는 시쓰기에 충실함으

---

19) 신형기, 「이효석과 발견된 향토」, 『민족 이야기를 넘어서』, 삼인, 2003, 127~131면 참조.
20) 조태일, 「후기」, 『산속에서 꽃속에서』, 창작과비평사, 1991.

로써 그런 오류로부터 스스로 비껴나간다. 그러나 그 과정은 그 '견본'이 더욱 다성화되고 심층화되는 계기로부터의 벗어남이기도 했다.

4. 민족과 국토의 심미적 결연이 갖는 의미

지금까지 우리는 조태일의 『국토』를 중심으로 '국토'의 심미화와 민족 이념, 그리고 탈식민적 실천이 맺는 상관 관계를 검토해 왔다. 이 작업은 조태일 개인에서 그 의미를 규명하는 데 그치지 않고, 한국 현대시사에서의 의미 규명과 함께 계보학을 작성하는 일이라는 데 참된 의미가 있다. 그 논의 결과를 간단히 요약하면 다음과 같다.

우선, 『국토』에서 '국토'의 심미화는 대체로 자연과 당대 현실의 결합에 의해 매개된다. 이때 '국토'가 자연에 동일화되는 방식은 두 가지 형식으로 나타난다. 하나는 원초적 자연 속에 객관 현실을 내포시켜 '국토'의 건강성과 생명성을 드러내는 경우이다. 이때 자연의 구성체인 '국토'는 생명의 자유자재한 공동체로 상상됨으로써 부정적 현실을 초극하는 희망의 원리가 된다. 다른 하나는 '수난받거나 억압받는 땅'으로 상상되는 경우이다. 이 경우 자연 사물은 주체의 내면이 투사된 일종의 대리물 역할을 하게 되는데, 이 때문에 자연의 비유는 부정적 현실에 대한 알레고리에서 크게 벗어나지 못하게 된다.

　다음으로,『국토』의 주요한 주제 가운데 하나는 탈식민의 실천이다. 특히 분단 체제에 대한 저항과 극복이 그것이다. 이 과제는 『국토』에서 두 가지 차원에서 실천된다. 첫째, 주체의 차원이다. 이 경우, 주요한 역할을 하는 것은 '온몸의 시학'이다. 변신 은유는 이를 추동하는 원리인데, 이를 통해 나가 너(몸)로, 너가 그(자연 사물)로, 확장, 전이된다. 시인에게 '온몸'이란 궁극적으로 의지와 행위가 일체 됨, 다시 말해 '사랑'과 '행동'이 하나된 실천('깃발')을 뜻한다. 둘째, 국토의 차원이다. 탈식민화된, 다시 말해 해방된 '국토'의 풍경은 한반도의 바람과 빛, '멋모르는 마음'들이 "마음 놓고 노는" '옹기점' 풍경으로 은유된다. 여기서도 자유자재한 원초적 자연의 이미지가 해방된 국토의 미래기획에 원용됨을 다시 한 번 확인한다. 이런 '자연'이 노는 '옹기점'은 주체가 새롭게 그리고 되찾아야 할 '국토'와 '역사'의 견본에 해당한다.

　그럼에도 불구하고, 조태일의『국토』는 자연과 현실의 즉자적 결합, 그에 따른 주관의 지나친 개입과 현실의 단순화 등 역시 함께 거느림으로써 객관 현실의 복잡성을 약화시킨 반면 정신적 윤리주의를 강화시킨 면이 없지 않다. 이것은 이후 국토의 심미화와 민족 이념의 상관성에 있어 그 다양성과 의미의 심화를 제약하는 요소로 작용했다는 점에서 많은 아쉬움으로 남는다.